DIE AFFÄRE JONA

AF187338

Über den Autor

René Falk wurde 1955 geboren. Er ist ein echter Rheinländer und lebt in Troisdorf, einem Nachbarort von Köln. Schon sehr früh zeigte sich seine Neigung zum Schreiben von Kurzgeschichten, vor allem im Bereich SF und Fantasy. Später richtete sich sein Interesse mehr auf das Genre Krimis & Thriller und bald begann er selbst Krimis zu schreiben. Und wenn es ihm mit seinen Geschichten gelingt, seinen Lesern die eine oder andere (ent)spannende Stunde zu verschaffen, hat er nichts falsch gemacht.

DIE AFFÄRE JONA

René Falk

Bibliografische Information der Deutschen Nationalbibliothek: Die Deutsche Nationalbibliothek verzeichnet diese Publikation in der Deutschen Nationalbibliografie; detaillierte bibliografische Daten sind im Internet über http://dnb.dnb.de abrufbar.

René Falk
DIE AFFÄRE JONA

Umschlaggestaltung: *MyCoverDesigner.com*
Text und Innenillustrationen: *René Falk*

Herstellung und Verlag:
BoD - Books on Demand, Norderstedt

ISBN: 978-3-7504-3631-2

Inhaltsverzeichnis

Über dieses Buch

In den späten Abendstunden wird in Ufernähe der Sieg eine Leiche im Fluss treibend aufgefunden. Der an Händen und Füßen gefesselte Mann wurde offenbar Opfer eines Verbrechens, obwohl äußerliche Verletzungen auf den ersten Blick nicht vorhanden zu sein scheinen. Nachdem seine Identität bekannt wird, werden die Siegburger Kommissare schon bald mit einem mysteriösen Familiengeheimnis konfrontiert. Liegt das Motiv für das Verbrechen in ferner Vergangenheit?

DER RABE

Die Worte kommen blechern und krächzend aus dem Lautsprecher des Anrufbeantworters. Genau so klingt ein Rabe, wenn er versucht, menschliche Laute zu imitieren. Die Stimme ist, wie die vielen Male zuvor, auf eine bedrohliche Weise grotesk verstellt.

Und selbstverständlich ist der Anrufer auch heute zu feige, seine Identität zu lüften, indem er die Rufnummer seines Anschlusses wie immer unterdrückt.

Ich habe deinen Bastard ertränkt, tönt die vor Hohn triefende Stimme. *Erdrosselt habe ich ihn und dann wie ein wertloses Stück Dreck in den Fluss geworfen. Ich hoffe, dass du vor Kummer ebenfalls stirbst. Dein ganzes Geld wird dir deinen Sohn nicht wiederbringen. Dies ist meine Rache!*

Die alles erdrückende Stille, die der verstörenden Mitteilung des Unbekannten folgt, lastet schwer auf den Zuhörern, die bleich und mit schreckgeweiteten Augen das Gerät neben dem Telefon auf der Kommode anstarren. Für eine Reaktion ist es jetzt aber deutlich zu spät: Der Anruf liegt mehrere Stunden zurück. Stunden, die sie mit einer verzweifelten Suche verbrachten.

Kapitel 1

21:15 Uhr

Der rote Schein der tief stehenden Abendsonne liegt wie ein golden gleißender Teppich aus purem Licht auf der Wasseroberfläche. Ein schier überwältigender Anblick für die vier Freunde, die in ihren Kanus zügig in einer Reihe hintereinander nach Nordwesten den hier träge in seinem Bett fließenden Fluss hinunter Richtung Rhein paddeln, wo die Sieg nach mehr als 155 Kilometern endet. Ihr Ziel ist das Clubhaus ihres Kanuclubs in Troisdorf-Bergheim, welches sie nach einer den ganzen Tag dauernden Exkursion, von Hennef kommend, in etwa einer halben Stunde zu erreichen hoffen.

»Fahrt bitte nicht so schnell!«, ruft der das Schlusslicht bildende Jörg Gutreuter nach vorn und lässt sich etwas zurückfallen.

»Du wirst doch nicht etwa schon müde sein?«, spottet sein älterer Bruder Felix von der Spitze her, zieht aber gehorsam das Paddel ein. Die beiden Kameraden in der Mitte folgen unverzüglich seinem Beispiel und schauen neugierig über die Schultern nach hinten. »Wir sind doch ohnehin gleich am Ziel, Bruderherz. So lange wirst du es doch bestimmt noch aushalten und dann gibt es im

›Bootshaus‹ zur Belohnung ein leckeres Bierchen für uns alle!«

»Quatsch keine Oper!«, schimpft Jörg, mit achtzehn Jahren der Jüngste der vier Kanuten. »Ich glaube, ich habe da am Ufer zwischen den Büschen etwas im Wasser treiben sehen. Sieht recht groß aus, es könnte sich um ein totes Tier handeln. Das sollten wir uns vielleicht einmal anschauen, es kann ja nicht im Wasser bleiben!«

»In zwanzig Minuten geht die Sonne unter«, wendet Felix Gutreuter mit einem abschätzenden Blick zum Himmel stirnrunzelnd ein, dreht aber bei und paddelt die wenigen Meter bis zu seinem Bruder zurück. »Wir werden den letzten Kilometer im Dunkeln fahren müssen, wenn wir uns hiermit zu lange aufhalten.«

Derweil hat Jörg Gutreuter die verdächtige Stelle erreicht und stochert mit seinem Paddel im Wasser herum in der Absicht, die vermeintliche Tierleiche unter den herabhängenden Zweigen des Ufergebüschs hervorzuholen. »Falscher Alarm!«, meldet er den anderen, nachdem ihm dies endlich gelungen ist. Im scheidenden Tageslicht glaubt er zu erkennen, was dort im Schatten der Uferböschung im Wasser treibt. »Das sind bloß ein paar alte Klamotten!«

»Nee du, das sind nicht bloß Kleidungsstücke. Da steckt noch einer drin!«, widerspricht sein Bruder ihm mit belegter Stimme, nachdem er jetzt ebenfalls nah genug herangekommen ist. »Das da ist eine Leiche, wir müssen sofort die Polizei informieren!« Mit diesen Worten kramt er den wasserdichten Beutel aus dem Inneren des Kanus hervor, in dem er unter anderem sein Handy aufbewahrt.

Mit fliegenden Fingern wählt er anschließend den Notruf der Polizei. Seine drei Kameraden hindern derweil den im Wasser treibenden Körper daran, von der Strömung mitgerissen zu werden, indem sie ihm mit ihren Kanus den Weg versperren.

* * *

22:07 Uhr

Tobias Heller stellt die BMW hinter dem Smart Cabrio seiner Kollegin Denise Malowski ab. Dass es von himmelblauer Farbe ist, lässt sich jetzt, eine halbe Stunde nach Sonnenuntergang allenfalls erahnen. Die nächsten Straßenlaternen sind hunderte von Metern entfernt und nur vom Flussufer dringt ein Lichtschein bis hierher. Der VW-Bus der KTU, zwei Streifenwagen und das Fahrzeug der Rechtsmedizin stehen ebenfalls hier und sind trotz der bescheidenen Lichtverhältnisse gut zu erkennen.

»Was hat dich aufgehalten?«, fragt Tobias seine Partnerin, die soeben aus ihrem Auto steigt. Die Frage ist berechtigt, liegt Denises Wohnung doch erheblich näher als die eigene.

»Du bringst eine knapp Dreijährige nicht einfach so zu Bett und haust dann ab«, brummt sie als Antwort. »Und wenn tausendmal eine Leiche gefunden wurde!«

»Leonie?«

»Ich musste ihr erst noch eine Gutenachtge-schichte erzählen«, bestätigt sie ihm lachend. »Von Tobias, dem Grinsekater.«

»Wobei Ähnlichkeiten mit realen Personen natürlich rein zufällig sind, nehme ich an?«

»Natürlich! Und jetzt lass uns gehen, Tobi. Es ist spät und ich möchte das hier so schnell wie mög-lich hinter mich bringen. Dass die ihre Leichen immer am Wochenende und/oder mitten in der Nacht irgendwo ablegen müssen!«

»Tagsüber und wochentags wäre doch albern, Denise!«, grinst Tobias und setzt sich in Bewegung.

Das Areal am Ufer der Sieg ist weiträumig mit rot-weißem Absperrband markiert. Es umfasst einen Bereich von mehreren hundert Quadrat-metern und wurde zum Flussufer hin offen gelas-sen, wo Taucher der DLRG soeben damit beschäf-tigt sind, die Leiche aus dem Wasser zu bergen, als die Hauptkommissare auf der Bildfläche erschei-nen. Die vier Kollegen von der Streife halten sich außerhalb der Absperrung auf. Von ihrer Position beobachten Denise und Tobias, wie der Körper am Flussufer vor den Füßen der wartenden Rechtsme-dizinerin Dr. Martina de Luca abgelegt wird.

Wie immer sind die Spurensicherer auf alle Eventualitäten vorbereitet, denn sie Sonne ging ja schon vor einer halben Stunde unter, sodass jetzt nur noch ein leichter Dämmerschein am Horizont zu sehen ist. Im Licht der aus einem mitgebrachten Generator gespeisten Lampen, die den gesamten Bereich taghell erleuchten, sehen die Ermittler die Pathologin sich über den auf der Wiese abgelegten

Leichnam beugen, um ihn einer ersten Inaugenscheinnahme zu unterziehen.

Die vollständig bekleidete männliche Leiche ist wie ein Paket verschnürt. Das Seil bezieht dabei aber nicht nur Hände und Füße mit ein, sondern ebenfalls den Kopf, wo eine Pudelmütze bis zum Hals des Toten heruntergezogen und dort mit dem Strick fixiert ist. Viel mehr können Denise und Tobias von hier aus nicht erkennen. Der linke Schuh fehlt, man wird ihn auf dem Grund der Sieg finden, vermuten die Kommissare.

Die Mitarbeiter der KTU, sechs an der Zahl, verteilen sich wie in einer geheimen Absprache über das ganze Areal und kämmen nahezu jeden Grashalm nach zurückgelassenen Gegenständen, Fußspuren und anderen ungewöhnlichen Merkmalen durch. Einer der Männer wedelt mit einem Metalldetektor umher, während er den Boden in engen Bahnen abschreitet.

Ebenfalls außerhalb der Absperrung, links von Denise und Tobias, stehen am Ufer vier junge Männer rauchend und sich leise unterhaltend neben ihren Kanus, mit denen sie auf dem Fluss unterwegs waren und die sie jetzt auf festen Untergrund gezogen haben. Es handelt sich um die Leute, die vor einer knappen Stunde den Leichenfund meldeten. Denise Malowski und Tobias Heller begeben sich zwecks Befragung unverzüglich zu ihnen, da sie den abgesperrten Bereich ohnehin nicht betreten dürfen, solange Vogels Leute mit der Spurensicherung beschäftigt sind.

***

Die vier Kanuten konnten keine hilfreichen Informationen beisteuern. Jörg und Felix Gutreuter hatten heute Morgen mit zwei Freunden vom Kanuclub eine Flusswanderung nach Hennef unternommen, von der sie planmäßig vor Sonnenuntergang zurückzukehren gedachten. Das wäre auch sicherlich der Fall gewesen, hätte Jörg Gutreuter nicht etwas im Wasser treiben sehen, das er wegen der unvorteilhaften Lichtverhältnisse anfangs für ein verendetes Tier hielt, sich aber später als menschliche Leiche entpuppte.

Weitere Angaben waren von den jungen Männern nicht zu bekommen. Verdächtige Personen am Ufer, die womöglich mit der Leiche in Verbindung gebracht werden könnten, hatten sie nicht bemerkt. Lediglich die genaue Uhrzeit des Leichenfundes wussten sie zu berichten, von Denise Malowski sorgfältig auf ihrem Notizblock festgehalten.

»Ich denke, das war es zunächst«, wendet Tobias Heller sich abschließend an die vier. »Sie können Ihre Fahrt jetzt fortsetzen. Es tut mir leid, dass dies nun im Dunkeln stattfinden muss, aber es ist Vollmond bei einer sternenklaren Nacht. Als erfahrene Kanuten werden Sie keine Schwierigkeiten haben, den Weg zu finden. Zumal man sich auf der Sieg wohl kaum verfahren kann«, lächelt er und wendet sich dem abgesperrten Bereich zu, wo soeben der Leiter der Forensik über das Flatterband steigt. Für den 1,92 Meter großen, hageren Mann ist dies leichter, als unter dem Band durchzuschlüpfen.

»Wenn ihr den markierten Weg benutzt, könnt ihr jetzt zur Leiche«, nuschelt Jürgen Vogel an einem Zigarillo vorbei, den er kalt zwischen seinen Lippen wälzt. »Doktor de Luca hat die erste Untersuchung soeben abgeschlossen und wird euch sicher schon etwas dazu sagen können.«

»Habt *ihr* denn was gefunden?«, will Tobias Heller wissen, während Vogel hinter vorgehaltener Hand umständlich seinen Glimmstängel anzündet.

»Meine Leute sind noch mit der Spurensuche beschäftigt, wie ihr seht. Gefunden haben wir massenhaft Zeug, wie man es an solchen Stellen häufig vorfindet: Zigarettenkippen, leere Flaschen und so weiter. Ein benutztes Kondom ist auch dabei!« Vogel schüttelt sich angewidert. »Und eine Einwegspritze lag ebenfalls dort herum. Was davon für die Tat relevant ist, wird sich im Labor zeigen. Die Spritze werden wir auf Reste von Drogen testen, sie könnte von einem Fixer zurückgelassen worden sein. Mit etwas Glück finden wir sogar DNA daran.«

»Ist es denn schon sicher, dass er nicht einfach bloß ertrunken ist?«, fragt Denise Malowski nach.

»Nur, wenn er sich selbst an Händen und Füßen gefesselt hat, bevor er in den Fluss gesprungen ist«, gibt Vogel trocken zurück. »Alles Weitere solltet ihr de Luca selbst fragen, sie wartet auf euch. Den fehlenden linken Schuh haben wir übrigens im Bereich der Uferböschung gefunden. Das könnte bedeuten, dass der Körper über den Boden geschleift, und der Schuh dadurch verloren wurde. Ist nur so ein Gedanke, aber eventuell von Bedeutung.«

»Danke Jürgen. Vergleicht doch bitte die DNA in dem Kondom mit der des Toten«, nickt Tobias Heller dem Forensiker zum Abschied zu und folgt seiner Partnerin, die sich soeben anschickt, unter dem Flatterband hindurch das gesperrte Gelände zu betreten.

* * *

»Wir haben es hier offenbar mit einem geistig behinderten Menschen zu tun«, begrüßt Martina de Luca die beiden Kommissare übergangslos, kaum dass sie herangetreten sind.

Tobias Heller glaubt, so etwas wie Mitgefühl in ihrer Stimme mitschwingen zu hören, was er in Anbetracht der von der Pathologin im Allgemeinen zur Schau gestellten Emotionslosigkeit für äußerst bemerkenswert hält.

Sie weist auf das Gesicht des Jugendlichen, welches unübersehbare Merkmale eines Down-Syndroms aufweist. »Es handelt sich, wie mir scheint, um einen besonders schweren Fall. Das hilft Ihnen vielleicht bei der Identifikation.«

Das schließt zwar eine Verbindung zu dem Kondom nicht zwangsläufig aus, denkt Tobias Heller, *lässt die Angelegenheit aber schon irgendwie fragwürdig erscheinen!*

»Und was war Ihrer Meinung nach die Todesursache?«, stellt Denise Malowski sachlich eine der wichtigsten Fragen im Zusammenhang mit einem Leichenfund.

Die Rechtsmedizinerin italienischer Abstammung schüttelt energisch den Kopf, wodurch ihre weit in den Rücken fallende, schwarze Haarpracht in heftige Schwingungen versetzt wird. »Das vermag ich zu diesem Zeitpunkt nicht zu sagen, Frau Malowski«, bedauert sie. »Äußere Verletzungen sind auf Anhieb keine zu finden. Es wäre denkbar, dass er ertrunken ist oder vergiftet wurde. Sie werden die Leichenschau abwarten müssen.«

Sie blickt von Denise zu Tobias. »Dafür kann ich Ihnen den Todeszeitpunkt dieses Mal wahrscheinlich ziemlich genau nennen«, äußert sie sich dann mit einem zufriedenen Lächeln. »Ich habe vorsorglich die Wassertemperatur an der Stelle gemessen, wo der Leichnam gefunden wurde. Davon ausgehend, dass er unmittelbar vor oder nach Eintritt des Todes in den Fluss verbracht wurde, habe ich aufgrund dieser Information und der Restwärme des Körpers einen Zeitraum zwischen 20:30 Uhr und 21:00 Uhr errechnet. Dies gilt aber wie gesagt nur für den Fall, dass er gleich nach seinem Ableben ins Wasser geworfen wurde oder eben darin ertrank. Ich hege jedoch die berechtigte Hoffnung, meine Theorie im Zuge der Autopsie erhärten oder widerlegen zu können.«

»Haben Sie vielen Dank, Frau Doktor de Luca«, nickt Tobias Heller ihr freundlich zu. »Und wann, denken Sie, dass Sie die Leichenschau …«

Ein lautstarker Tumult jenseits der Absperrung lässt ihn in seiner Rede innehalten. Außerhalb des erleuchteten Rechtecks drängen sich unter lautem Protest etwa ein Dutzend Zivilisten – einige davon mit Laternen bewaffnet – an das Flatterband, wo sie von den vier uniformierten Polizeibeamten mit Mühe und Not an einem gewaltsamen Durchbruch gehindert werden.

Die Kommissare überlassen die Pathologin wieder sich selbst und ihrer Leiche und hasten gemeinsam zu der etwa zwanzig Meter entfernten Stelle, um nachzuschauen, was dort vor sich geht. »Ich rufe bezüglich des Termins für die Obduktion in den nächsten Tagen auf Ihrer Dienststelle an!«, hören sie noch die kräftige Stimme de Lucas hinter sich.

Die Menschenansammlung scheint äußerst erregt zu sein. »Wir wollen zu Jona! Lasst uns zu unserem Kind!«, hören sie aus der Menge rufen. Aus unterschiedlichen Kehlen erschallen die Worte. Denise Malowski und Tobias Heller gesellen sich vorsichtig dazu, bleiben aber sicherheitshalber diesseits der Absperrung. Sie wissen aus Erfahrung, wie sehr in solchen Situationen die Emotionen hochkochen können.

»Bitte beruhigen Sie sich, meine Herrschaften!«, ruft Tobias mit lauter Stimme in die Menge, die daraufhin tatsächlich verstummt. »Ich bin Kriminalhauptkommissar Tobias Heller und dies hier ist eine polizeiliche Tatortuntersuchung. Ich muss Sie daher bitten, außerhalb der Markierung zu bleiben und sich ruhig zu verhalten!«

»Bitte!«, meldet sich eine Stimme zaghaft zu Wort. Eine Frau, etwa vierzig Jahre alt, steht unmittelbar vor Denise und schaut sie flehentlich an. »Sind Sie Mutter?«, fragt sie die Polizistin. »Dann wissen Sie, wie ich mich fühle. Unser Junge … Jona … Er ist heute Nachmittag verschwunden … einfach so. Wir suchen seit Stunden nach ihm und befürchten, dass etwas Schlimmes geschehen ist. Wir müssen unbedingt zum Ufer. Sofort!«

»Kommen Sie bitte mit mir«, wendet sich Denise spontan nach einem abstimmenden Seitenblick zu ihrem Partner an die verzweifelte Frau. »Aber nur Sie, sonst niemand! Und Sie müssen sich an meine

Anweisungen halten, damit wir die laufenden Untersuchungen nicht gefährden!« Tobias hebt derweil wortlos das Absperrband an, um ihr das Betreten des Areals zu ermöglichen.

Eine Minute später sinkt die Frau leise weinend vor dem leblosen, immer noch an Händen und Füßen gefesselten Körper in die Knie und schlingt, ehe es jemand verhindern kann, beide Arme um den Leichnam. »Jona!«, schluchzt sie und dicke Tränen fallen auf das Gesicht des Toten. »Was haben sie dir nur angetan?«

KAPITEL 2

Montag, 22. Juli

09:58 Uhr

»Ich habe deinen Bastard ertränkt. Erdrosselt habe ich ihn und dann wie ein wertloses Stück Dreck in den Fluss geworfen. Ich hoffe, dass du vor Kummer ebenfalls stirbst. Dein ganzes Geld wird dir deinen Sohn nicht wiederbringen. Dies ist meine Rache!«

»Diese Nachricht fanden die Eltern des Opfers, Dirk und Gabriele Wolf, auf ihrem Anrufbeantworter vor, als sie gegen 21:45 Uhr nach Hause kamen«, erläutert Tobias Heller den Kollegen im Besprechungsraum die soeben gehörte Sprachaufnahme. Die Stimme ist hörbar verstellt und klingt krächzend und blechern.

»Dem war eine stundenlange Suche nach dem vermissten Jona Wolf vorangegangen, die seine Eltern mit einigen Freunden und Nachbarn organisiert hatten«, fährt Denise Malowski fort und nickt ihrem am Whiteboard stehenden Vorgesetzten Donner auffordernd zu, der sogleich einige Marker mit unterschiedlichen Farben zur Hand nimmt, um die nachfolgenden Worte der Hauptkommissarin auf der Tafel festzuhalten.

»Wir haben vom Ehepaar Wolf folgenden Zeitplan der Ereignisse vom gestrigen Abend erhalten:

→ 17:00 Uhr: Gabriele Wolf vergewissert sich mit einem Blick durchs Fenster, dass ihr geistig behinderter Sohn friedlich beim kindlichen Spiel vor dem Haus ist.

→ 17:15 Uhr: Die Mutter geht nach draußen, um den Jungen zum Abendbrot hereinzurufen, aber Jona ist nirgends zu sehen.

→ 17:30 Uhr: Der anonyme Anruf, den wir soeben hörten, geht auf dem Anrufbeantworter der Familie Wolf ein. Zu diesem Zeitpunkt sind die Eltern des Jungen in der Nachbarschaft unterwegs, um nach ihm zu suchen. Zusammen mit einigen Nachbarn und Freunden durchkämmen sie stundenlang die ganze Gegend nach ihm. Erfolglos.

→ 21:15 Uhr: Vier Freunde, die mit ihren Kanus auf der Sieg unterwegs in Richtung Heimat sind, entdecken die Leiche von Jona Wolf in Ufernähe im Wasser und rufen die Polizei an.

→ 21:45 Uhr: Nach stundenlanger Suche kommt die Suchmannschaft unter der Leitung der Eheleute Wolf zurück, um über das weitere Vorgehen zu beratschlagen. Sie finden die in der Zwischenzeit eingegangene Sprachnachricht vor und machen sich auf den Weg zum Flussufer, um ihre Suche dort fortzusetzen. Der unbekannte Anrufer erwähnte ja explizit einen Fluss, in den er den Jungen geworfen haben will.

→ 22:30 Uhr: Die Eltern entdecken nach einer weiteren, intensiven Suche in der Dunkelheit den Lichtschein unserer Tatortuntersuchung. Sie sind zu dieser Zeit etwa hundert Meter davon entfernt und begeben sich umgehend dorthin, wo die verzweifelte Mutter den Toten als ihren vermissten Sohn Jona identifiziert.«

»Dem Wortlaut der Nachricht nach zu urteilen, handelt es sich bei der Tat um einen Racheakt«, meldet sich Kommissarin Christina ›Chrissie‹ Ohlsen zu Wort. »Wir sollten uns auf das soziale Umfeld der Familie Wolf konzentrieren!«

»Das tun wir in solchen Fällen ohnehin«, wendet Tobias Heller ein. »Allerdings wissen wir zum gegenwärtigen Zeitpunkt nicht mit Sicherheit, ob der Anruf überhaupt etwas mit dem Mord zu tun hat. Es gibt da nämlich durchaus einige Ungereimtheiten.«

»Doktor de Luca grenzte den Todeszeitpunkt auf die Zeit zwischen 20:30 Uhr und 21:00 Uhr ein«, erläutert Denise Malowski. »Das konnte sie aus der Körpertemperatur der Leiche in Verbindung mit der Wassertemperatur errechnen. Es gibt zwar einen Unsicherheitsfaktor, da wir nicht mit Sicherheit wissen, ob der Tote unmittelbar nach der Tat in den Fluss verbracht wurde, aber um 17:30 Uhr, als die Nachricht auf dem Anrufbeantworter einging, wird Jona Wolf wohl noch gelebt haben.«

»Falls der Täter die Leiche erst Stunden später ins kalte Wasser warf, hätte sie weniger lange darin gelegen und wäre daher wesentlich langsamer ausgekühlt«, weist Oberkommissar Wolfgang Müller auf einen nicht unwesentlichen Umstand hin. »Doktor de Luca hätte in diesem Fall einen *späteren* Todeszeitpunkt errechnet und nicht einen früheren!«

»Das ist ein guter Einwand«, lobt Kommissariatsleiter Donner ihn. »Und in diesem Fall läge der

Todeszeitpunkt zeitlich *nach* der Entdeckung der Leiche durch unsere Kanuten, was aber unmöglich ist!«

»Zudem waren keinerlei Würgemale am Hals des Opfers zu sehen«, ergänzt Tobias Heller die Ausführungen seiner Partnerin. »Somit hat der Anrufer zumindest in diesem Fall gelogen! Wir werden demnach, was die Todesursache angeht, die Leichenschau abzuwarten haben. Jona Wolf könnte theoretisch auch im Fluss ertrunken sein. Die Tatsache, dass er an Händen und Füßen auf eine recht komplizierte Weise gefesselt war, deutet aber unmissverständlich auf ein Gewaltverbrechen hin!«

Er weist mit einer Hand auf die Tafel, wo eine Aufnahme des Opfers angebracht ist. Das Foto wurde unmittelbar nach der Bergung angefertigt. Der Junge auf dem Bild liegt auf dem Rücken. Die Fußgelenke sind mit einem dicken Strick zusammengebunden, der zunächst zu den vor dem Körper gefesselten Händen und dann zum Hals des Toten verläuft.

»Als er aus dem Fluss geholt wurde, trug er eine Strickmütze, die aber vollständig über das Gesicht gezogen war. Das mag der Grund dafür gewesen sein, dass die jungen Leute, die die Leiche fanden, sie zunächst für einen Tierkadaver oder im Wasser schwimmende Kleidung hielten«, fügt Heller noch hinzu. »Es ist gut möglich, dass der Strick um den Hals dazu diente, die Mütze an Ort und Stelle zu fixieren. Das ganze Bild wäre demnach als Demütigung zu verstehen und bewusst so arrangiert worden.«

»Wie gesichert ist es eigentlich, dass der Tote genau dort in den Fluss geworfen wurde, wo man ihn später herausgeholt hat?«, will Kommissariatsleiter Donner wissen. »Falls der Leichnam weiter flussaufwärts ins Wasser gelangte und durch die Strömung dorthin getrieben wurde, wären alle am Fundort sichergestellten Spuren wertlos!«

»Ich habe mit den Tauchern der Bergungsmannschaft geredet«, gibt Tobias Heller zur Antwort. »Deren Gruppenleiter ist sich sicher, dass der Körper exakt dort ins Wasser geworfen wurde, wo man ihn später gefunden hat. Andernfalls wäre er an dieser Stelle niemals angespült worden, sondern weiter den Fluss hinab getrieben, meinte er.«

»Du sagtest vorhin, Jona sei geistig behindert gewesen?«, wendet Chrissie Ohlsen sich an Denise Malowski, nachdem sie ihren Chef zu den Ausführungen Hellers zufrieden nicken sieht und zu Recht annimmt, dass diese Frage damit für ihn erledigt ist.

»Down-Syndrom«, nickt diese. »Doktor de Luca vermutete es wegen der unübersehbaren Merkmale wie die mongoloiden Gesichtszüge und so weiter. Die Eltern haben es uns dann später bestätigt. Der arme Junge war siebzehn Jahre alt, aber auf dem geistigen Niveau eines etwa drei- bis vierjährigen Kindes und wäre es auch geblieben, wenn ihn nicht jemand getötet hätte.«

»In der Stimme des Anrufers liegt eine Menge Hass«, meldet sich Oberkommissar Horst Weiland erstmals zu Wort. »Und Neid. Da ist von Geld die Rede. Wie ist es denn um die finanziellen Verhältnisse der Familie bestellt?«

»Das haben wir heute Vormittag zumindest teilweise recherchiert«, gibt Denise Malowski zurück. »Die Familie Wolf war gestern Abend nicht mehr zu großen Erklärungen in der Lage, wie ihr euch sicher denken könnt. Wir werden die Eltern des Opfers daher heute erneut aufsuchen, um einige dringende Fragen zu klären. Vor allem interessiert uns dieser ominöse Telefonanruf, obwohl der Anrufer offenbar einiges falsch dargestellt hat. Wir denken aber dennoch, dass er mit der Tat in Verbindung steht.«

»Wir wissen bisher lediglich, dass Dirk und Gabriele Wolf einen ehemaligen Bauernhof in Troisdorf-Bergheim bewirtschaften«, beantwortet Tobias Heller die Frage Weilands. »Er liegt am Rande der Wohnbebauung und grenzt direkt an Brachland, das sich von dort bis zum Siegufer erstreckt. Der Hof wird heute aber als Reiterhof genutzt. Ob die Eheleute auch die Eigentümer sind, müssen wir noch überprüfen.« Er wendet sich Christina Ohlsen zu: »Würdest du bitte anschließend die Grundbucheinträge einsehen und die Eigentumsverhältnisse klären?«, bittet er die Kommissarin, die mit einem Kopfnicken ihre Zustimmung signalisiert.

»Wolfgang und Horst: Ihr wühlt euch durch die Melde- und Geburtenregister. Erstellt einen möglichst vollständigen Stammbaum der Familie«, fährt Tobias Heller fort. »Mindestens bis zu den Großeltern des Opfers. Der Klan scheint recht groß zu sein, wie einigen Äußerungen der Eltern gestern Abend zu entnehmen war.«

»Glaubst du, der Täter stammt aus den Reihen der Verwandtschaft?«, will Wolfgang Müller wissen. »Ein missgünstiger Bruder, Vetter, Onkel oder so?«

»Wir müssen, wie es so schön heißt, nach allen Seiten ermitteln«, beantwortet Tobias Heller die Frage. »Denise und ich statten derweil den Eheleuten Wolf einen Besuch ab. Auf ihre Gefühle können wir leider keine Rücksicht nehmen, da es gilt, einen scheußlichen Mord aufzuklären. Jona war nur scheinbar ein herwachsender junger Mann. In Wirklichkeit war er ein kleines Kind!«

»Dem ist nichts mehr hinzuzufügen«, meldet sich Donner mit belegter Stimme zu Wort, nachdem er sich während der Vorträge seiner leitenden Ermittler ungewöhnlich zurückhaltend verhalten hatte. Er ist, wie sie alle, sichtlich erschüttert über die Gräueltat. »Macht euch an die Arbeit, Leute!«

* * *

Der Hof, auf der dem großen hölzernen Tor gegenüberliegenden Seite vom Haupthaus beherrscht und links und rechts von Stallungen flankiert, liegt wie ausgestorben vor den Kommissaren, als sie das Grundstück betreten. Der Hauch des Todes legte sich offenbar an diesem Ort wie ein Leichentuch über Wohngebäude und Pferdeställe, aus denen nicht einmal ein verhaltenes Wiehern der rund einem Dutzend Reittiere zu hören ist, die ihres Wissens dort untergebracht sind. Alles ist totenstill.

Dem ehemaligen Bauernhaus ist seine Herkunft aus dem 19. Jahrhundert trotz der zweifellos in der

Vergangenheit stattgefundenen Modernisierungen deutlich anzusehen. Denise Malowski und Tobias Heller schreiten zügig über den menschenleeren Hof dem etwa fünfzig Meter entfernten Gebäude entgegen. Ihr erklärtes Ziel ist es, die fällige Befragung der trauernden Eltern möglichst rasch hinter sich zu bringen. Beide hegen jedoch eine aus langjähriger Erfahrung genährte Befürchtung, dass dies heute kein leichtes Unterfangen sein wird.

Das Haus wird, wie Denise und Tobias von ihrem gestrigen Besuch wissen, ebenfalls als Wirtschaftsgebäude für den Reiterhof genutzt. Und da die Eingangstür zunächst in einen Bereich führt, der von Bediensteten und Reitgästen gleichermaßen frequentiert wird, treten sie forsch ein, ohne sich vorher lange mit Anklopfen aufzuhalten.

Drinnen herrscht ein schummriges Dämmerlicht. An einem Tisch sitzen das Ehepaar Wolf – beide mit dem Rücken zur Tür – und ein ihnen unbekanntes Mädchen im Teenageralter, welches bei ihrem Eintreten als Einzige interessiert den Kopf hebt, während Dirk und Gabriele Wolf weiterhin teilnahmslos sitzenbleiben. Vor ihnen auf dem Tisch verbreitet ein flackerndes Grablicht einen trüben Schein in dem ansonsten unbeleuchteten Raum. Die kleinen Sprossenfenster lassen indes nur wenig Tageslicht herein.

Endlich legt Gabriele Wolf ihre Lethargie wenigstens teilweise ab und wendet sich den Besuchern zu: »Was wollen Sie denn schon wieder?«, begrüßt sie die Ermittler schroff. »Unseren Sohn werden Sie uns nicht zurückbringen können! Oder haben Sie den Schurken, der das getan hat, etwa schon gefasst?« Ein großer Schmerz liegt in den harschen Worten der Frau, was Denise Malowski und Tobias Heller aber aufgrund der erst wenige Stunden zurückliegenden Tragödie durchaus nachempfinden können.

»Meine Frau meint es nicht so«, lässt sich jetzt ihr Ehemann vernehmen. Er erhebt sich müde von seinem Stuhl, um die Ankömmlinge zu begrüßen. »Es ist nicht leicht für uns, mit der Situation umzugehen. Bitte nehmen Sie doch Platz!«, weist er auf einen freien Sitzplatz neben dem Mädchen. »Wärst du so lieb und schaust mal nach den Pferden, Karin?«, spricht er die Jugendliche an, die sich sogleich folgsam erhebt und mit einem gemurmelten »Mach ich, Onkel Dirk« den Raum verlässt.

»Karin ist streng genommen nicht unsere Nichte«, hebt der Hausherr zu einer Erklärung an, während Denise Malowski den soeben freigewordenen Platz okkupiert und sich neben Tobias Heller setzt. »Sie ist die Tochter der Schwägerin eines Cousins und somit *dessen* Nichte. Sie ist erst fünfzehn und geht noch zur Schule, hilft aber nach dem Unterricht gerne bei den Pferden aus. Und jetzt sind ja Sommerferien. Wir haben für heute sämtliche Reitstunden abgesagt«, fährt der plötzlich reichlich gesprächig gewordene Mann fort. »Deshalb ist es hier momentan so still. Die Reitlehrer habe ich nach Hause geschickt und es sind derzeit nur ein paar Stallburschen hier, die sich um die Tiere kümmern.«

»Arbeiten noch weitere Verwandte von Ihnen auf dem Hof?«, hakt Denise Malowski an dieser Stelle ein. Die Frage ist an beide gerichtet. »Es würde uns zudem interessieren, wie Ihr Umgang mit Familienangehörigen ist. Gibt es da so etwas wie regelmäßige Besuche? Oder haben sogar einige Ihrer Verwandten und Bekannten ungehinderten Zutritt zu den Gebäuden?«

»Nur Karin«, meldet sich Gabriele Wolf nach ihrer frostigen Begrüßung erstmals wieder zu Wort. »Sie haben das Mädchen ja vorhin gesehen. Sie ist auch die Einzige, die sich nebenher um unseren Jungen kümmert ... äh, gekümmert hat.« Sie wischt sich eine Träne aus dem Gesicht. »Jona hat ihr vertraut und freute sich immer, wenn sie hier war. Vor allem, wenn sie den kleinen Ben mitbrachte, das ist ein Cousin von Karin. Gestern ist sie aber nicht erschienen. Wir hatten uns schon gefragt, was der Grund für ihr Fernbleiben gewesen sein mag.«

»Zudem ist das Tor den ganzen Tag über unverschlossen«, ergänzt ihr Ehemann mit hochgezogenen Augenbrauen. »Wir schließen es um 07:00 Uhr morgens auf und um 22:00 Uhr wird es wieder verriegelt. Sie glauben doch nicht etwa, es war einer aus der Familie? Die ist nämlich nicht gerade klein, müssen Sie wissen!«

Zumindest schließt er es aber nicht gänzlich aus!, vermerkt Tobias Heller in Gedanken. »Das erwähnten Sie gestern Abend schon«, erinnert er sich. »Bei der Gelegenheit möchte ich Sie bitten, uns eine Liste Ihrer nächsten Verwandtschaft anzufertigen«, wendet er sich an die Eheleute. »Auch Freunde der Familie wären hilfreich, wir werden sie auf jeden Fall befragen müssen. Geht das?«

»Uns ist da im Nachhinein eine Sache aufgefallen«, wechselt Denise Malowski das Thema, während Dirk Wolf zu dem Ansinnen ihres Kollegen bestätigend mit dem Kopf nickt und ein Blatt Papier und einen Stift zur Hand nimmt. »Und zwar trug Jona eine Pudelmütze, als er gefunden wurde. Hatte er die schon auf, als Sie ihn das letzte Mal lebend sahen? Es ist ja Sommer und es waren gestern sicher fast 30 Grad in der Sonne!«

»Das war seine Lieblingsmütze«, schluchzt Gabriele Wolf. »Ohne die verließ er niemals das Haus. Für ihn war das irgendwie … notwendig. Er war ja wie ein kleines Kind.«

»Frau Wolf, Sie sagten gestern Abend …« Tobias blättert in seinem Notizblock, obwohl er fast nie etwas darin notiert. Da er sich auf sein Gedächtnis hundertprozentig verlassen kann, gehört diese Geste eher zu seiner Inspektor-Columbo-Imitation, die er bei Befragungen gerne zur Schau stellt. »Sie sagten wörtlich, als Sie Ihren Sohn tot am Siegufer liegen sahen: ›*Was haben sie dir nur angetan?*‹ Meinten Sie damit konkret jemanden, den Sie kennen?«

»Was …?« Gabriele Wolf wird etwas blass um die Nasenspitze. »Daran erinnere ich mich jetzt so gar nicht … Falls ich das wirklich gesagt haben sollte … Nein, damit habe ich garantiert niemanden speziell gemeint, Herr Kommissar!«

»Nun gut. Kommen wir zu dem anonymen Anruf, den Sie gestern Abend auf Ihrem Anrufbeantworter vorfanden, als Sie von Ihrer Suche nach Jona zurückkamen. War dies der erste Vorfall dieser Art oder gab es zuvor schon ähnliche Vorkommnisse?« Denise beobachtet bei ihrer Frage die

Gesichter der Eheleute Wolf besonders genau und so entgeht ihr nicht deren synchrones Zusammenzucken. Sie schickt einen kurzen Seitenblick zu ihrem Partner, der diesen mit einem angedeuteten Kopfnicken beantwortet.

Eine längere Pause entsteht. »Es war das erste Mal!«, haucht Frau Wolf schließlich nach einem Blick zu ihrem Mann. »Wir waren zutiefst beunruhigt, Frau Kommissarin. Dann haben wir das Flussufer nach unserem Sohn abgesucht, aber das wissen Sie ja bereits.«

* * *

»Die lügen wie gedruckt!«, spricht Denise Malowski auf dem Weg zum Wagen aus, was beide Ermittler bezüglich der letzten Aussage der Eheleute denken.

»Das glaube ich auch, Denise. Wir haben aber leider derzeit keine Handhabe, sie zu einer diesbezüglichen Aussage zu zwingen. Wir werden daher versuchen, auf andere Weise herauszubekommen, ob es gegen die Familie in der Vergangenheit Bedrohungen gegeben hat. Womöglich weiß dieses Mädchen ja etwas. Sagte der Herr Wolf nicht, dass sie sich um die Pferde kümmern soll?«

»Jep! Los, lass uns in den Ställen nachschauen, Tobi!« Ihre leuchtenden Augen sprechen Bände. Lächelnd folgt Tobias Heller seiner davoneilenden Kollegin über den Hof. Sie ist, wie er weiß, mit Pferden aufgewachsen und hatte als Kind sogar ein eigenes Pony.

* * *

Das Tor an der Stirnseite des Stallgebäudes führt auf einen breiten Gang, von dem linker Hand sechs Pferdeboxen abgehen, die alle belegt sind. Zwei Stallburschen kümmern sich um die Tiere, sorgen für frisches Futter und misten aus. Gleich vorn in der ersten Box treffen Denise und Tobias auf das Mädchen Karin, dessen Familiennamen sie noch nicht kennen. Sie striegelt mit Hingabe das Fell einer schwarzen Stute, als die Kommissare den Stall betreten.

»Das ist ein sehr schönes Pferd!«, bemerkt Denise bewundernd, worauf das Mädchen erschrocken zu ihnen herumfährt.

»Ach, Sie sind das!«, atmet Karin erleichtert auf und streichelt zärtlich über die Nüstern des stolzen Tieres. »Das ist Afra, ich darf sie reiten, wenn sie nicht anderweitig ausgebucht ist. Dafür helfe ich auf dem Hof, wann immer ich kann. Sind Sie von der Polizei?«, wechselt sie sprunghaft das Thema.

»Ja, das sind wir. Ich heiße Denise und das ist mein Kollege Tobias«, schlägt die Hauptkommissarin einen vertraulichen Ton an. »Wir untersuchen den Tod deines ... In welchem Verwandtschaftsverhältnis stehst du überhaupt zu Jona?«

»Das ist etwas kompliziert«, lacht das Mädchen verlegen. »Meine Mama ist die Schwester der Frau eines Cousins von Dirk Wolf, und zwar mütterlicherseits. Der Vater von meinem Onkel Bernhard Fischer ist demnach der Bruder von Jonas Großmutter ... also Dirks Mutter. Das macht mich wohl eher zu einer Art Schwägerin von Jona, denke ich.«

»Und wie lautet dein Familienname?«

»Bauer.«

»Okay, Karin. Es sind zurzeit Schulferien, bist du da jeden Tag hier?«, fragt Denise behutsam weiter. Tobias sieht sich derweil im Stall um. Für diese Befragung ist seine Partnerin besser geeignet als er. Was aber nicht heißt, dass er nicht aufmerksam zuhört.

»Ich komme so oft, wie es mir möglich ist«, antwortet Karin ihr bereitwillig. »Ich arbeite gerne mit den Pferden und möchte später einmal etwas in der Art auch beruflich machen. Jetzt in den Ferien bin ich eigentlich jeden Tag hier.«

»Und uneigentlich?«, lächelt Denise über diese ebenso beliebte wie unverbindliche Wortschöpfung. »Präzise gefragt: Warst du *gestern* hier?«

Karin Bauer, von Gestalt her eher klein und etwas pummelig, und mit Sommersprossen um die Nase, wirkt auf die Kommissare mit einem Mal reichlich nervös. Verlegen schlägt sie die Augen nieder und schweigt verbissen.

»Nun?«, nickt Denise Malowski ihr aufmunternd zu. »Es ist nichts Schlimmes, Karin. Wir beschuldigen dich nicht, wir möchten nur wissen, ob dir tagsüber etwas Ungewöhnliches aufgefallen ist. Fremde, die hier herumgeschlichen sind, zum Beispiel. Das gilt natürlich nur für den Fall, dass du hier gewesen bist!«

»Bitte sagen Sie es nicht meiner Mutter!«, fleht das Mädchen und schaut die Ermittlerin ängstlich an. »Die denkt, dass ich hier war, aber ...«

»Aber du hattest etwas *Wichtigeres* vor?«, lächelt Denise in Erinnerung an die eigene Teenagerzeit. Sie ahnt, was Karin ihr verschweigt. Das Mädchen ist immerhin schon fünfzehn und im Grunde recht hübsch.

»Das stimmt, Frau Kommissarin«, atmet sie ob der unerwarteten Schützenhilfe erleichtert auf. »Ich war mit … Freunden unterwegs. Den ganzen Nachmittag!«

»Das geht in Ordnung. Eines noch, dann bist du uns auch schon wieder los: Hast du in jüngster Vergangenheit irgendetwas davon mitbekommen, dass jemand die Eltern von Jona bedroht? Merkwürdige Telefonanrufe zum Beispiel oder Briefe ohne Absender?«

Das Mädchen schüttelt heftig den Kopf. »Nein, davon weiß ich nichts!«, antwortet Karin Bauer auf die Frage mit fester Stimme.

* * *

»Wir haben bei der Vernehmung der Eltern und einer weiteren, jugendlichen Verwandten des getöteten Jona Wolf den Eindruck gewonnen, dass alle – oder zumindest diese drei Personen – uns etwas verheimlichen«, schließt Tobias Heller seinen Bericht ab. »Denise und ich glauben, dass es sehr wohl schon vor der Tat Drohbriefe oder Anrufe dieser Art gegeben haben könnte. Wir werden daher nicht umhinkommen, diesbezüglich tiefer zu graben. Es ist durchaus möglich, dass der Anrufer mit Jonas Mörder identisch ist oder zumindest mit diesem zusammengearbeitet hat.«

»Die Reaktion der Eheleute Wolf war in gewisser Weise eindeutig, als wir sie danach fragten«, ergänzt Denise Malowski die Ausführungen ihres Partners. »Und Karin Bauer, eine entfernte Schwägerin, sagte wörtlich: ›*Nein, davon weiß ich nichts*‹, als ich sie darauf ansprach. Es mag zwar eine zufällige Wortwahl gewesen sein, aber es ist mir eben aufgefallen. Wäre sie vollkommen ahnungslos, hätte sie sich anders ausgedrückt, denke ich.«

»Aber welchen Grund sollten die Eltern des getöteten Jungen haben, solch elementare Tatsachen zu verschweigen?«, zweifelt Kommissariatsleiter Peter Donner. »Das ergibt doch nur dann einen Sinn, wenn sie wissen, wer dahintersteckt und sie diese Person schützen wollen!«

»Ja, und wenn sogar eine weitläufige Verwandte vermutlich davon weiß, muss es schon etwas wirklich Großes sein!«, äußert sich Christina Ohlsen dazu. »In welchem Verwandtschaftsverhältnis steht diese Karin Bauer denn jetzt konkret zur Familie Wolf?«

Denise erklärt es ihr und den anderen. »Wir haben uns von Jonas Eltern eine Liste geben lassen, so eine Art Familienstammbaum«, informiert sie die Kollegen. »Die Familie ist demnach nicht eben klein, Dirk Wolf hat allein schon fünf Geschwister. Die Nebenlinien, also die Anverwandten seiner Frau und der Eltern sind darauf noch gar nicht erfasst. Wir haben also eine Menge Arbeit vor uns!«

»Wir haben diesbezüglich aber selbst schon einige Zusammenhänge herausgefunden«, meldet sich Wolfgang Müller zu Wort. »Horst hat sich die männliche Linie, beginnend mit Jonas Großvater, vorgenommen und ich die der Großmutter.« Er erhebt sich von seinem Platz und nimmt vor der Tafel Aufstellung.

»Die Großmutter heißt Ursula Wolf und ist eine geborene Fischer.« Er schreibt den Namen in eine stilisierte Wolke. »Sie ist aber bereits vor etwa fünfzehn Jahren verstorben. Mindestens ein Bruder ist mir bekannt, sein Name lautet Heinrich Fischer. Er ist verheiratet mit einer Elisabeth, geborene Kaufmann. Gemeinsam haben sie einen Sohn mit dem Namen Bernhard.« Die genannten Personen werden unter der Wolke notiert und zur Verdeutlichung mit Pfeilen versehen.

»Bernhard Fischer ist ein Onkel von Karin Bauer«, wirft Tobias Heller ein. »Wie Denise vorhin schon erläuterte, ist sie die Tochter seiner Schwägerin.«

»Dann bin jetzt wohl ich an der Reihe«, übernimmt Horst Weiland den Stift von Wolfgang Müller. Neben dessen Wolke kommt eine weitere für die Familie Wolf.

»Jonas Großvater hat eine Schwester und einen Bruder, die beide noch leben«, führt Weiland aus. »Ihre Vornamen lauten Helene und Werner, die Ehepartner und eventuell vorhandene Kinder muss ich noch recherchieren. Die nächste Generation, also die der Geschwister von Jonas Eltern, war in der verfügbaren Zeit ebenfalls nicht komplett zu ermitteln. Wie Denise schon sagte: Die Familie ist recht groß!«, rechtfertigt er sich achselzuckend und nimmt seinen Platz wieder ein.

»Dabei können wir euch ein wenig helfen«, nickt Tobias Heller ihm zu und stellt sich ebenfalls an die Tafel. »Wir haben ja diese Liste hier bekommen.«

Er hält das Blatt mit den Namen, die er von Dirk Wolf bekam, in die Höhe und beginnt zu schreiben.

Nach einigen weiteren Wolken mit Familiennamen und durch Pfeile angedeutete Zugehörigkeiten ergibt sich nach und nach ein auf den ersten Blick verwirrendes Bild.

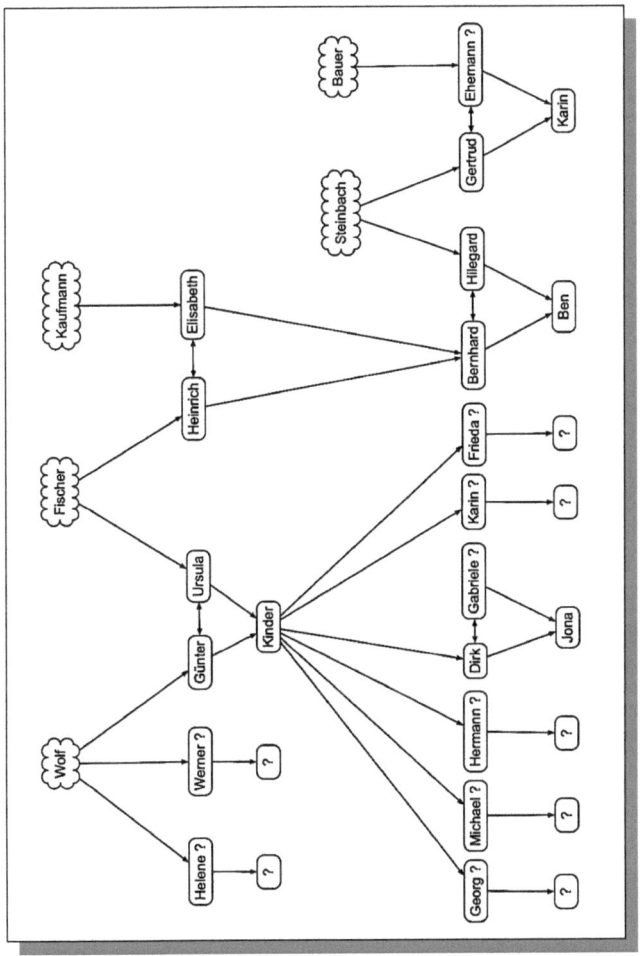

»Das sieht mir aber nicht sonderlich übersichtlich aus«, bemerkt Donner mit einem zusammengekniffenen Auge kritisch. »Wer soll denn bei diesem Wust an Namen die Übersicht behalten?«

»So kompliziert ist das gar nicht, Chef«, verteidigt Denise Malowski das kunstvolle Diagramm ihres Partners. »Bei den Namen mit Fragezeichen gibt es zugegebenermaßen noch Ermittlungsbedarf. Das betrifft aber nur die Ehepartner der jeweiligen Personen und mögliche Kinder. Die Doppelpfeile kennzeichnen die uns bekannten Ehepaare.«

»Die aktuellen Familiennamen der Frauen, die alle verheiratet sind, sowie deren Adressen stehen auf der Liste, die ohnehin mit in die Fallakte kommt«, fügt Tobias Heller hinzu. »Gefühlsmäßig tendiere ich ebenso wie Denise zu der Vermutung, dass für einen möglichen Familienzwist Angehörige der älteren Generationen verantwortlich sein dürften. Solche Konflikte schaukeln sich oft über Jahrzehnte auf. Immer vorausgesetzt natürlich, dass wir hier nicht völlig auf dem Holzweg sind.«

»Ich denke nicht, dass wir dermaßen falsch liegen, Tobias«, schüttelt Donner den Kopf. »Irgendetwas scheinen diese Leute vor uns zu verheimlichen, da bin ich mir sicher! Wir sollten daher, beginnend bei den Großeltern, den Stammbaum nach unten abarbeiten. Das erscheint mir noch am vernünftigsten.«

»Da könnte was dran sein, Chef!«, meldet sich Chrissie Ohlsen zu Wort. »Wie wäre es zum Beispiel mit Erbstreitigkeiten? Bei Geld hört bekanntlich jede Freundschaft auf, von Verwandtschaft ganz zu schweigen!«

Sie blättert in ihren mitgebrachten Unterlagen. »Ich habe die Eigentumsverhältnisse des ehemaligen Bauernhofs und jetzigen Gestüts, das Jonas Eltern bewirtschaften, unter die Lupe genommen. Das Anwesen ist etwas über hundertfünfzig Jahre alt und stammt aus der weiblichen Linie des Klans, dessen letzter Spross die verstorbene Ursula Wolf war, eine geborene Fischer. Der aktuell im Grundbuch eingetragene Eigentümer ist aber Dirk Wolf, ihr Sohn!«

»Das ist in der Tat äußerst merkwürdig«, überlegt Donner. »Der Ehemann der Frau lebt ja noch und wäre normalerweise in der Erbfolge der Nächste gewesen. Es sei denn, es hätte ein Testament gegeben, in dem etwas anderes festgelegt war. Aber dann wären fünf weitere erbberechtigte Kinder vorhanden.« Er legt die Stirn in grüblerische Falten. »Haben wir vorhin nicht gehört, dass die Mutter noch einen lebenden Bruder hatte? Heinrich Fischer hätte doch seinerzeit schon die Hälfte des Erbes zugestanden! Ich will, dass ihr das recherchiert. Wer kümmert sich darum? Chrissie?«

»Geht klar, Chef!«, nickt die Kommissarin. »Ich frage beim Amtsgericht nach. Wenn es sich um eine Erbschaft handelte, muss sie dort aktenkundig sein. Zusätzlich besorge ich uns einen vollständigen Grundbuchauszug über das Anwesen, es muss doch herauszufinden sein, wie der Eigentümerwechsel zustande kam!«

»In Ordnung, dann macht euch gleich an die Arbeit, Leute! Ach, bevor ich es vergesse«, wendet der Kommissariatsleiter sich an Denise Malowski und Tobias Heller. »Die Assistentin von Frau Doktor de Luca rief vorhin bei mir an und informierte mich darüber, dass die Leichenschau für morgen früh angesetzt wurde. Sie findet schon um 09:00 Uhr statt, ihr fahrt daher am besten von zu Hause aus sofort dorthin und braucht nicht erst ins Kommissariat zu kommen.«

KAPITEL 3

09:02 Uhr

»Dieser Tisch hier macht sie alle gleich«, äußert sich Dr. Martina de Luca, Leiterin der Rechtsmedizin an der Universität Bonn ungewohnt nachdenklich, nachdem sie Denise Malowski und Tobias Heller in Ihrer Wirkungsstätte zur anstehenden Leichenschau begrüßt und zum Sektionstisch geleitet hat, wo die Leiche von Jona Wolf schon bereitliegt. »Ob jung, ob alt, reich oder arm, alle landen sie letztendlich hier bei mir, sofern sie einem Gewaltverbrechen zum Opfer fielen. Dieses bedauernswerte Geschöpf war dazu verurteilt, für alle Zeiten ein Kleinkind in einem immer älter werdenden Körper zu sein, von anderen Kindern angestarrt zu werden und von den Erwachsenen ausgegrenzt. Zu keiner dieser Welten gehörte er so richtig dazu.«

Denise schaut ihren Partner ratlos an, der aber nur mit den Schultern zuckt. Solche sentimentalen Anwandlungen sind bei Pathologen ohnehin äußerst selten, bei der meist unterkühlt erscheinenden Martina de Luca wirken die Äußerungen jedoch absolut deplatziert. *Den Gesichtsausdruck hatte sie schon Sonntagabend dort unten am Fluss*, grübelt Denise. *Wir wissen im Grunde gar nichts über diese Frau. Ob sie Kinder hat? Einen Ehering trägt sie nicht, aber das kann ja aus praktischen Erwägungen der Fall sein.*

Übergangslos wird die Rechtsmedizinerin ernst und die ungewohnt weichen Züge beim Betrachten des Leichnams wechseln zu dem gewohnt unbewegten und leicht überheblichen Gesichtsausdruck, der den Kommissaren zur allzu bekannt ist. »Lassen Sie uns beginnen!«, nickt sie ihnen zu und streckt ihrer Assistentin Krystina Nowak fordernd die offene Hand entgegen, in die diese stumm ein Skalpell legt.

Denise Malowski und Tobias Heller treten einige Schritte zurück, um das Geschehen aus gebührender Entfernung zu verfolgen. Leise gesprochene Kommentare und das Geräusch der Knochensäge sind das Einzige, was sie in den nächsten Stunden von der Prozedur mitbekommen werden. Sie wappnen sich mit Geduld.

* * *

Mit einer anmutigen Bewegung des Kopfes wirft Martina de Luca ihr wallendes schwarzes Haar über die Schultern nach hinten, nachdem sie Kopfhaube und Mundschutz abgelegt und zusammen mit den Latexhandschuhen in einen bereitstehenden Behälter entsorgt hat. Dann erst legt sie gemessenen Schrittes die wenigen Meter bis zu den wartenden Ermittlern zurück, während ihre Assistentin den Leichnam erneut mit einem Tuch bedeckt und anschließend damit beginnt, die für die Leichenschau verwendeten Instrumente wegzuräumen.

»Das Einzige, worauf ich Ihnen Brief und Siegel geben kann, ist der Todeszeitpunkt«, eröffnet sie den beiden Kommissaren. »Es ist im Prinzip eine recht einfache mathematische Gleichung: Der früheste Zeitpunkt liegt bei kurz nach 17:00 Uhr am Sonntagnachmittag, da seine Mutter kurz vorher nach ihm sah. Als spätestmögliche Uhrzeit schreiben wir 21:15 Uhr in die Gleichung, das war der Zeitpunkt des Auffindens der Leiche. Nehmen wir als dritten und vierten Faktor die Restwärme des Körpers bei meinem Eintreffen und die Wassertemperatur, komme ich auf einen Todeszeitpunkt, der ziemlich genau bei 21:00 Uhr liegen dürfte, wobei aber ebenfalls die Strömungsgeschwindigkeit des Flusses eine gewisse Rolle spielt, die ich gestern nachträglich messen ließ. Der Unsicherheitsfaktor liegt bei einer Viertelstunde.«

Tobias Heller wölbt die Augenbrauen. »Und das kann man alles aus diesen Parametern minutengenau berechnen? Ich bin zutiefst beeindruckt!«

»Das ist reine Physik, Herr Heller. Wenn man alle Fakten kennt, ist es in der Tat kein Hexenwerk. Wäre Jona früher verstorben und/oder später ins Wasser geworfen worden, kämen wir auf völlig verdrehte Werte bis hin zu der absolut unmöglichen Tatsache, dass der Tod erst *nach* dem Auffinden des Leichnams eingetreten wäre. Wäre der Körper früher im recht kalten Fluss gelandet und somit länger darin gelegen, hätte ich zum Zeitpunkt meiner Untersuchung eine wesentlich geringere Restwärme gemessen.«

»21:00 Uhr also«, nickt Denise Malowski. »Und was ist mit der Todesart? Woran ist Jona verstorben? Ertrunken ist er nicht, das hätten Sie uns längst mitgeteilt!«

Ein verhaltenes Lächeln umspielt die Lippen der Medizinerin. »Nein, Frau Malowski. Der Junge war schon tot, als er im Fluss landete. Es befindet sich nicht ein einziger Tropfen Flusswasser in der Lunge. Vergiftet wurde er aber ebenfalls nicht, wie eine Analyse seines Mageninhaltes ergab, die ich gestern zusammen mit einem Bluttest vornahm. Übrigens wurden die Stricke definitiv *post mortem* angebracht, es gibt weder Hautabschürfungen am Hals noch an den Hand- und Fußgelenken, wie sie zwangsläufig entstehen, wenn ein gefesselter Mensch sich zu wehren versucht.«

»Und erdrosselt wurde er demnach ebenfalls nicht«, vermutet Tobias Heller. »Woran starb Jona denn nun, Frau Doktor de Luca?«, wiederholt er die Frage seiner Partnerin.

»Das ist die Eine-Million-Euro-Frage«, gibt die Pathologin sarkastisch zurück. »Ich fand zwar im Gesäßmuskel des Toten insgesamt drei winzige Einstiche, wie von einer extrem dünnen Injektionsnadel. Sie sind ohne Lupe kaum zu erkennen. Ich habe aber im Blut keine giftigen Substanzen gefunden. Es müsste ihm daher ein Wirkstoff verabreicht worden sein, der sich nach dem Tod nicht mehr nachweisen lässt.«

»So wie Insulin«, überlegt Heller laut in Erinnerung an eine Aussage aus dem gestrigen Bericht der Forensik, wonach der Zylinder der am Fundort der Leiche sichergestellten Spritze Reste dieses Stoffes in seinem Inneren aufwies.

»Insulin ...«, wiederholt de Luca nachdenklich. »Es lässt sich nicht direkt nachweisen, da es als körpereigenes Hormon mit dem Blutzucker interagiert und sich im selben Maße auflöst, wie dieser abgesenkt wird. Das könnte den extrem niedrigen Blutzuckergehalt erklären, den ich in der Blutprobe ermittelt habe. Menschen mit einem derart geringen Glucosewert erleiden einen hypoglykämischen Schock, fallen in ein Koma und versterben, wenn nicht sofort Gegenmaßnahmen ergriffen werden. Die Nadeln von Insulinspritzen sind extrem dünn und könnten somit durchaus die Ursache für die drei Einstiche sein. Und wenn auch nur *einer* davon durch eine Insulininjektion in der Größenordnung der gefundenen Spritze verursacht wurde, war die Dosis auf jeden Fall letal!«

»Sie sagten, man könne es nicht nachweisen«, hakt Denise Malowski nach. »Somit gibt es keinerlei Beweis, dass Jona mit einer Insulininjektion getötet wurde?«

Die Augen der Rechtsmedizinerin werden zu schmalen Schlitzen, während sie offenbar intensiv über das Dilemma nachdenkt. Plötzlich erhellen sich ihre Gesichtszüge. »Direkt lässt es sich nicht nachweisen, das stimmt!«, ruft sie aus. »Aber womöglich über einen kleinen Umweg!«

»Wie soll ich das verstehen?« Denises Gesicht ist ein einziges Fragezeichen.

»Ich denke, ich werde der biologischen Fakultät der Universität einen Besuch abstatten und mir ein paar Labormäuse ›ausleihen‹, Frau Malowski«, lächelt Martina de Luca hintergründig. »Ich habe da so eine Idee, es wird aber mindestens einen, eventuell sogar zwei Tage dauern. Sie hören von mir!«

Bevor sich die Ermittler von der Pathologin verabschieden, fällt Tobias Heller noch etwas ein, das in Zusammenhang mit dem Leichenfund in der Siegniederung geklärt werden sollte: »Im unmittelbaren Umfeld der Leiche wurde ein benutztes Kondom gefunden«, erinnert er sich an eine entsprechende Äußerung des Forensikers Vogel. »Konnten Sie bei der Sektion irgendwelche Anzeichen von …«

»… von sexuellen Aktivitäten feststellen?«, vollendet die Medizinerin den Satz, weil Tobias sich verlegen unterbricht, um nach den richtigen Worten zu suchen. »Nein, Herr Heller. Solche Anzeichen gibt es definitiv nicht. Weder aktiv noch passiv.«

* * *

»Haben Sie vielen Dank für Ihre Hilfe, Herr Kreuzer!« Chrissie Ohlsen legt nachdenklich den Hörer aus der Hand und widmet sich erneut den im Laufe des Vormittages zusammengetragen Unterlagen. Neben den handschriftlichen Notizen, die sie während des soeben beendeten Gesprächs mit einem Mitarbeiter des Nachlassgerichts anfertigte, handelt es sich dabei im Wesentlichen um einen vollständigen Auszug aus dem Grundbuch für das Anwesen der Familie Wolf.

Nachdenklich betrachtet sie die nicht eben wenigen Einträge. Im Laufe von anderthalb Jahrhunderten wurden insgesamt fünf Eigentümerwechsel dokumentiert und notariell beurkundet. Der letzte Eintrag vom 20. August 2008 ist dabei noch nicht einmal der Interessanteste, obwohl der damalige Bauernhof mit diesem Datum offiziell in das Eigentum von Dirk Wolf überging.

Nein, wesentlich aufschlussreicher ist ihrer Meinung nach die davor stattgefundene Beurkundung. Sie liegt zeitlich nur wenig länger als vier Jahre vor diesem Datum und wurde am 5. Juli 2004 vorgenommen, etwa einen Monat nach dem Tod von Dirk Wolfs Mutter. In Verbindung mit dem, was sie vorhin von dem Mitarbeiter des Nachlassgerichts erfuhr, ergibt sich daraus ihrer Ansicht nach ein weiterer Ermittlungsansatz. Zumindest ist die Angelegenheit es aber wert, einmal bei den Leuten nachzufragen.

Aber zunächst werde ich mich mit dem Todesfall der Frau beschäftigen, beschließt sie spontan. *Immerhin war Ursula Wolf keine fünfzig Jahre alt, als sie verstarb. Wer weiß, ob damals alles mit rechten Dingen zugegangen ist!*

Die Kommissarin folgt mit diesem Gedanken einmal mehr einem von den Kollegen oft belächelten Bauchgefühl. Eine Recherche diesbezüglich erscheint ihr außerdem in Anbetracht der Umstände durchaus angebracht. Leise vor sich hin pfeifend verlässt sie ihr kleines Büro und begibt sich in die unergründlichen Tiefen des Polizeiarchivs im Untergeschoss. Falls es beim Tod der Frau irgendwelche Ungereimtheiten gab, sollte eigentlich eine Ermittlungsakte dazu existieren.

Auf dem Weg zum Aufzug hält sie kurz inne, um eine kurze Nachricht mit den soeben erarbeiteten Fakten an Denise zu senden. Da die Nutzung von *WhatsApp* auf Diensthandys mittlerweile zumindest hier in Nordrhein-Westfalen per Dienstanweisung untersagt ist, benutzt sie die SMS-Funktion ihres Mobiltelefons, die aber in Kürze ebenfalls durch eine extra dafür entwickelte Software abgelöst werden soll. Denise und Tobias sind zur Stunde im rechtsmedizinischen Institut und haben vor, anschließend die eine oder andere Befragung innerhalb der Familie des Opfers vorzunehmen. Diese Informationen werden ihnen dabei garantiert hilfreich sein.

* * *

Günter Wolf merkt man die sechsundsechzig Lebensjahre nicht sofort an. Groß, breitschultrig und mit wettergegerbtem Gesicht steht er aufrecht wie ein Baum in der Tür vor Denise Malowski und Tobias Heller. Dieser Mann hat den größten Teil seines arbeitsreichen Lebens im Freien verbracht, das erkennt man auf den ersten Blick.

Er hat jenen fragenden Gesichtsausdruck aufgesetzt, der den meisten Menschen zu eigen ist, wenn unvorbereitet fremde Leute vor der Tür stehen und man sich durch deren Besuch extrem gestört fühlt. »Ja, bitte?«, kommt es grollend aus seinem Mund. Die Stimme ist kräftig und erwartungsgemäß von einem tiefen Bass.

Zwei klare, graublaue Augen wandern wachsam von Denise zu Tobias und wieder zurück und heften sich schließlich auf die Waffen, die beide offen in ihren Gürtelholstern tragen. Die fragende Miene ändert sich unvermittelt in eine verstehende. »Polizei?«, erkundigt er sich einsilbig und eine steile Falte bildet sich auf seiner Stirn. Offenbar ist

Günter Wolf, Landwirt im Ruhestand, kein Mann vieler Worte.

Denise zückt ihren Dienstausweis nur einen Lidschlag später als Tobias, der den seinigen schon in Augenhöhe vor das Gesicht des Mannes vor ihnen hält. »Kriminalhauptkommissare Malowski und Heller, Kripo Siegburg«, bestätigt sie dessen Vermutung in ebenso knappen Worten. »Wir müssen dringend mit Ihnen sprechen, Herr Wolf. Haben Sie ein paar Minuten Zeit für uns?«

Güter Wolf schaut sich die Legitimationen der beiden Ermittler gründlich an und tritt dann höflich beiseite, um seinen Besuchern das Betreten der Wohnung zu ermöglichen. »Bitte!«

Dieser Mensch ist wahrlich kein Freund großer Worte, denkt Denise, während sie ihrem Partner ins Innere des Hauses folgt. *Ob der auch ganze Sätze bilden kann? Das kann ja heiter werden, wenn Tobi und ich ihm jedes Wort einzeln aus der Nase ziehen müssen!*

Auf dem kurzen Weg ins Wohnzimmer signalisiert Denises Handy eine eingehende SMS, die sie stirnrunzelnd im Gehen liest. Dort angekommen, zeigt Günter Wolf, seiner wortkargen Art treu bleibend, stumm auf die Polstersessel und sie nimmt mit einem dankenden Nicken ihren Platz auf einem der bequem aussehenden Sitzgelegenheiten ein. *Das war ausgezeichnete Arbeit, Chrissie!*, kommentiert sie die genau zur rechten Zeit eingegangene Mitteilung der Kollegin in Gedanken.

* * *

»Ich dachte eigentlich immer, dass es in ländlichen Gegenden nahezu unmöglich ist, etwas vor den Nachbarn zu verbergen«, beschwert sich Wolfgang Müller missmutig bei seinem Partner, nachdem sie auch an dieser Adresse – sie liegt kaum mehr als fünfzig Meter vom Hof der Familie Wolf entfernt – nur ein ratloses Schulterzucken ernteten, als sie nach auffälligen Begebenheiten zur Tatzeit fragten. Das ältere Ehepaar, das hier wohnt, hatte ebenso wie ihre Nachbarn, von denen sich einige am Sonntagabend an der Suche nach Jona beteiligt hatten, angeblich nichts von der Entführung des Jungen mitbekommen.

»Na, *so* ländlich geht es hier nun auch wieder nicht zu, Wolfgang«, korrigiert sein Freund ihn geduldig. »Jona verschwand kurz nach 17:00 Uhr, um diese Zeit haben die meisten Menschen an einem Sonntag anderes zu tun, als am Fenster zu sitzen und die Nachbarn zu beobachten.«

»Aber irgendwer muss doch etwas mitbekommen haben, Horst! Wir haben uns vorhin auf der rückwärtigen Seite umgeschaut, das ganze Grundstück ist zum Fluss hin mit einer hohen Mauer eingefasst. Wenn jemand den Jungen entführt hat, dann ist er durch dieses Tor hineingelangt!« Er zeigt auf die andere Straßenseite. »Ich kann mir einfach nicht vorstellen, dass das niemand gesehen hat!«

Mittlerweile sind die Kommissare auf ihrem Rundgang wieder am geparkten Dienstwagen angekommen und Wolfgang Müller zieht den Funkschlüssel aus der Tasche, um die Türen zu entriegeln. Der Audi quittiert es mit einem Blinken seiner

Scheinwerfer. Eine weißhaarige Frau, die nur ein paar Meter weiter ihre Fenster von außen mit einem Schwamm bearbeitet, dreht sich bei der melodischen Tonfolge, die mit der Entriegelung des Fahrzeugs einhergeht, neugierig um.

»Die Frau dort haben wir noch nicht gefragt«, hält Weiland seinen Partner mit einem Griff an den Arm zurück. »Komm, die nehmen wir uns noch schnell vor, bevor wir ins Kommissariat fahren!« Ein weiterer Tastendruck verriegelt das Fahrzeug wieder und Wolfgang Müller folgt ergeben seinem Partner zu der alten Frau, die ihnen erwartungsvoll entgegenblickt.

* * *

Günter Wolf mustert seine ungebetenen Gäste lange und mit einem verkniffenen Gesichtsausdruck. Davon, dass er von der vor zwei Tagen stattgefundenen Familientragödie weiß, ist natürlich auszugehen. Denise, die sich von der abweisenden Art des Mannes abgestoßen fühlt, ist sich trotzdem nicht sicher, ob dieses unterkühlte Verhalten seinem Naturell entspricht oder womöglich andere Ursachen hat.

Bevor sie oder Tobias aber den Mund zu einer Erklärung für ihr Hiersein öffnen können, ergreift Jonas Großvater von sich aus das Wort: »Sie kommen wegen Jona«, quetscht er zwischen den Zähnen hervor und es ist keine Frage, sondern eine Feststellung. »Allerdings habe ich nicht die geringste Ahnung, was Sie ausgerechnet von *mir* wollen. Ich habe meinen Enkel seit mehreren Wochen nicht mehr gesehen!«

Der zerfließt ja geradezu vor lauter Mitgefühl über das grausame Schicksal des Jungen, konstatiert Tobias in Gedanken.

Denise reicht ihm derweil wortlos ihr Mobiltelefon. Auf dem Display ist die vorhin empfangene Nachricht von Chrissie, die er mit einem angedeuteten Kopfnicken zur Kenntnis nimmt. Spontan passt er seine vorher zurechtgelegte Strategie an die neuen Gegebenheiten an.

»Wir ermitteln derzeit in alle Richtungen«, bemüht er eine abgedroschene Floskel und verzieht die Mundwinkel zu einem gewinnenden Lächeln. »Da kann jede winzige Kleinigkeit von Bedeutung sein. Wann genau, sagten Sie, haben Sie ihren Enkel das letzte Mal gesehen, Herr Wolf?«

»Das war an seinem Geburtstag vor etwas mehr als zwei Wochen.« Mit einem Mal zerfließen die harten Gesichtszüge des Großvaters und nehmen einen ungewöhnlich weichen Ausdruck an. »Nicht, dass der Junge viel davon mitbekäme, aber Jona freut ... äh, freute sich immer, wenn er Menschen um sich hatte, die er kannte und die sich mit ihm beschäftigten. Er war so ein freundliches Kind!«

»Wer war an diesem Tag sonst noch alles dort?«, lässt sich Denise Malowski vernehmen. »Ist Ihnen etwas Ungewöhnliches am Verhalten der Anwesenden aufgefallen?«

»Nein. Da waren auch nicht viele. Nur Dirk und seine Frau. Jona natürlich. Und Karin Bauer. Sie ist die Nichte von Bernhard Fischer, der wiederum ein Neffe meiner verstorbenen Frau ist. Karin ist oft dort, schon allein wegen der Pferde und Jona hat ohnehin einen Narren an dem Mädchen gefressen.

Alles war wie immer, Frau Kommissarin«, schüttelt Günter Wolf den Kopf.

»Wir kennen Karin Bauer«, nickt Heller. »Aber was ist mit *Ihnen*? Haben Sie einen Verdacht, wer dem Jungen das angetan haben könnte? Es gibt unserer Einschätzung nach deutliche Hinweise auf einen Racheakt. Kennen Sie jemanden, dem eine solche Tat zuzutrauen wäre und der zudem einen Grund dazu gehabt hätte?«

»Ich kann mir da wirklich niemanden vorstellen, Herr Kommissar«, schüttelt Günter Wolf entschieden den Kopf und es ist ihm förmlich anzusehen, dass er zu weiteren Zugeständnissen nicht bereit ist.

»Haben Sie diese Stimme schon einmal gehört?«, fragt Denise Malowski daher und holt ihr Handy hervor, auf dem die Sprachnachricht vom Anrufbeantworter der Eltern des Getöteten abgespeichert ist. Sekunden später erfüllt die krächzend verstellte Stimme des unbekannten Anrufers den Raum.

Günter Wolf erbleicht schon bei den ersten Tönen, die aus dem Lautsprecher dringen und lauscht mit vor Schreck weit aufgerissenen Augen den hasserfüllten Worten. »*Der Rabe!*«, entfährt es ihm entgeistert. Und offenbar auch unbeabsichtigt, denn er legt sofort erschrocken die Hand vor den Mund, als wolle er das Gesagte zurückhalten. Aber es ist bereits zu spät.

»Sie kennen die Stimme?«, reagiert Denise Malowski sofort auf die unbedachte Äußerung und steckt das Handy wieder ein. *Der Rabe ... Wie überaus zutreffend!*, vermerkt sie in Gedanken. »Und was genau hat es mit diesem *Raben* auf sich?«, nagelt sie ihn sogleich darauf fest und ihr Tonfall lässt keinen Raum für irgendwelche Ausflüchte.

Dass er die Stimme zuvor schon mindestens einmal gehört haben muss, ist aufgrund seiner unüberlegten Reaktion auf die Vorführung praktisch erwiesen. Und noch etwas anderes ergibt sich zwingend daraus: Jonas Eltern erachteten es offenbar nicht für notwendig, ihn über den Anruf von Sonntagabend zu informieren!

Die theoretisch vorhandene Möglichkeit, selbst der Urheber zu sein, schließt die Ermittlerin zwar weitestgehend aus, nimmt sich aber vor, Wolf später um eine Stimmprobe für eine forensische Analyse zu bitten. »Nun?«, fordert sie ihn ein weiteres Mal auf, sich zu seiner Bemerkung zu äußern, da er nicht sofort auf ihre Frage antwortet.

* * *

Die Recherche im Polizeiarchiv war nicht von Erfolg gekrönt. Selbst nach intensiver Suche – die Akte hätte ja falsch einsortiert worden sein können – war keine Ermittlungsakte bezüglich Ursula Wolf/Fischer aus dem fraglichen Zeitraum zu finden. Frustriert macht sich Chrissie Ohlsen wieder auf den Rückweg. Wobei ihr selbstverständlich klar ist, dass eine solche Akte nicht zwangsläufig existieren muss, die meisten Todesfälle sind zum Glück keine Folge von Gewaltverbrechen und in der Regel unzweifelhaft als Resultat natürlicher Umstände zu erkennen. Die Ermittlungsbehörden wären ansonsten hoffnungslos überfordert. Aber dennoch ...

Auf der kurzen Aufzugfahrt ins dritte Obergeschoss kommt ihr plötzlich ein neuer Gedanke, wie sich unter Umständen etwas zu diesem Todesfall herausfinden ließe und den sie unverzüglich in die Tat umzusetzen gedenkt. Ihre finstere Miene hellt sich sofort wieder auf und sie öffnet kurz entschlossen die Tür zum Büro ihres Vorgesetzten, an der sie auf dem Weg zu ihrem eigenen Zimmer ohnehin vorbeikommt. Vorher anzuklopfen ist in Donners Kommissariat nicht üblich.

»Ich bin mal kurz aushäusig, Chef!«, meldet sie sich ab, wobei sie den Raum aber nicht vollständig betritt, sondern nur den Kopf zur Tür hereinsteckt. Normalerweise genügt das ja auch. Donner hinterfragt selten, was seine Ermittler machen, weil er ihre Arbeitsweise kennt und ihnen vertraut.

Dieses Mal winkt der Kommissariatsleiter seine jüngste Mitarbeiterin jedoch mit einer energischen Handbewegung herein. »Was ist denn so dringend?«, fragt er sie mit hochgezogenen Augenbrauen und klappt eine Akte zu, in der er gelesen hatte, bevor die Kommissarin hereinschneite. »Horst und Wolfgang sind auch draußen. Sie fragen in der Nachbarschaft des Reiterhofs herum, ob jemand zur Tatzeit etwas Ungewöhnliches gesehen hat. Wenn du jetzt ebenfalls gehst, wäre hier niemand mehr!«

»Ich wollte kurz zur Redaktion vom *Rhein-Sieg-Echo*, Chef. In den alten Zeitungsarchiven wühlen. Ich habe da so eine Idee, die ich gerne überprüfen möchte.« Sie reckt den Hals und versucht, die Aufschrift der Akte auf Donners Tisch zu entziffern. Was ihr jedoch nicht gelingt, da die Schrift sehr verblasst ist und zudem von ihrer Position aus auf dem Kopf steht. »In unserem eigenen Archiv habe ich nichts darüber gefunden.«

»Suchst du das hier?«, grinst Donner, dem Ohlsens Interesse an dem dünnen Hefter nicht entgangen ist. »Hier, damit du dir den Hals nicht verrenken musst!«, lächelt er und reicht ihr die Akte über den Tisch. »Da war ich dieses Mal einen Tick schneller als du, ich habe mir den Vorgang erst vor einer Stunde aus dem Archiv besorgt.«

Neugierig nimmt Chrissie den Hefter entgegen. Jetzt kann sie die Aufschrift mühelos entziffern. *Todesfall Ursula Wolf* steht auf dem Etikett, gefolgt von einem Aktenzeichen. Fragend schaut sie Donner an.

»Ich hätte mir ja denken können, dass einer von euch früher oder später auf denselben Gedanken kommt«, beantwortet der Erste Hauptkommissar die stumme Frage seiner Mitarbeiterin. »Es steht aber nichts drin, was uns weiterbringt. Ein Unfall. Nimm den Vorgang mit, vielleicht fällt dir ja etwas auf, das den ermittelnden Beamten damals entgangen ist. Ich selbst war 2004 noch nicht Leiter dieses Kommissariats und unsere Hauptkommissare waren noch in der Ausbildung und fuhren Streife. Denise in Köln und Tobias in Troisdorf. Sie wissen demzufolge nichts darüber.«

»Geht klar, Chef!« Christina Ohlsen dreht sich auf dem Weg zur Tür noch einmal zu ihrem Vorgesetzten um: »Was glaubst du: Könnte da was dran sein? Dass mit dem Tod der Großmutter womöglich was nicht stimmt, meine ich.«

»Sonst hätte ich mir den Vorgang nicht geholt, Chrissie. Wir sind uns alle darüber einig, dass diese Familie uns etwas verschweigt. Es mag vielleicht nichts Gravierendes sein, möglicherweise aber doch. Und irgendwo müssen wir schließlich mit den Ermittlungen beginnen. Warum also nicht mit dem Unfalltod der Ursula Wolf vor fünfzehn Jahren?«

* * *

Günter Wolf stößt einen tiefen Seufzer aus. »Der Rabe ...«, nickt er dann nachdenklich, den Blick in unergründliche Ferne gerichtet. »Wir nannten ihn so wegen der Art, wie er sich am Telefon benahm. Er hatte, wie Sie soeben selbst hörten, eine hohe, krächzende Stimme und was er von sich gab, triefte nur so vor lauter Gehässigkeit.«

»*Wir?*«, wölbt Denise Malowski fragend die Augenbrauen.

»Es begann am 1. April vor fünfzehn Jahren, meine Frau lebte also noch. Sie verstarb etwa zwei Monate nach diesem Ereignis, das wir zunächst aber für einen grausamen Aprilscherz hielten.«

»Und was sagte der Anrufer? Nahmen Sie selbst das Gespräch an?«, erkundigt sich Tobias Heller und bringt sich mit dieser Frage wieder in das Gespräch ein. »Oder war es Ihre Frau?«

»Weder noch. Es war ein Brief, die Anrufe kamen erst später. Ich öffnete den ordnungsgemäß frankierten und adressierten Umschlag selbst. Die Schrift war krakelig und beinahe unleserlich. Das war auch bei denen, die danach kamen, der Fall. Im Wesentlichen enthielten sie allesamt nur wüste

Beschimpfungen und Drohungen. Nach dem ersten Brief verlegte sich der oder die Unbekannte aber zunächst auf telefonische Anrufe, meist am späten Abend. Das ging eine ganze Weile so, bis ich drohte, eine Fangschaltung einrichten zu lassen. Von da an kamen wieder Briefe, die aber nach etwa vier Jahren schlagartig aufhörten.«

»Haben Sie eine Vorstellung, wer dahintergesteckt haben könnte?«

Günter Wolf schüttelt resigniert den Kopf. »Wir hatten uns natürlich unsere Gedanken darüber gemacht, Herr Kommissar. Die Briefe und Anrufe gingen ja mindestens alle zwei bis drei Monate ein, zu Beginn sogar noch häufiger. Aber nein, ich habe nicht die geringste Vorstellung von der Identität des Raben. Meine Frau litt aber von uns beiden am meisten darunter, weil die Beschimpfungen und Drohungen sich vorwiegend gegen ihre Person richteten.«

Denise Malowski nimmt mit einigem Erstaunen die nahezu wundersame Wandlung wahr, die an ihrem Gastgeber zu beobachten ist: Der zu Beginn einsilbige und wortkarge Mann ist nunmehr kaum zu bremsen. Sie beschließt, die sicherlich nur vorübergehende Phase seiner Redseligkeit auszunutzen, indem sie die Dynamik der Befragung beibehält.

»Woran verstarb Ihre Frau?«, hakt sie daher an dieser Stelle ein, wobei sich ihr ein möglicher Zusammenhang mit dem Einsetzen der Bedrohungen förmlich aufdrängt. Ein kurzer Seitenblick zu Tobias Heller zeigt ihr, dass ihr Partner offenbar ähnliche Gedanken hegt. Zumindest hat er eine sehr nachdenkliche Miene aufgesetzt.

Gegenstand ihrer Ermittlungen im Todesfall Jona Wolf ist zwar in erster Linie *dessen* Familie, wobei aber – doch dies ist mehr so eine Art Bauchgefühl – der Ursprung der Geschichte genau hier, bei Günter Wolf und seiner verstorbenen Ehefrau zu suchen sein dürfte. Zumindest existiert mit den Anrufen ein verbindendes Element! Ob es im Fall Jona ebenfalls Briefe gab, war ja bislang nicht herauszubekommen.

»Ein Unfall«, wird Günter Wolf sofort wieder einsilbig und seine Stirn umwölkt sich. Offenbar ist er nicht gewillt, auf diese Frage eine brauchbare Antwort zu geben.

Das war wohl nichts, konstatiert Denise enttäuscht. *Aber darüber muss ja etwas herauszufinden sein*, nimmt sie sich für später vor, ohne zu ahnen, dass sich im Kommissariat zu selben Zeit mindestens zwei weitere Köpfe mit diesem Gedanken beschäftigen.

»Haben Sie die Briefe aufgehoben?«, ergreift Tobias Heller erneut das Wort, da seine Kollegin momentan offenbar keine weitere Frage an den Mann zu richten gedenkt. »Wir müssten sie auf DNA und Fingerabdrücke untersuchen, da nicht auszuschließen ist, dass ein direkter Zusammenhang mit der Ermordung Ihres Enkels besteht.«

»Ja, die sind noch da«, brummt Wolf und macht Anstalten, sich von seinem Platz zu erheben. »Ich hole sie.«

»Einen Augenblick noch!«, hält Denise Malowski ihn zurück und nimmt ihr Handy zur Hand, um die vorhin erhaltene Nachricht von Chrissie Ohlsen noch einmal zu sichten. »Ihre Ehefrau verstarb am 8. Juni 2004. Sie beantragten drei Wochen später beim zuständigen Nachlassgericht einen Erbschein und ließen am 5. Juli desselben Jahres den Hof beim Grundbuchamt auf Ihren Namen eintragen.«

»Ich verstehe nicht ...«

»Gab es denn kein Testament? Der Besitz stammte aus der Linie Ihrer Frau und war auf sie auch bis zur erwähnten Umschreibung eingetragen. Ich frage mich, was der Grund dafür war, dass er nur wenige Jahre später auf Ihren Sohn Dirk überschrieben wurde!«

»Ich weiß zwar nicht, was das mit dem Tod meines Enkels zu tun hat«, antwortet er ihr unwirsch, »aber nein, es gab kein Testament. Ich war demnach in der Erbfolge der Nächste. Später bekundete mein ältester Sohn ein Interesse daran und so verkaufte ich ihm das Anwesen, da ich selbst keine Verwendung mehr dafür hatte. Die Familie meines Schwagers war ohnehin nicht mehr erbberechtigt.«

»Ach ja? Was war der Grund dafür?«

»Als die Eltern meiner Frau kurz nacheinander starben, verzichtete Heinrich auf seinen Anteil. Dazu legte er dem Nachlassgericht eine notariell beurkundete Erbausschlagung vor, die ihn ausdrücklich vom Erbe ausschloss. Der Bauernhof war zu diesem Zeitpunkt recht marode und zudem verschuldet, meine Frau erbte den Hof daher alleine. Zufrieden?«

Er erhebt sich endgültig und nickt den Kommissaren auf dem Weg zur Tür zu: »Ich hole Ihnen nun die Briefe und dann betrachte ich diese Unterredung als beendet!«

»Wie Sie wünschen, Herr Wolf«, winkt Tobias Heller ab. »Aber bevor wir Sie verlassen, bekomme ich sowohl eine Stimm- als auch eine Handschriftenprobe von Ihnen!«

DER RABE

Ich weiß genau, was du getahn hast! Für diese abschäuliche und infame Tat wirst du eines Tages bezahlen, das verspreche ich dir! Hast du gedacht, du kommst mit diesem Betrug davon, so wie du auch die Existens von deinem Bastard bis heute erfolgreich vor der Öffentlichkeit verbergen konntest? Aber ich weiß alles über deine schändlichen Lügen! Schau dich lieber hin und wieder einmal um und vermeide am besten auch einsame Feldwege, wenn du alleine bist!

Kapitel 4

»Ich bin ja echt gespannt, ob Doktor de Luca tatsächlich in der Lage ist, einen Beweis für eine Insulin-Überdosis bei Jona zu finden«, unterbricht Denise Malowski den konzentriert an seinem Computer arbeitenden Tobias Heller nachdenklich, nachdem sie ihren Bericht über den gestrigen Tag fertiggestellt und abgespeichert hat. »Sie hatte uns ja für heute oder spätestens morgen ein Ergebnis in Aussicht gestellt. Ich dachte ja immer, dass es gar nicht möglich ist, einen solchen Nachweis zu erbringen ... Was treibst du da überhaupt?«

Sofort hört das Tastaturgeklapper auf. »Ich habe mal zu genau dieser Problematik im Internet recherchiert«, erklärt Heller ihr. »Und ich bin fündig geworden! Mitte des letzten Jahrhunderts gelang es einem Rechtsmediziner erstmals, aufgrund eines *indirekten* Nachweises einen gerichtsfesten Beweis für eine Tötung unter Verwendung von Insulin zu erbringen. Der damalige Täter wurde überführt und verurteilt. Dies war gleichzeitig das Ende des Mythos, mit dieser Substanz einen perfekten Mord begehen zu können.«

»Klingt interessant. Und wie hat man das angestellt?«

»Es gab sogar eine auffallende Übereinstimmung mit unserem Fall. Hier waren es *vier* Einstiche im Gesäß einer Frau, die angeblich in der Badewanne ertrunken war. Es befand sich aber kein Wasser in ihrer Lunge und es gab auch sonst keinerlei Anzeichen für einen Erstickungstod. Der zuständige Pathologe nahm Gewebeproben aus dem Gesäß des Opfers in der berechtigten Annahme, dass rings um die Einstichstellen Insulin im Muskelgewebe verblieben war, das nicht ins Blut gelangte und sich daher nicht aufgelöst hatte. Er verarbeitete die Gewebeproben zu Extrakten, die er Labormäusen injizierte. Eine weitere Gruppe von Mäusen erhielt Injektionen aus unbelastetem Gewebe einer anderen Leiche. Die Tiere mit dem Placebo überlebten, während die erste Gruppe an Unterzuckerung starb.«

»Deshalb sprach de Luca gestern davon, sich Labormäuse besorgen zu wollen … Sie wird sie umbringen, Tobi!«, erkennt Denise Malowski entsetzt die Konsequenz aus Hellers Vortrag.

»Nur, falls unsere Vermutung zutrifft, Denise. Und dann sterben sie immerhin für einen guten Zweck.« In diesem Augenblick klingelt das Telefon auf Hellers Schreibtisch und eine Telefonnummer aus dem Bonner Ortsnetz erscheint auf dem Display. »Wenn man vom Teufel spricht!«, kommentiert er das Ereignis und nimmt den Hörer ab. »Hallo, Frau Doktor de Luca!«, meldet er sich in bester Laune.

Denise zieht die Augenbrauen nach oben. Wenn es sich um den Umgang mit der – zumindest ihm gegenüber – meist unterkühlten Italienerin dreht, ist Tobias normalerweise weit weniger enthusiastisch. Außerdem wäre sie gerne ein paar Takte zu seiner ihrer Meinung nach höchst unsensiblen Bemerkung bezüglich der Mäuse losgeworden. Ein Blick zur Uhr belehrt sie aber darüber, dass in wenigen Minuten die tägliche Fallbesprechung beginnt.

* * *

»Die insgesamt sechzehn Briefe, die Günter Wolf uns überlassen hat, haben wir in die Forensik gegeben«, schließt Tobias Heller seinen Bericht ab und nickt in Richtung des Leiters dieser Abteilung. »Es ist zwar nicht sehr wahrscheinlich, dass nach so vielen Jahren noch brauchbare Spuren vorhanden sind, aber die Hoffnung stirbt ja bekanntlich zuletzt. Denise und mir ist beim Überfliegen der Texte allerdings aufgefallen, dass sie auffällige Rechtschreibfehler bei einfachen Worten enthalten, viele weitaus schwierigere Begriffe aber fehlerfrei geschrieben sind. Wir hegen daher den Verdacht, dass es sich dabei um eine absichtliche Täuschung handelt.«

»Ihr bekommt umgehend Bescheid, falls wir Fingerabdrücke auf den Briefen oder DNA auf der Rückseite der Briefmarken finden«, fühlt sich Jürgen Vogel angesprochen. »Die Schriftprobe, die ihr von eurer Befragung mitgebracht habt, stimmt schon einmal nicht überein. Zumindest nicht auf den ersten Blick.«

»Und was heißt das jetzt konkret?«, erkundigt sich Denise Malowski ob der nebulösen letzten Bemerkung des Wissenschaftlers.

»Ich habe Kopien der Briefe gleich gestern Abend an einen befreundeten Schriftsachverständigen gemailt. Er ist sich sicher, dass sie nicht mit der Schreibhand verfasst wurden. Also mit der linken Hand bei einem Rechtshänder oder mit rechts, falls der Briefschreiber Linkshänder ist. Die Schriftzüge weisen diesbezüglich eindeutige Merkmale auf, meinte Professor Franken. Ihr solltet daher bei weiteren Schriftproben darauf Rücksicht nehmen und diese mit beiden Händen anfertigen lassen. Dass Günter Wolf derjenige ist, ist dagegen recht unwahrscheinlich. Amara wird euch näheres dazu sagen.« Mit einem Kopfnicken fordert er seine neben ihm sitzende Mitarbeiterin zum Sprechen auf.

»Ich habe zunächst eine Frequenzanalyse der Sprachnachricht auf dem Anrufbeantworter durchgeführt und mit der Sprechprobe verglichen, die ich von euch bekommen habe«, erläutert IT-Spezialistin Amara Jones. »Nun ist es zwar einem Mann mit einer derart tiefen Stimmlage durchaus möglich, einen solch schrillen Tonfall wie den des Anrufers zu erzeugen, wobei aber immer gewisse Muster im Frequenzbild beibehalten werden und ihn so entlarven. Die Probe von Günter Wolf ist auf keinen Fall identisch!«

»Danke, Amara. Das war sehr aufschlussreich«, lächelt Kommissariatsleiter Donner die dunkelhäutige junge Frau an. »Und was hat euer Besuch in der Pathologie ergeben?«, wendet er sich sodann an Denise Malowski.

»Bleiben wir einen Moment bei diesem ominösen Anruf«, erwidert die Hauptkommissarin. »Er fand, wie ihr alle wisst, um 17:30 Uhr statt und den Inhalt kennt ihr ja. Doktor de Luca konnte anhand einiger höchst wissenschaftlicher Berechnungen den Todeszeitpunkt auf 21:00 Uhr festlegen, und zwar mit einem erstaunlich geringen Unsicherheitsfaktor von einer Viertelstunde. Falls der unbekannte Anrufer etwas damit zu tun hatte, hat er demnach diesbezüglich gelogen. Jona muss noch gelebt haben, als er anrief. Allerdings war Frau de Luca beim gestrigen Termin nicht in der Lage, zu bestimmen, auf welche Weise er ums Leben kam. Ertrunken ist er nachweislich nicht. Seit heute Morgen wissen wir aber auch in dieser Hinsicht Bescheid. Tobias hat vorhin mit ihr telefoniert und wird euch jetzt davon berichten.«

Heller gibt den Kollegen eine kurze Zusammenfassung über das, was er erst vor wenigen Minuten von der Rechtsmedizinerin erfuhr. Die Einzelheiten sind auch für Denise neu, da sie von dem Telefonat nicht viel mehr mitbekommen hatte, als ein gelegentliches »Aha« seitens ihres Kollegen, der ansonsten stumm den Worten seiner Gesprächspartnerin lauschte. Alles, was er ihr auf dem Weg zum Besprechungsraum sagte, war, dass de Lucas Experiment im Prinzip genauso abgelaufen war, wie er es aufgrund seiner Recherchen im Internet schon vermutet hatte.

»... ist es daher durch die Experimente bewiesen, dass Jona Wolf an einer letalen Dosis Insulin verstarb, die ihm mittels einer Spritze in den Gesäßmuskel injiziert wurde«, schließt Tobias den Bericht ab. »Wahrscheinlich dachte der Täter, dass man die Einstiche dort nicht bemerken würde. Frau

Doktor de Luca fand sie auch nur deshalb, weil sie in ihrer schon fast sprichwörtlichen Gründlichkeit jeden Quadratzentimeter von Jonas Körper mit einer Lupe absuchte. Der schriftliche Bericht sei auf dem Weg zu uns, sagte sie.«

»Gibt es Hinweise darauf, wie lange vor Eintritt des Todes die Injektionen vorgenommen wurden?«, hinterfragt Donner die Angabe der Rechtsmedizinerin.

»Nicht lange, Chef. Laut de Luca fällt ein Mensch nach Verabreichung einer solch hohen Dosis innerhalb kürzester Zeit in ein Koma, aus dem er nicht wieder erwacht. Länger als eine halbe Stunde vorher wird es daher nicht gewesen sein, meinte sie.«

»Wir dürfen nicht außer Acht lassen«, überlegt Donner, »dass Günter Wolf die Stimme auf der ihm vorgespielten Sprachaufzeichnung nicht nur sofort erkannt hat, sondern außerdem ohne zu zögern mit dem mysteriösen Anrufer und Briefschreiber assoziierte, der ihn und seine Frau seinerzeit ›belästigte‹. Es gibt demnach einen Zusammenhang mit unserem Mordfall, den wir dringend herausfinden müssen. Das hat oberste Priorität!«

Der Blick des Ersten Hauptkommissars streift nacheinander alle anwesenden Ermittler und bleibt schließlich an Christina Ohlsens Gesicht haften: »Hat deine Lektüre der alten Fallakte noch etwas ergeben?«, erkundigt er sich bei der Kommissarin, die aber sogleich den Kopf schüttelt.

»Eine alte Fallakte?«, wird Denise Malowski sofort aufmerksam, bevor Chrissie Ohlsen zu einer Erklärung ansetzen kann. Sie kennt deren heimliche Leidenschaft für *Cold Cases* nur allzu gut und sie beschleicht eine gewisse Ahnung, um was es sich dieses Mal handeln könnte. »Worum geht es dabei?«

»Um den Tod von Jonas Großmutter im Jahr 2004«, übernimmt Donner die gewünschte Erklärung und bestätigt damit Denises Vermutung. »Ich bin mit Chrissie einer Meinung, dass wir uns mit ihrem tödlichen Unfall beschäftigen sollten. Wie immer, wenn Fremdverschulden nicht vollkommen ausgeschlossen ist, wurde damals in der Sache ermittelt. Die Akte wurde schon nach wenigen Tagen geschlossen und Chrissie hat sie gestern wieder ausgegraben«, stellt er den Sachverhalt etwas vereinfacht dar.

»Wer hat denn damals die Untersuchung durchgeführt?«, will Tobias Heller wissen, obwohl er diesbezüglich einen konkreten Verdacht hegt. Die Kollegen Theisen und Frohn durfte er zu Beginn seiner Karriere ja noch selbst in Aktion erleben. Wenn man das, was die beiden ablieferten, überhaupt so bezeichnen kann. Da sie schon vor mehr als sechs Jahren aus dem Dienst ausschieden, kennt von den heute Anwesenden bis auf Denise niemand mehr die pensionierten Oberkommissare persönlich, was nach Hellers Meinung nicht unbedingt einen Mangel darstellt.

»Du wirst dir denken können, wer es war«, kürzt Donner die aufkommende und zu nichts führende Diskussion energisch ab. »Und weil die wenigen Seiten in besagter Akte kaum etwas an Informationen hergeben, wird Chrissie die Herren Theisen und Frohn gleich anschließend zu Hause aufsuchen und persönlich danach befragen. Ich habe allerdings nicht viel Hoffnung, dass etwas Brauchbares dabei herauskommt.«

Er wendet sich an Denise Malowski, Tobias Heller, Wolfgang Müller und Horst Weiland: »Ihr vier sucht die noch ausstehenden Mitglieder der Familie Wolf auf und besorgt euch die notwendigen Informationen. Im wesentlichen also Schrift- und Stimmproben sowie Alibis für die Tatzeit. Irgendwo in dieser Sippe muss doch ein Ansatz zu finden sein!«

»Unsere Erkundigungen im Umfeld des Tatortes haben jedenfalls schon einmal wenig gebracht«, meldet sich Oberkommissar Weiland zu Wort. »Eleonore Weber, die Bewohnerin eines Hauses dem Reiterhof schräg gegenüber sah zwar gegen 17:00 Uhr – also etwa zu der Zeit, als Jona verschwand – ein Fahrzeug vor dem Anwesen der Familie Wolf stehen, aber zu diesem Zeitpunkt kam ihr das nicht weiter verdächtig vor«, gibt er die Aussage der letzten Zeugin wieder, die er und Müller gestern befragt hatten.

»Das Nummernschild hatte sich Frau Weber daher nicht gemerkt«, ergänzt sein Partner. »Wobei sie nach eigenen Angaben ohnehin viel zu weit weg war, um es erkennen zu können. Der Wagen war ihr nur aufgefallen, weil er mit laufendem Motor direkt vor der Einfahrt parkte. Zwei Personen will sie darin gesehen haben, eine Frau auf dem Beifahrersitz und ein Kind auf dem Rücksitz. Es war ein hellblauer Kleinwagen, mehr wusste sie dazu nicht zu sagen.«

»Schade eigentlich!«, kommentiert der Kommissariatsleiter den Sachverhalt trocken. »Zeitlich käme diese Beobachtung auf alle Fälle hin, aber ohne das amtliche Kennzeichen sind wir leider nicht in der Lage, eine Überprüfung vorzunehmen.«

Er legt die Farbstifte aus der Hand und wendet sich ein letztes Mal eindringlich an seine Ermittler: »Macht euch am besten gleich auf den Weg zu euren Befragungen, es könnte für uns alle ein langer Tag werden!«

Tobias Heller wechselt mit seiner Partnerin einen schnellen Blick des Einverständnisses, bevor er sich an die Kollegen Müller und Weiland wendet: »Ich denke, wir nehmen uns heute die Verwandtschaft der verstorbenen Großmutter vor. Ihr zwei fahrt zu ihrem Bruder Heinrich Fischer in Troisdorf-Spich, während Denise und ich zeitgleich dessen Sohn Bernhard in Lohmar aufsuchen.«

Er zeigt auf das von ihm gezeichnete Schema des Familienstammbaums: »Nach den etwas kompliziert aussehenden Familienverhältnissen ist er der Vetter von Jonas Vater. Seine Frau heißt Hildegard und ist die Schwester von Gertrud Bauer, deren minderjährige Tochter Karin ihre Freizeit überwiegend auf dem Reiterhof verbringt. Sie und ihre Mutter kommen dann als Nächstes dran.«

»Und ich kümmere mich weiter um die Unfallsache!«, verkündet Chrissie Ohlsen und packt eilig ihre Sachen zusammen.

Wenige Augenblicke später ist Kommissariatsleiter Donner allein im Raum. Mit einem zufriedenen Lächeln auf den Lippen folgt er seinen Ermittlern nach draußen, nachdem er das Licht gelöscht hat. Wegen der störenden Sonneneinstrahlung und gelegentlich notwendiger Beamereinsätze sind die Jalousien an den Fenstern ständig heruntergelassen.

* * *

Der frühere Kriminaloberkommissar Rolf Theisen bewohnt allein ein kleines Reihenhaus am Stadtrand von Siegburg. Der jetzt Siebzigjährige ließ sich, wie Christina Ohlsen aus einer Erzählung von Tobias Heller weiß, im Jahr 2013 vorzeitig pensionieren und lebt seit dem Tod seiner Frau sehr zurückgezogen. Karin Theisen verstarb vor ein paar Jahren an einem Hirntumor.

Nachdem mehrere Versuche, den Ex-Kollegen telefonisch zu erreichen, erfolglos geblieben waren, machte sich die Kommissarin kurz entschlossen persönlich auf den Weg hierher und steht nun seit mehreren Minuten ungeduldig vor der Haustür des etwas verwahrlost aussehenden Anwesens. Niemand öffnet.

Sie legt den Finger ein drittes Mal auf den Klingelknopf, als sie von der Seite unvermittelt angesprochen wird: »Da werden Sie kein Glück haben, junge Frau!«, ruft ihr eine Stimme von jenseits des Jägerzauns zu, der den kleinen Vorgarten zu seinem Gegenstück nebenan abgrenzt.

Chrissie dreht sich langsam zu einer älteren Frau auf dem Nachbargrundstück um. Ein ungutes Gefühl beschleicht sie mit einem Mal. »Ist Herr Theisen nicht zu Hause?«, erkundigt sie sich vorsichtig.

Die Frau kommt einige Schritte näher, bis der Zaun ihr den Weg versperrt. »Sind Sie eine Verwandte?«, erkundigt sie sich ihrerseits, ohne zunächst auf die Frage einzugehen.

»Ich bin eine … Kollegin«, weicht Christina Ohlsen aus. »Ich wollte Herrn Theisen … äh … besuchen.«

Die Frau mustert sie lange und, wie es scheint, mitfühlend. »Da kommen Sie zu spät«, bringt sie dann in gedämpftem Tonfall hervor. »Herr Theisen wurde am Montag tot in seiner Wohnung aufgefunden. Er hatte vermutlich eine Herzattacke und war offenbar nicht mehr in der Lage, Hilfe zu rufen. Er war schon mehrere Tage tot, als man ihn fand.«

Ohlsen fehlen zunächst die Worte für eine Entgegnung. *Das ist das Schicksal vieler alleinstehender Menschen heutzutage*, denkt sie betrübt. *Niemand kümmert sich um einen und keiner merkt es, wenn man nicht mehr da ist. Theisen könnte womöglich noch leben, hätte man ihn rechtzeitig gefunden!*

»Vielen Dank!«, nickt sie der freundlichen Nachbarin zu und hat es plötzlich sehr eilig, diesem unheilvollen Ort den Rücken zu kehren.

* * *

Die Stadt Lohmar ist flächenmäßig etwas größer als ihre Nachbargemeinde Troisdorf, hat aber weitaus weniger als die Hälfte an Einwohnern. Mit dreißig Ortsteilen und unzähligen Wohnplätzen und Weilern, die meist nur aus Einzelhäusern bestehen, ist Lohmar nach Hennef und Windeck eines der am weitesten verzweigten Gemeinwesen im Rhein-Sieg-Kreis.

Einer dieser dünnbesiedelten Weiler ist Birken mit nur einer Handvoll Wohnhäusern. Dort ist die

Heimat von Dirk Wolfs Cousin, der hier mit Frau und einem Kind im Vorschulalter lebt. Birken liegt in unmittelbarer Nachbarschaft zum wesentlich größeren Ortsteil Honrath, wo Gertrud Bauer und ihre Tochter zu Hause sind, die Heller und Malowski im Anschluss an die Befragung von Bernhard Fischer ebenfalls aufsuchen wollen.

Über die B56 und die B484 gelangten die Kommissare nach über zwanzig Kilometern und einer halbstündigen Fahrt hierher in diese Einöde und Tobias Heller hält Ausschau nach der Zieladresse, während Denise Malowski das Fahrzeug langsam durch die Ansiedlung steuert. Straßennamen sucht man hier vergebens, die wenigen Wohnhäuser sind durchnummeriert.

»Weißt du, was ich mich die ganze Zeit frage?«, lässt sich Denise jetzt vernehmen, während sie den Wagen vor dem Haus mit der Nummer 12 ausrollen lässt. »Wie kommt eigentlich Karin Bauer nach Troisdorf zu diesem Reiterhof? Nach eigenen Angaben ist sie oft dort – in den Ferien fast täglich – und die Busverbindungen dürften doch hier nahezu unterirdisch sein. Einen Führerschein hat sie mit ihren fünfzehn Jahren ja noch nicht!«

»Wir werden sie nachher fragen, sofern sie sich überhaupt zu Hause aufhält und nicht wieder bei den Pferden ist«, gibt Tobias kurz angebunden zurück und öffnet die Beifahrertür zum Aussteigen.

Grundstück und Wohnhaus der Familie Fischer sind für hiesige Verhältnisse, wo Bauland vermutlich kaum etwas kostet, recht klein und machen einen verlassenen Eindruck auf die Besucher. Der gepflegte Vorgarten ist verwaist und die Spielgeräte im Hof sind unbenutzt.

Lediglich ein blauer Fiat Panda in der offenen Garage zeugt von der mutmaßlichen Anwesenheit mindestens einer Person, denn zu Fuß kommt man hier ja nicht weit. Tobias nickt seiner Partnerin aufmunternd zu und legt den Finger auf den Klingelknopf.

Eine halbe Minute später geht wie von Geisterhand die Haustür auf, ohne dass jemand in der Türöffnung zu sehen ist. Erst ein Blick nach unten zeigt den Kommissaren in Hüfthöhe einen etwa vierjährigen, blondgelockten Knirps, der die Besucher mit offenem Mund neugierig beäugt, einen kleinen Spielzeugbagger in der freien Hand haltend. Mit großen Augen fixiert er dabei ihre Pistolen, die sich für ihn äußerst günstig in Augenhöhe befinden.

»Ich habe dir doch gesagt, dass du die Tür nicht aufmachen sollst, wenn niemand dabei ist, Ben!«, ertönt zeitgleich eine atemlose Männerstimme aus dem Hintergrund. Kurz darauf steht der Vater des Jungen vor ihnen. Denise und Tobias ziehen synchron ihre Dienstausweise aus der Tasche.

* * *

Christina Ohlsen steckt immer noch der Schock der Nachricht von Theisens Tod in den Knochen, obwohl seither über eine Stunde vergangen ist. Sie kannte den Mann zwar nicht persönlich, jedoch sind Polizisten eine verschworene Gemeinschaft, was eine natürliche Folge der mitunter nicht ungefährlichen Tätigkeit ist, der man gemeinsam nachgeht. Der Anblick seines damaligen Kollegen, dem sie nun gegenübersitzt, kann sie indes auch nicht aufheitern. Im Gegenteil.

Denn Werner Frohn, obwohl erst einundsechzig Jahre alt, sieht aus, als stünde er dem Tod näher als dem Leben. Die durch seine langjährige Asthmaerkrankung geschädigten Lungen benötigen zudem permanente Unterstützung durch ein Sauerstoffgerät, sodass er nur keuchend zwischen zwei Atemzügen durch die Maske auf Ohlsens Fragen antworten kann. Die Nachricht von Tod seines ehemaligen Partners nahm er dagegen mit fast unbewegtem Gesicht entgegen. Der Tod anderer schreckt einen offenbar nicht mehr, wenn man selbst an der Schwelle zum Jenseits steht.

Chrissie Ohlsen schaut kurz zu seiner Frau, die ihr mit einem Nicken zu verstehen gibt, sie könne jetzt mit ihren Fragen beginnen. Elke Frohn hatte sich ausbedungen, während der gesamten Zeit anwesend zu sein, wogegen nach Ansicht der Ermittlerin aber nichts einzuwenden ist.

»Herr Frohn«, beginnt sie und nimmt die mitgebrachte Fallakte zur Hand. »Ich möchte Sie heute zu einem Unfall mit Todesfolge befragen, in dem Sie und Herr Theisen im Sommer 2004 ermittelten. Eine Landwirtin in Troisdorf wurde damals von einem Traktor überrollt, ich habe hier den Vorgang dazu.« Sie hält den dünnen Hefter hoch. »Leider scheinen aber wichtige Inhalte zu fehlen. Das Opfer hieß Ursula Wolf, geborene Fischer. Können Sie sich an diese Begebenheit erinnern?«

»Ich … erinnere … mich … daran«, keucht Frohn. Jedes Wort scheint ihn anzustrengen. »Schrecklicher … Unfall!«

»Wir sind im Rahmen einer Mordermittlung darauf gestoßen«, erklärt die Kommissarin ihm. »Und wir fragen uns jetzt, ob damals wirklich alles mit rechten Dingen zuging. Sie sind sicher, dass es keine Fremdeinwirkung gab? Wie ist das überhaupt zu verstehen? Wie kann jemand denn vom eigenen Traktor überrollt werden? Da sitzt man doch normalerweise drauf, oder? Weder ich noch meine Kollegen sind aus Ihrem Bericht so recht schlau geworden.«

Frohn schaut sie nur verständnislos an und gibt ihr schließlich, stockend und mit vielen Atempausen versehen, eine kurze Abhandlung über den Unfallhergang. Demzufolge kam der Trecker der Frau Wolf ins Rutschen, als sie einen Acker über eine steile Böschung zu erreichen versuchte, statt fünfzig Meter weiter einen gefahrloseren Weg zu nehmen. Das schwere Gefährt kippte zur Seite, überschlug sich, und begrub die Frau unter sich. Sie muss sofort tot gewesen sein, so der hinzugerufene Notarzt. Sie hatte eine Abkürzung nehmen wollen und ihren Leichtsinn mit dem Leben bezahlt.

»Wir hatten ... Fotos gemacht«, bringt Werner Frohn zum Abschluss mühsam hervor. »Bilder ... belegen ... Unfall!«

»Fotos?«, zweifelt Chrissie die Worte an. »Was denn für Fotografien? In der Fallakte waren keine!«

»Sie ... müssen ... da ... drin ... sein!« Werner Frohn wird immer kurzatmiger und seine Frau kommt mit sorgenvoller Miene herbei, um die Funktion des Atemgerätes zu kontrollieren. »Sie sollten jetzt gehen, Frau Kommissarin!«, wendet sie sich vorwurfsvoll an Christina Ohlsen, während ihr Gatte kraftlos in sich zusammensinkt.

»Ja, sie haben recht!« Schuldbewusst packt Chrissie ihre Sachen zusammen. »Haben Sie dennoch vielen Dank für Ihre Geduld. Ich finde schon allein hinaus«, nickt sie in Richtung der Eheleute und eilt aus dem Raum.

Das war's dann wohl, denkt sie unzufrieden auf dem Weg nach draußen. *Es wird uns nichts anderes übrig bleiben, als der Einschätzung der damals ermittelnden Kollegen zu vertrauen! Aber wo sind die Beweisfotos abgeblieben? Wer hat sie aus der Akte entfernt? Und aus welchem Grund?*

* * *

»Sie kommen sicher wegen Jona«, vermutet Bernhard Fischer auf dem Weg ins Innere der Wohnung. Sein Sohn scheint das Interesse an den Besuchern verloren zu haben und tobt, schrille Motorengeräusche imitierend, mit ausgebreiteten Armen vor ihnen her in Richtung Wohnzimmer. Offenbar stellt der Kleine jetzt einen Düsenjäger dar.

»Sie haben großes Glück, mich um diese Zeit zu Hause anzutreffen«, fährt sein Vater mit einem kritischen Blick auf einige Vasen und andere zerbrechliche Gegenstände im Bereich der ›Einflugschneise‹ fort. »Meine Frau ist im Krankenhaus. Ein Kindermädchen können wir uns nicht leisten und so habe ich mir Urlaub genommen und passe tagsüber selbst auf den Kleinen auf.«

Denise Malowski wirft ihrem Partner einen Blick zu. *Das ist doch schon mal eine wertvolle Information,*

überlegt sie. *Wenn die Frau zur Tatzeit im Kranken-*
haus lag, kommt sie als Täterin ja nicht in Betracht.
Und für den Anruf ebenfalls nicht, da man dort Han-
dys nicht benutzen darf und eine Unterdrückung der
Rufnummer in der hauseigenen Telefonanlage von
den Patienten nicht vorgenommen werden kann.

»Wie stehen Sie zu Ihrem Cousin Dirk Wolf?«,
beginnt Tobias Heller die Befragung, nachdem alle
in einem kleinen Wohnzimmer Platz genommen
haben. Ben sitzt in einer Zimmerecke auf dem Fußboden und beschäftigt sich mit dem Bagger.

»Haben Sie ein gutes Verhältnis zu Jonas Vater?«,
präzisiert Denise Malowski Hellers Frage an
Bernhard Fischer, der seine Besucher nur verständnislos anschaut. Aus der Zimmerecke kräht Ben ein
freudiges »Jona!« in den Raum.

Sein Vater dreht sich zu seinem Sprössling um
und schlägt mit einer Stimme, die keinen Widerspruch duldet, vor: »Warum gehst du nicht ein
wenig nach draußen mit deinem Bagger spielen,
Ben? Es ist warm und die Sonne scheint. Ich
komme gleich nach, sobald wir hier fertig sind. Ver-
sprochen!«

Der Kleine spaziert gehorsam durch die offen
stehende Terrassentür nach draußen und Fischer
wendet sich wieder Malowski und Heller zu: »So,
jetzt ist Ruhe. Äh … Ich war etwas abgelenkt. Wie
lautete noch Ihre Frage?«

»Jona und Ben kennen sich?«, ignoriert Tobias
Heller ihn. »Ich hatte soeben den Eindruck, Ihr
Sohn pflegt einen recht intensiven Umgang mit sei-
nem … wie auch immer das Verwandtschaftsver-

hältnis ist. Jonas Eltern leben aber ja nicht gerade um die Ecke!«

»Die korrekte Bezeichnung müsste wohl Cousins zweiten Grades lauten, denke ich. Und ja, die beiden kommen sehr gut miteinander aus, sie sind ja auch geistig irgendwie auf demselben Level. Und meine Nichte Karin ist ohnehin dauernd in Troisdorf bei den Pferden, da nimmt sie den Kleinen öfter schon mal mit«, bestätigt er ihnen, was sie bereits von Jonas Mutter erfuhren.

»War das am Sonntag auch der Fall?«, hakt Denise Malowski sofort ein. Von seiner Nichte wissen sie ja schon, dass *sie* an diesem Tag nicht auf dem Reiterhof gewesen ist.

»Nein, am Sonntag war Ben hier bei mir zu Hause. Und wo sich Karin herumgetrieben hat, müssen Sie sie selbst fragen!«

»Das hatten wir ohnehin vor«, nickt Denise und zückt ihr Diensthandy. »Eine Sache habe ich aber noch: Haben Sie diese Stimme schon einmal gehört?«

Sie ruft die Sprachdatei des anonymen Anrufs auf und kurz darauf erschallt die krächzend verstellte Stimme des *Raben*. Bernhard Fischer zuckt merklich zusammen und wird kreidebleich. Dann schüttelt er stumm den Kopf. »Das höre ich zum ersten Mal. Das ist ja grässlich! Wer ist denn das?«

»Das wüssten wir ebenfalls gerne!« Tobias Heller reicht ihm ein Blatt Papier. »Hier ist der Wortlaut noch einmal für Sie aufgeschrieben. Ich möchte Sie bitten, den Text laut und deutlich nachzusprechen.«

Er holt seinerseits das Handy hervor und aktiviert die Diktatfunktion. »Wir werden dann eine Stimmenanalyse vornehmen. Sie müssen dazu die Stimme nicht verstellen. Unsere Forensiker sind sehr tüchtig, die bekommen das auch so hin!«

»Und wenn Sie damit fertig sind, schreiben Sie dieselben Worte hier auf«, ergänzt Denise Malowski und reicht ihm einen Schreibblock. »Bitte je einmal mit rechts und mit links.«

»Dürfen Sie das denn überhaupt?« Fischer blickt die Ermittler entgeistert an. »Ich meine … Können Sie so etwas von mir verlangen? Stehe ich etwa unter Verdacht?«

»Es ist zumindest zum gegenwärtigen Zeitpunkt freiwillig«, klärt Heller ihn auf. »Was sich aber jederzeit ändern kann. Sie haben doch nichts zu verbergen, oder?«, erkundigt er sich lauernd.

»Geben Sie schon her!«, brummt Fischer und nimmt Text und Schreibblock mit einem verkniffenen Gesichtsausdruck entgegen. Immerhin zeigt er sich kooperationsbereit, wenn auch widerstrebend. Den Kommissaren ist aber nicht entgangen, dass Bernhard Fischer die Beantwortung der von Tobias gestellten Eingangsfrage bisher geschickt umgangen hat.

»Sie haben die Frage meines Kollegen noch nicht beantwortet«, wirft Denise Malowski daher jetzt beiläufig ein, während Fischer sich linkshändig mit der geforderten Schriftprobe abmüht. »Zur Erinnerung: Die Frage lautete, wie Ihr Verhältnis zu Dirk Wolf ist.«

»Mein Cousin hat den ertragreichen Reiterhof und ich bewohne mit meiner Familie ein winziges,

hypothekenbelastetes Häuschen mitten im Nirgendwo!«, zischt Bernhard Fischer. »Ist Ihre Frage
damit ausreichend beantwortet?«

* * *

»Ich habe mit *diesem* Teil meiner Verwandtschaft herzlich wenig am Hut«, brummt der Mann
hinter dem Bartresen und hält das Glas, das er zu
polieren begonnen hatte, als Weiland und Müller
sein Lokal betraten, prüfend ins Licht. Die Eheleute
Heinrich und Elisabeth Fischer betreiben auf der
Hauptstraße nahe dem Ortsausgang Troisdorf-
Spich eine Gaststätte, die auch einen Mittagstisch
anbietet und daher um diese Zeit geöffnet ist. Gäste
sind aber derzeit keine anwesend.

Die Nachricht vom gewaltsamen Tod eines
nahen Verwandten nahm der Gastwirt zunächst
mit unbewegtem Gesicht zur Kenntnis. »Jona … Ist
das nicht dieser geistig behinderte Enkel meiner
verstorbenen Schwester?«, vergewissert er sich
dennoch nach einer Weile, wohl mehr aus Höflich-
keit denn aus persönlichem Interesse. Aus der
Küche dringt leises Geklapper von Geschirr, als
seine Frau die gespülten Teller in die Regale räumt.

Oberkommissar Horst Weiland ist jedoch nicht
die besondere Betonung entgangen, die der Mann
verwendete, als er von der Verwandtschaft seiner
Schwester sprach. »Das scheint Sie emotional ja
nicht gerade sehr mitzunehmen«, spricht er Fischer
daher unverzüglich darauf an.

»Ich kannte den Bengel ja nicht mal! Wir pflegen
zu *denen* keinen Kontakt!« Da war sie wieder, diese
seltsame Betonung.

»Darf man auch den Grund dafür erfahren?«, ergreift Wolfgang Müller das Wort. »Gab es vielleicht Streit?«

»Wenn Sie es genau wissen wollen, Herr Kommissar«, ereifert sich Fischer, »handelt es sich bei denen allesamt um eine geldgierige asoziale Bande. Sogar meine eigene Schwester hat mich damals um den Anteil am Erbe geprellt. Als unsere Eltern starben, hat sie sich den Hof ganz allein unter den Nagel gerissen! Und jetzt hat ihr ältester Sohn ihn und verdient sich eine goldene Nase damit!«

»Wie darf ich das verstehen?«, wird Weiland sofort hellhörig. Ist hier womöglich der Stein des Anstoßes zu suchen? »Hatten Ihre Eltern denn kein Testament hinterlassen?«

»Oh, ich bin mir sogar ziemlich sicher, dass es eins gab, nur wurde es nie gefunden! Dann legte mir meine liebe Schwester drei Tage nach der Beerdigung Dokumente vor, wonach der elterliche Bauernhof hoch verschuldet war. Sie riet mir, entsprechende Schritte zu unternehmen. Ich bin dann gleich zum Notar und habe eine Erbausschlagung zur Vorlage beim Nachlassgericht aufsetzen lassen, damit die Gläubiger mich nicht belangen konnten. Ich nahm an, dass meine Schwester es ebenso gemacht hatte.«

»Aber das hatte sie nicht«, vermutet Wolfgang Müller. »Und wie von Zauberhand war der Hof plötzlich schuldenfrei. Wussten Sie denn nicht, dass man eine Erbausschlagung im Nachhinein widerrufen kann?«

»Dafür gibt es Fristen, Herr Kommissar! Als ich meiner Schwester auf die Schliche kam, war es längst zu spät.« Heinrich Fischer ist die Verbitterung über diesen Betrug auch nach so vielen Jahren deutlich anzusehen. »Wenn Sie aber glauben, dass *ich* dem Jungen etwas angetan habe, sind Sie gewaltig auf dem Holzweg!«

* * *

Als Christina Ohlsen das Foyer des Kripogebäudes betritt, ist sie mit ihren Gedanken immer noch bei dem schwerkranken Werner Frohn, dessen Schicksal ihr schon zu Herzen gegangen ist, auch wenn sie es sich in seiner Gegenwart nicht anmerken ließ. Wenn aber dessen Erinnerungsvermögen nicht trügt, überlegt sie, handelte es sich bei dem Vorfall, bei dem Jonas Großmutter vor Jahren zu Tode kam, tatsächlich um einen Unfall. Diese Spur wäre demnach kalt, da ohne nachweisbares Fremdverschulden ein Motiv für eine späte Rache nicht erkennbar ist.

Am Empfangstresen steht eine kleine, rundliche Frau und diskutiert aufgeregt mit dem Wachhabenden. Ein durchaus alltägliches Bild, seit es Besuchern nicht mehr gestattet ist, ohne vorherige Anmeldung und vor allem ohne Begleitung im Gebäude herumzulaufen. Die Kommissarin schreckt aus ihren Gedanken, als sie im Vorbeigehen einen Namen aufschnappt.

»Wenn Sie nicht wissen, wie der Beamte heißt, zu dem Sie wollen, oder mir wenigstens das zuständige Kommissariat nennen, kann ich Ihnen nicht weiterhelfen, Frau Wolf!«, sagt der Wachmann soeben zu der Frau. Sein Tonfall hat dabei trotz sorgfältiger Schulung im Umgang mit Besuchern einen leicht genervten Unterton angenommen. Ohlsen bleibt sofort stehen und wendet sich neugierig der Szene zu.

»Ach, Frau Kommissarin Ohlsen!«, begrüßt sie der uniformierte Kollege erleichtert. »Vielleicht sind Sie ja in der Lage, der Dame weiterzuhelfen. Sie fragt nach zwei Beamten, von denen sie aber die Namen nicht mehr weiß. Sie wären wohl die Tage bei ihr zu Hause gewesen, sagt sie.«

»Sind Sie die Mutter von Jona?«, erkundigt Ohlsen sich vorsichtig bei der Frau, die mit den Tränen kämpft und nur bestätigend mit dem Kopf nickt. »Ich bin Christina Ohlsen, eine Kollegin der Kriminalhauptkommissare Malowski und Heller. Die sind aber, soweit ich informiert bin, derzeit im Außendienst. Kann ich Ihnen eventuell weiterhelfen?«

»Mein Name ist Gabriele Wolf«, stellt die Frau sich mit brüchiger Stimme vor und presst dabei eine Handtasche, die sie die ganze Zeit mit beiden Händen umklammert hält, womöglich noch fester an sich. »Ich bin Jonas Mutter und bin gekommen, um eine Aussage, die ich vorgestern Ihren Kollegen gegenüber machte, zu korrigieren!«

* * *

Von Birken war es nur ein Katzensprung bis zur Rösrather Straße im Nachbarort Honrath, wo Karin Bauer mit ihrer geschiedenen Mutter Gertrud in einer kleinen Drei-Zimmer-Wohnung lebt.

Nach einer Fahrt von weniger als zwei Kilometern und zehn Minuten, nachdem Denise Malowski und Tobias Heller sich von Bernhard Fischer verabschiedet haben, stehen sie schon vor der in einem schmutzigen Grau lackierten Wohnungstür im Obergeschoss eines schmucklosen Mehrfamilienhauses.

Denises Zeigefinger schwebt noch über dem Klingelknopf, als die Tür vor ihnen förmlich aufgerissen wird und eine zierliche Frau, blond, Ende dreißig und etwa 1,65 Meter groß, in der Türöffnung erscheint. Sie scheint es sehr eilig zu haben, springt aber beim Anblick der beiden Polizisten erschrocken zurück.

»Frau Bauer? Gertrud Bauer?«, erfasst Denise die Situation reaktionsschnell und zückt ihren Dienstausweis. »Hauptkommissarin Malowski, Kripo Siegburg«, stellt sie sich schnell vor und zeigt auf ihren Partner. »Mein Kollege Heller. Haben Sie einen Augenblick Zeit für ein paar Fragen zum Todesfall Jona Wolf?«

»Das ist jetzt aber äußerst ungünstig«, erwidert die Frau ungehalten und will sich an den Ermittlern vorbeischieben. »Ich muss ins Krankenhaus, kommen Sie ein anderes Mal wieder!«

»Ins Krankenhaus? Zu Ihrer Schwester? Ihr Schwager sagte uns, dass sie dort liegt.«

»Unsinn, ich arbeite dort als Krankenschwester! In einer Stunde beginnt mein Dienst, ich habe diese Woche die Spätschicht.«

»Bitte, Frau Bauer!«, lässt Denise Malowski nicht locker. »Es dauert nur wenige Minuten, dann sind Sie uns wieder los. Wir würden den weiten Weg hierher nämlich ungern ein zweites Mal machen.«

Gertrud Bauer lässt einen tiefen Seufzer hören. »In Ordnung, Sie geben ja sonst doch keine Ruhe. Aber mehr als eine Viertelstunde haben Sie nicht zur Verfügung!« Sie tritt zur Seite, um ihre ungebetenen Besucher einzulassen. »Meine Tochter ist auch da, falls Sie mit ihr ebenfalls sprechen wollen.«

* * *

Christina Ohlsen ruft auf ihrem Computer die elektronische Fallakte Jona Wolf auf, die alle Ermittlungsberichte und Zeugenaussagen enthält. Also auch die der Eheleute Wolf von Montag, dem 22. Juli, als Denise und Tobias dem Reiterhof erstmals einen Besuch abstatteten. Eine explizite Aussage, die Jonas Mutter den Ermittlern gegenüber getätigt haben will, ist aber auf den ersten Blick nicht zu finden. Überhaupt hielten sich die Eheleute bei der Befragung laut Denise etwas bedeckt, was sofort ihren Argwohn weckte.

»Was genau möchten Sie denn jetzt bezüglich Ihrer ... äh, Aussage ändern?«, erkundigt sie sich daher bei der nervös auf ihrem Stuhl herumrutschenden Besucherin. Gabriele Wolf hält ihre Handtasche immer noch fest umklammert, als hüte sie einen wertvollen Schatz.

»Es geht um diesen schrecklichen Anruf von Sonntagabend«, entgegnet Frau Wolf und nestelt nervös am Verschluss der Tasche. »Ihre Kollegen fragten, ob es bereits früher vorgekommen sei, dass wir ... dass wir eine solche Nachricht erhielten. Ich sagte, dass es das erste Mal war.«

»Und das entsprach nicht der Wahrheit?«

»Nein. Zumindest nicht vollständig.« Frau Wolf greift in die Tasche und fördert ein dickes Bündel Briefe zutage, das mit einem Gummi zusammengehalten wird. »Es entsprach nur teilweise den Tatsachen. Es war zwar der erste *Anruf* dieser Art, aber vorher erhielten wir die hier.« Sie reicht das Bündel über den Tisch. »Es sind genau zwölf Stück. Es begann einige Wochen, nachdem mein Mann und ich den Hof übernommen hatten. Der Letzte ist vor etwa einem Monat eingegangen.«

Chrissie Ohlsen streift Handschuhe über, bevor sie das Bündel Briefe in Empfang nimmt. Die mutmaßlichen Beweisstücke mögen zwar schon durch die eine oder andere Hand gegangen sein, aber natürlich muss jede weitere ›Verunreinigung‹ verhindert werden. Sie steckt die Briefe in einen Spurensicherungsbeutel. »Vielen Dank, dass Sie sich doch noch zur Wahrheit entschlossen haben, Frau Wolf. Haben Sie noch etwas dazu zu sagen?«

Sie erntet nur ein Kopfschütteln. »Mein Mann weiß nicht, dass ich heute zu Ihnen gekommen bin. Es war allein meine Entscheidung. Dirk will nicht, dass diese unselige Angelegenheit an die große Glocke gehängt wird. Er meint, es habe nichts mit dem Tod unseres Sohnes zu tun.«

»Und Sie? Sind Sie anderer Meinung?«

Gabriele Wolf hebt ratlos die Schultern und erhebt sich von ihrem Platz. »Ich weiß es wirklich nicht, Frau Kommissarin«, seufzt sie und wendet sich zur Tür.

* * *

»Wo ich am Sonntagabend war?«, wiederholt Gertrud Bauer die an sie gerichtete Frage nach einem Alibi für die Tatzeit. Ihre Tochter Karin sitzt mit in der Runde, verhält sich ungewohnt still und rutscht gelegentlich nervös auf ihrem Stuhl herum, während ihre Mutter von der Polizei vernommen wird.

»Ich war genau dort, wo ich am Sonntagmorgen auch war«, äußert sich diese jetzt. »Nämlich auf der Arbeit. Ich hatte mal wieder eine Doppelschicht übernommen, irgendwo muss die Kohle ja herkommen. Mein Ex ist seit Monaten mit dem Unterhalt im Rückstand und es wird ja nicht jeder mit einem goldenen Löffel im Mund geboren oder hat einen gewinnträchtigen Reiterhof wie *Dirk Wolf*! Mein Dienst endete übrigens an dem Tag um 22:00 Uhr.« Den Namen des Verwandten betont sie dabei auf eine eigenartige Weise, fast wie angewidert.

Noch eine Person, die nicht sonderlich gut auf die Verwandtschaft zu sprechen ist, merkt Tobias Heller in Gedanken an. *Da ist eine gehörige Portion Futterneid im Spiel!* Dem nachdenklichen Gesichtsausdruck seiner Partnerin entnimmt er, dass sie offenbar einen ähnlichen Gedanken hegt.

»Sie sind nicht gut auf Dirk Wolf zu sprechen?«, vergewissert Denise Malowski sich bei der Frau. »Soweit uns bekannt ist, hat er den Hof ordnungsgemäß erworben!«

»Ja, nachdem seine Mutter, als *deren* Eltern starben, ihren Bruder – also den Vater von Bernhard – klassisch ausmanövriert hatte. Heinrich Fischer ging damals leer aus, sonst würde der Hof heute meiner Schwester Hildegard und ihrem Mann gehören!«, gibt Gertrud Bauer mit einer verdrehten Logik zurück.

Tobias Heller lässt die letzte Bemerkung unkommentiert und steckt die beiden Schriftproben sowie sein Handy mit ihrer Stimmprobe ein. »Wir wären dann soweit mit Ihnen durch«, wendet er sich an die Frau. »Haben Sie vielen Dank für Ihre Mitarbeit. Wenn Sie nichts dagegen haben, unterhalten wir uns aber noch kurz mit Ihrer Tochter. Ich benötige dazu Ihr Einverständnis, da Karin minderjährig ist.«

»Tun Sie, was Sie nicht lassen können«, erteilt sie barsch ihre Zustimmung. »Mich müssen Sie aber jetzt entschuldigen, ich muss zum Dienst!«

* * *

»Muss ich das jetzt auch machen?«, fragt Karin Bauer zaghaft bei Denise Malowski an, nachdem sich die Tür hinter ihrer Mutter geschlossen hat. »Das mit der Stimme und der Schriftprobe?« Das Mädchen ist etwas blass um die Nase.

»Nur, wenn du es möchtest«, erklärt Denise ihr. »Es ist für dich vollkommen freiwillig, für uns wäre es aber enorm wichtig. Unsere Arbeit besteht nämlich nicht nur darin, Täter zu überführen. Personen auszuschließen, die nicht für eine Tat infrage kommen, ist mindestens ebenso von Bedeutung.«

»Dann möchte ich es lieber nicht tun.« Karin Bauer schaut die Kommissarin nicht an und fixiert stattdessen intensiv einen fiktiven Punkt auf der Tischplatte.

»Ganz wie du willst. Aber da ist doch noch was, das sehe ich dir doch an!« Denise schaut das Mädchen eindringlich an: »Ich will dir jetzt mal etwas erklären: Du bist älter als vierzehn Jahre und damit strafmündig, wie man das nennt. Eine Falschaussage ist eine Straftat, für die du also schon belangt werden kannst. Hast du uns vielleicht doch noch was zu sagen? Etwas, das womöglich dem, was du uns am Montag sagtest, widerspricht? Jetzt wäre noch Zeit, es zu korrigieren!«

Minutenlanges Schweigen ist die einzige Antwort, die Denise Malowski erhält. Endlich hebt das Mädchen den Kopf und sieht ihr mit einem trotzigen Ausdruck ins Gesicht: »Es war alles so, wie ich es sagte!«, erklärt sie mit fester Stimme.

»Na dann …«, ergreift Tobias Heller jetzt wieder das Wort, nachdem er die Befragung bisher seiner Partnerin in der Hoffnung überlassen hatte, sie fände als Frau eher einen Zugang zu dem heute sehr in sich zurückgezogenen Mädchen. Offenbar ist dies nicht der Fall. »Was uns noch aufgefallen ist: Wie kommst du von hier nach Troisdorf zum Reiterhof? Mit dem Bus?«

»Ja, mit dem Bus. Normalerweise nimmt mich aber Onkel Bernhard mit, er hat dort in der Nähe beruflich zu tun. Momentan hat er aber Urlaub, weil er sich um Ben kümmern muss, solange Tante Hildegard im Krankenhaus ist. Warum fragen Sie?«

»Ach, nur so!«, weicht Tobias aus. »Apropos: Was fehlt deiner Tante überhaupt?«

»Das ist nichts Schlimmes, glaube ich. So, wie ich das verstanden habe, hatte sie in der letzten Zeit Probleme mit ihrer Insulinpumpe. Sie bekommt ein neues Modell, das aber erst eingestellt werden muss.«

»Deine Tante ist demnach Diabetikerin ...«, entgegnet Tobias nachdenklich, um sich dann übergangslos an Denise zu wenden: »Ich denke, wir sind dann hier so weit fertig, lass uns fahren!« Karin Bauers erleichtertes Aufatmen entgeht ihm aber nicht.

DER RABE

Jetzt hat diese Schlampe entlich bekommen, was sie verdiehnt hat! Ob sie wohl ihr letztes Geheimnis mit ins Grab genomen hat? Sehr wahrscheinlich, so hinterhältig wie dieses Biest zu Lebzeiten war! Wie sollte es im Tode anders sein? Ich frage mich, wie ein einzelner Mensch so einfältig sein kann, dass er sich jahrelang von so einer nach Strich und Faden verarschen lässt! Du glaubst doch nicht allen Ernstes, alle ihre Verfehlungen zu kennen? Hoffentlich erstickst du an deinem Erbe!

KAPITEL 5

Donnerstag, 25. Juli

08:21 Uhr

Kommissariatsleiter Peter Donner ist wie an jedem Morgen damit beschäftigt, die Berichte seiner Ermittler durchzugehen und für die in weniger als zwei Stunden stattfindende Fallbesprechung aufzuarbeiten. Erzielte Ergebnisse der einzelnen Gruppen müssen verglichen und für neue Ermittlungsansätze koordiniert werden. Wenigstens gibt es bei seinen Mitarbeitern solche Berichte, die sogar brauchbar sind. Ganz im Gegensatz zu denen der damaligen Oberkommissare Frohn und Theisen ...

Seine Gedanken schweifen ab. *Wir werden etwas tun müssen*, überlegt er. *Einen Kranz für Theisen besorgen ... Und zumindest Denise und Tobias sollten mit mir zu seiner Beerdigung gehen! Und was machen wir mit Frohn?* Dessen Schicksal ist ihm nahegegangen, als Chrissie ihn gestern darüber informierte. Gewusst hatte er aber nichts davon. Ein Skandal, wie er sich als ehemaliger Vorgesetzter eingestehen muss. *Ich werde ihn bald einmal besuchen*, nimmt er sich vor.

Er wird aus seinen Überlegungen gerissen, als Chrissie Ohlsens zerzaust aussehender Blondschopf in der Tür erscheint. Diese Frisur trägt sie seit letzter Woche und er hat sich immer noch nicht so recht daran gewöhnt. »Ich bin mal kurz aushäusig, Chef!«, hört er sie sagen, wobei sie den Raum aber nicht vollständig betritt, sondern wie immer nur den Kopf zur Tür hereinsteckt. Ein heftiges Déjà-vu überkommt ihn. Hatte sie sich nicht erst gestern mit genau denselben Worten bei ihm abgemeldet?

»Ist gut«, gibt er dieses Mal aber nur kurz angebunden zur Antwort und winkt gnädig mit einer Hand. »Aber sei zur Dienstbesprechung wieder zurück, wenn es geht!« Den letzten Satz spricht er aber schon gegen die geschlossene Bürotür. Er seufzt leise. Chrissie ist – wie alle seine Leute – eine überaus fähige Ermittlerin. Aber auch mindestens ebenso chaotisch.

* * *

»Ich denke, wir sollten uns ab jetzt vornehmlich um die Verwandtschaft der Großmutter kümmern«, überlegt Denise Malowski zwischen zwei Schlucken aus ihrer Kaffeetasse. »Wir haben ja gestern selbst erlebt, wie die gestrickt sind. Sowohl Bernhard Fischer als auch seine Schwägerin waren – um es vorsichtig zu formulieren – nicht gerade gut auf Dirk Wolf zu sprechen. Und immer dreht es sich um das Erbe seiner Mutter. Da ist eine Menge Neid und Missgunst im Spiel, Tobi!«

»Das sehe ich genauso, Denise.« Tobias Heller scrollt sich durch die archivierten Berichte auf seinem Bildschirm. »Und diese ominösen Drohbriefe und Anrufe haben damit zu tun! Hier: Der erste Brief kam laut Günter Wolf am 1. April 2004, nur wenige Monate, nachdem seine Frau den Hof geerbt hatte. Ihr Bruder Heinrich Fischer ging damals leer aus, weil er – womöglich aufgrund gefälschter Bilanzen – das Erbe aus Furcht vor nichtvorhandenen Gläubigern ausschlug. Und vergessen wir nicht den unbekannten Anrufer von Sonntagabend: *›Dein ganzes Geld wird dir deinen Sohn nicht wiederbringen‹*, sagte er wörtlich.«

»Heinrich Fischer äußerte sich Horst und Wolfgang gegenüber in ähnlicher Weise«, nickt Denise. »In dem Zusammenhang ist es sicher kein Zufall, dass die ›Belästigungen‹ sich auf Dirk Wolf verlagerten, als dieser den Hof von seinem Vater übernahm! Aber wie passt Karin Bauer da hinein? Das Mädchen verschweigt uns etwas, davon bin ich überzeugt!«

»Als Dirks Eltern den ersten Brief erhielten, war Karin ein Baby«, erinnert Tobias seine Partnerin. »Sie kann daher, wenn überhaupt, erst kürzlich in die Sache hineingezogen worden sein. Leider wird es einige Tage dauern, bis der Sachverständige die Schriftproben verglichen hat. Bis dahin müssen wir uns gedulden, zumal Karin sich ja geweigert hat, eine Probe abzugeben.«

»Na, ja. Zumindest sollte sich aber klären lassen, ob die Briefe alle von ein und derselben Person verfasst wurden. Wenn dies der Fall ist, wäre Karin sowieso raus!«

Ein Klopfen an der Tür unterbricht zunächst ihre angeregte Diskussion. Herein kommt, als hätten sie es herbeigeredet, Karin Bauer, gefolgt von Wachmann Rudolf Klein, der das Mädchen mit sanftem Druck gegen die Schulter in den Raum schiebt.

»Diese junge Dame möchte eine Aussage zu Protokoll geben«, meldet der Zwei-Meter-Mann mit seinem tiefen Bass und ist im nächsten Moment auch schon wieder verschwunden. Karin Bauer aber bleibt mit gesenktem Kopf verlegen an der Tür stehen.

Denise Malowski macht eine einladende Handbewegung zum Besucherstuhl vor ihrem Schreibtisch. »Tritt näher, wir beißen nicht!«, fordert sie das Mädchen auf, Platz zu nehmen.

* * *

Derweil arbeitet sich Christina Ohlsen in der Redaktion der Lokalzeitung *Rhein-Sieg-Echo* konzentriert durch die archivierten Ausgaben dieser Gazette.

Da die elektronische Ablage laut Auskunft der Redaktionsassistentin erst vor wenigen Jahren eingeführt wurde, kämpft die Kommissarin momentan mit der Bedienung eines vorsintflutlichen Lesegerätes für Mikrofilme, wie sie im Zeitungswesen seit Mitte des vergangenen Jahrhunderts Verwendung fanden, bis sie neuerdings durch andere, effektivere Methoden abgelöst wurden. Einen richterlichen Beschluss benötigt sie für ihre Recherche nicht, da es sich um öffentliches Material handelt, welches jedermann zur Verfügung gestellt werden muss.

Die Ausgabe vom 8. Juni 2004 enthält keine Berichterstattung vom tödlichen Unfall der Ursula Wolf, was ja auch zu erwarten war. Chrissie legt den *Mikrofiche* in die Ablage zurück und nimmt den vom darauffolgenden Tag zur Hand. 9. Juni 2004 steht darauf – der Tag nach dem schrecklichen Ereignis. Mittlerweile kommt sie ganz gut mit der Bedienung zurecht und kann diese Ausgabe nach nur wenigen Minuten ebenfalls ad acta legen. Ohne Ergebnis.

Sie schaut auf die Uhr. *Schon so spät!*, wundert sie sich, wo die Zeit geblieben ist. *Einen schaue ich mir noch an, dann muss ich aber los!* Sie holt einmal tief Luft und legt den Film vom 10. Juni ein.

Schon die erste Seite signalisiert ihr dieses Mal einen Treffer: ›*Landwirtin vom eigenen Traktor überrollt*‹ ist auf der Titelseite in großen Lettern zu lesen! Aber außer einigen nichtssagenden Zeilen erfährt die Ermittlerin kaum etwas Neues, die Worte wirken im Gegenteil wie aus dem polizeilichen Ermittlungsbericht abgeschrieben. Chrissies Augenmerk ist aber auch eher auf das Foto darunter gerichtet. Es wird zudem auf eine Seite im Innenteil verwiesen, wo einige weitere Unfallfotos zu sehen sind.

»Ach bitte!«, wendet sie sich Hilfe suchend an die Redaktionsmitarbeiterin. »Können Sie mir zeigen, wie ich das ausdrucken kann?« Wenige Augenblicke später hält sie eine hochauflösende Kopie des vollständigen Artikels aus einem hypermodernen Laserdrucker in der Hand. Zu diesem Zweck legte die Mitarbeiterin den *Mikrofiche* in einen speziellen, mit dem Drucker gekoppelten Scanner ein.

Mit ihrer höchst aufschlussreichen Ausbeute in der Hand und einem triumphierenden Lächeln auf den Lippen tritt Christina Ohlsen eilig den Weg zurück ins Kommissariat an. Zur Fallbesprechung wird sie es hoffentlich so gerade eben noch schaffen.

* * *

10:08 Uhr

Im Besprechungsraum sind bis auf eine Person alle versammelt, als Denise Malowski und Tobias Heller verspätet und in entsprechender Eile den Raum betreten. Donner steht auf seinem angestammten Platz am Whiteboard und schaut ihnen ungeduldig entgegen, wobei sein Blick zwischen der digitalen Wanduhr und den Hauptkommissaren hin und her pendelt.

Jürgen Vogel und Amara Jones von der Forensik sind ebenfalls anwesend, was auf entsprechende Ergebnisse hoffen lässt. Der Platz neben Wolfgang Müller ist leer. Seine Freundin Chrissie Ohlsen ist Einzige, die jetzt noch fehlt.

»Es gibt hoffentlich eine plausible Erklärung für euer Zuspätkommen!«, werden die Hauptkommissare von ihrem Vorgesetzten übellaunig in Empfang genommen.

Eine Mischung aus Verärgerung über die Verspätung und Neugierde bezüglich deren Ursache legt sich über die Gesichtszüge des Kommissariatsleiters. »Und wo Chrissie ist, weiß hier sowieso keiner«, bekundet er seinen Unmut darüber, dass die Kommissarin mal wieder niemandem sagte, wo und weshalb sie heute Morgen so dringend hinmusste. Und er selbst hatte ja nicht danach gefragt, als der die Gelegenheit dazu hatte.

»Wir hatten Besuch«, entschuldigt Tobias Heller die Verspätung. »Warte ab. Was die junge Dame zu Protokoll gegeben hat, wird dich aus den Socken hauen! Du kannst dich schon einmal darauf einstellen, gleich im Anschluss an unseren Bericht einen Durchsuchungsbeschluss zu besorgen. Und einen Haftbefehl!«

»Da bin ich, Chef!«, ertönt in diesem Augenblick das kräftige Organ der vermissten Kollegin von der Tür her. Obwohl Chrissie offenbar gelaufen ist, ist sie kein Bisschen außer Atem. Sie eilt ohne Umschweife zu ihrem Platz, wobei sie mit Elan einen oder mehrere Bogen Papier wie eine Fahne schwenkt.

»Lass mich raten: Du hast den Mörder entlarvt und benötigst jetzt ebenfalls einen Haftbefehl?«, kommentiert Donner sarkastisch das bühnenreife Auftreten seiner jüngsten Ermittlerin.

»Äh … Nein?«, dehnt Chrissie verwirrt. Dann erst dringen die Worte des Vorgesetzten vollständig in ihr Bewusstsein: »Habe ich etwas verpasst? Wer benötigt denn einen Haftbefehl? Und für wen?«

»Das werden wir jetzt hoffentlich endlich erfahren, nachdem du Tobias mit deinem Auftritt unterbrochen hast. Nach seinem Vortrag ist sicher noch genügend Zeit, uns von den eigenen Neuigkeiten zu berichten«, vertröstet er Chrissie mit einem bezeichnenden Blick auf ihre mitgebrachten Unterlagen und nickt Tobias Heller auffordernd zu. »Dann schieß mal los!«

»Mit dem größten Vergnügen!«, erwidert dieser in bester Laune. »Wir werden euch der Einfachheit halber die Sprachaufzeichnung vorspielen, die

Denise von der Vernehmung angefertigt hat, dann habt ihr alle Informationen aus erster Hand!« Er nickt seiner Partnerin auffordernd zu, die ihr Handy bereits hervorgeholt hat.

Während Denise die Wiedergabe der mitgeschnittenen Aussage Karin Bauers startet, lässt Tobias seinen Blick über die Anwesenden schweifen. Er sieht sechs Augenpaare in gespannter Erwartung auf sich und Denise gerichtet. Und es ist mucksmäuschenstill im Raum geworden. Alle lauschen gebannt den Worten, die aus dem Lautsprecher dringen.

* * *

Eine Stunde zuvor

»Ich … ich hab darüber nachgedacht, was Sie gestern zu mir sagten«, beginnt Karin Bauer zögernd, nachdem sie sich endlich hingesetzt hat. »Von wegen Falschaussage und so …« Ihre ganze Haltung drückt ihr Unwohlsein in dieser Situation aus und Denise rechnet jede Sekunde damit, dass sie aufspringt und davonläuft.

»Du möchtest also deiner Aussage von Montag doch noch etwas hinzufügen?«, erkundigt Denise Malowski sich vorsichtig. »Nur zu, ich bin ganz Ohr!«

»Möchtest du etwas trinken?«, fragt Tobias Heller freundlich. »Ich könnte dir eine Cola aus dem Automaten besorgen.«

»Nein, danke!« Das Mädchen schüttelt den Kopf, wahrscheinlich will sie die für sie unangenehme Prozedur so schnell wie möglich hinter sich bringen. »Also, es geht um den Tag, an dem Jona ... Als man ihn tot im Fluss fand«, beginnt Karin stockend mit ihrem ›Geständnis‹, denn auf ein solches läuft es wohl hinaus.

»Warte bitte einen Augenblick!«, unterbricht Denise sie gleich wieder und holt ihr Smartphone hervor. »Ich würde dieses Gespräch gerne aufzeichnen, das ist dir doch recht?« Sie aktiviert die Diktatfunktion und drückt auf Aufnahme, nachdem Karin Bauer mit einem Nicken ihre Zustimmung signalisiert hat.

»So, jetzt kannst du sprechen«, ermuntert sie das Mädchen. »Du sagtest am Montag, dass du mit Freunden unterwegs warst ... Ich nehme einmal an, dass dies nicht ganz der Wahrheit entsprach?«

»Erst war ich wirklich mit Freunden zusammen, das war nicht gelogen!«, entgegnet Karin hastig. »Dann traf ich auf dem Heimweg Onkel Bernhard. Er hatte den kleinen Ben dabei und fragte, ob er mich ein Stück mitnehmen soll. Ich bin dann bei ihm eingestiegen. Er fuhr aber nicht zu mir nach Hause, sondern nach Troisdorf zu Onkel Dirk.«

»Hast du ihn nicht danach gefragt? Das war doch ein gewaltiger Umweg!«

»Doch, schon. Aber er benahm sich irgendwie seltsam und meinte nur, er habe vorher etwas zu erledigen und ob ich es denn eilig hätte.«

»Okay, ihr seid dann also zum Reiterhof in Troisdorf-Bergheim gefahren. Was geschah dann?«

»Onkel Bernhard ließ den Wagen mit laufendem Motor vor dem Tor stehen und ging hinein. Er kam aber direkt wieder zurück. Er hatte Jona an der

Hand, den er auf den Rücksitz zu Ben setzte. Dann sind wir sofort losgefahren.«

»Und davon hat im Haus niemand etwas mitbekommen?«, zweifelt Tobias Heller. »Es war doch sicher noch taghell! Wie spät war es denn da überhaupt?«

»Das muss kurz nach 17:00 Uhr gewesen sein. Um diese Zeit macht Jonas Mutter immer das Abendbrot und von der Küche aus kann sie nicht direkt in den Hof gucken. Onkel Dirk wird bei den Pferden gewesen sein, vermute ich. Da ist er meistens zu finden.«

»Kannte dein Onkel diese Gewohnheiten?«

»Ich denke schon. Er hat mich mal danach gefragt, wie es denn so den ganzen Tag auf dem Reiterhof zugeht.«

»Was geschah dann?«, übernimmt Denise Malowski wieder die Gesprächsführung. »Wohin ist Bernhard Fischer mit euch gefahren?«

»Nach Birken. Er sagte, ich solle kurz im Wagen warten. Dann ist er mit Ben und Jona ins Haus gegangen. Nach ein paar Minuten kam er allein zurück und hat mich nach Hause gebracht. Er sagte, ich solle niemandem von dieser Aktion etwas sagen. Es sollte eine Überraschung werden, meinte er.«

* * *

Denise Malowski steckt ihr Telefon wieder ein, nachdem die letzten Worte der höchst brisanten Aufnahme verklungen sind. Noch vor dem Ende der Wiedergabe führte Donner zwei Telefongespräche, über deren Inhalt seine Mitarbeiter aber nur spekulieren können, da er sich dazu in eine Ecke des Raumes zurückzog und den Tonfall gedämpft hatte.

»Das war's!«, bekundet Tobias Heller überflüssigerweise. »Habt ihr noch Fragen dazu?«

Aber zunächst ist es der Kommissariatsleiter, der jetzt sein Telefon mit unbewegtem Gesichtsausdruck einsteckt und sich an die versammelte Mannschaft wendet: »Wir sind uns doch sicher alle darüber einig, dass Bernhard Fischer nach dem, was wir soeben gehört haben, dringend tatverdächtig des Mordes an Jona Wolf ist! Oder ist jemand von euch anderer Meinung?«

»Wen hast du vorhin angerufen, Chef?«, erkundigt sich Chrissie Ohlsen neugierig statt einer Antwort auf die ohnehin rhetorisch gemeinte Frage des Vorgesetzten. Es passt nämlich mit dieser Aussage mit einem Mal alles perfekt zusammen. Als wäre sie ein zentrales Puzzleteil, welches alle bis zu diesem Zeitpunkt losen Teile jetzt zu einem klar erkennbaren Bild vereinigt.

»Wir werden eine Weile benötigen, bis wir vor Ort sein können«, erklärt Donner. »Allein die Fahrt dorthin dauert eine halbe Stunde. Ich habe daher zwei Funkstreifen nach Birken beordert. Die Kollegen werden schon in wenigen Minuten dort sein und dafür sorgen, dass der Vogel nicht ausfliegt. Das zweite Telefonat war mit der Staatsanwaltschaft. Staatsanwalt René Stein versprach, den Haftbefehl umgehend auszustellen. Bis der Richter den Durchsuchungsbeschluss unterzeichnet hat, wird es aber noch etwa eine halbe Stunde dauern, meinte er. Wir haben daher noch etwas Zeit, diese Besprechung zu beenden. Bernhard Fischer entkommt uns nicht!«

Er nickt dem Leiter der Forensik zu. »Wie ich hörte, gibt es neue Erkenntnisse?«, fordert er Jürgen Vogel auf, zu sprechen. »Aber bitte dieses Mal im Schnelldurchgang, wenn es geht«, erinnert er den Wissenschaftler daran, dass man noch etwas vorhat.

»Ich habe die Ergebnisse der DNA-Analysen bezüglich der Spritze und des Kondoms vorliegen, die wir am Fundort der Leiche fanden«, kommt Vogel Donners Bitte nach, sich nicht mit langen Vorreden aufzuhalten. »Ich will es kurz machen: Die an der Nadel anhaftende DNA gehört unzweifelhaft Jona Wolf, womit bewiesen wäre, dass mindestens einer der Einstiche von dieser Spritze herrührt, die – wie ich ja schon mitgeteilt hatte – mit Insulin gefüllt war. Das Kondom hingegen konnte keiner bekannten Person zugeordnet werden.«

»Und was ist mit den Briefen?«, will Donner wissen. »Gibt es darüber schon etwas zu berichten?«

»Die Auswertung der Schriftproben ist noch nicht abgeschlossen. Der von mir beauftragte Sachverständige kann ja nur mit Kopien arbeiten, weil wir die Originale schon allein wegen der forensischen Untersuchung nicht herausgeben können. Bei dem verwendeten Papier handelt es sich im Übrigen um gewöhnliches Briefpapier, wie es überall im Handel erhältlich ist. Fingerabdrücke, mit denen etwas anzufangen wäre, sind erwartungsgemäß nach der inzwischen verstrichenen Zeit nicht vorhanden und die Suche nach DNA an den Briefmarken war ebenfalls negativ. Amara hat aber diesbezüglich etwas für euch!«

»Ich habe die Stimmproben, die ihr mir übergeben hattet, analysiert«, folgt die IT-Spezialistin dem Vorbild ihres Vorgesetzten, sich kurz zufassen. »Eine gerichtsfeste Übereinstimmung der Bandaufnahme mit einer der Proben zu erzielen, war mir jedoch bisher nicht möglich. Ausschließen kann ich derzeit aber definitiv Günter Wolf sowie Bernhard und Heinrich Fischer. Für die Ehefrau des letztgenannten und für Gertrud Bauer gibt es aber jeweils gewisse Übereinstimmungen in den Unterschwingungen, was bedeutet, dass mit großer Wahrscheinlichkeit eine Frau als Urheber des anonymen Anrufs in Betracht kommt. Von Bernhard Fischers Ehefrau liegt mir derzeit keine Stimmprobe vor.«

»Weil sie schon die ganze Woche im Krankenhaus ist, konnten wir sie nicht darum bitten«, erklärt Tobias Heller der Spezialistin. »Wir haben es überprüft. Zur Tatzeit, also gegen 21:00 Uhr, war sie definitiv dort. Aus demselben Grund scheidet sie als Verdächtige ohnehin aus. Im Krankenhaus wollte man uns zwar ohne richterlichen Beschluss keine Einzelheiten nennen, die Stationsschwester bestätigte aber, dass Hildegard Bauer um 18:00 Uhr eingecheckt und die Station danach auch nicht wieder verlassen hat. Dafür ist ihr Ehemann soeben zu unserem Hauptverdächtigen avanciert«, erinnert er die Anwesenden. »Wenn er aber nicht der *Rabe* ist, hatte er demnach einen Helfer beziehungsweise eine Helferin!«

»Außerdem war Fischer im Jahr 2004, als das mit den Briefen und Anrufen begann, erst siebzehn

Jahre alt«, wirft Wolfgang Müller ein. »Vielleicht handelt es sich ja um zwei verschiedene Personen oder Gruppierungen und das Eine hat mit dem Anderen gar nichts zu tun! Von damals gibt es ohnehin keine Sprachaufzeichnungen, die man vergleichen könnte.«

»Ich war noch nicht ganz fertig!«, meldet sich Amara Jones erneut mit einem Räuspern zu Wort. »Wie Jürgen schon angedeutet hat, habe ich mich ebenfalls mit den Briefen befasst. Und zwar wurden sie von mir einem speziellen Verfahren unterzogen, mit dem man für das bloße Auge nicht erkennbare Informationen sichtbar machen kann.«

»Sowas wie unsichtbare Tinte?«, ruft Chrissie Ohlsen vorlaut dazwischen.

»Fast. Jeder kennt es aus diversen Krimis im Fernsehen: Jemand war unvorsichtig und schrieb etwas auf, das sich auf das Blatt darunter durchgedrückt hat. Im Film nimmt man dazu einen Bleistift, um die Schrift lesbar zu machen. Im wahren Leben führt dies selten zum Erfolg, aber es gibt ja noch andere Methoden. Außerdem würde ich mit der Bleistiftvariante ein Beweisstück beschädigen.«

»Jetzt spann uns nicht auf die Folter!«, schimpft der Kommissariatsleiter mit einem nervösen Blick zur Uhr. »Was hast du gefunden?«

»Eine Unterschrift. Oder besser gesagt, zwei Buchstaben, die ich als Initialen werten möchte: *B.F.*«

»Bernhard Fischer!«, entfährt es Tobias Heller. »Also doch!«

»Meines Erachtens dreht sich in dieser Affäre alles um Besitzneid«, bringt sich Horst Weiland in die Diskussion ein. »Ihr erinnert euch, dass der unbekannte Anrufer in seiner Nachricht von Geld sprach, das er Dirk Wolf zu neiden scheint. Und sowohl Heinrich Fischer als auch sein Sohn Bernhard äußerten sich in ähnlicher Weise bezüglich gewisser ›Unregelmäßigkeiten‹ mit dem Erbe.«

»Und nicht zu vergessen Gertrud Bauer, die nicht nur die Mutter von Karin ist, die in die Angelegenheit auf irgendeine Weise verstrickt zu sein scheint, sondern auch die Schwägerin von Bernhard Fischer«, ergänzt Denise Malowski. »Sie äußerte sich uns gegenüber in ähnlicher Weise. Zudem ist ihre Schwester Diabetikerin«, erinnert sie sich an eine diesbezügliche Aussage Karin Bauers. »Bernhard Fischer hatte demnach überhaupt kein Problem, an das Insulin für den Mord heranzukommen!«

»Es dreht sich aber meines Erachtens bei dieser Geschichte nicht alles ausschließlich um Geld«, äußert sich Tobias Heller dazu. »Ihr habt die Briefe doch alle gelesen, da ist immer wieder von einem ›Bastard‹ die Rede. Der Anrufer benutzte für Jona dieses Wort ebenfalls. Damit könnte ein Kind aus einem außerehelichen Verhältnis gemeint sein. Womöglich ist *dies* das Familiengeheimnis, nach dem wir die ganze Zeit suchen!«

»Ich denke, wir beenden den Disput an dieser Stelle!«, unterbricht Donner die hitzige Debatte nach einem weiteren Blick zur Uhr. »Denise und Tobias: Ihr holt euch bei Staatsanwalt Stein den Haftbefehl und den Durchsuchungsbeschluss ab und fahrt mit einem Spurensicherungsteam nach Birken. Und kommt mir ja nicht ohne Fischer zurück!«

Er wendet sich an Christina Ohlsen: »Ich bin mir sicher, dass deine Recherche ebenfalls bedeutsam ist, aber sofern sie nicht unmittelbar mit der bevorstehenden Festnahme zu tun hat, muss das leider warten. Wir haben keine Zeit mehr zu verlieren. Und jetzt ab mit euch!«, spornt er seine Hauptkommissare zur Eile an, während Chrissie enttäuscht ihre Unterlagen einpackt. Nur Sekunden später ist der Besprechungsraum bis auf die Forensiker, die sich jetzt ohne Eile ebenfalls von ihren Stühlen erheben, leer.

DER RABE

Jetzt hat also der nächste widerliche
Bastard das unrechtmäßig erworbene
Erbe in seine schmierigen Hände
bekommen! Sei gewarnt, kleiner
Emporkömmling! Es wird noch ein
schlimmes Ende mit dir und deiner Brut
nehmen! Du weißt doch sicher, was ein
Kuckuckskind ist? Der Kuckuck ist schon
ein schräger Vogel, er legt seine Eier in
fremde Nester und niemand bemerkt es.
Achte gut auf deinen Besitz, wer weiß,
wie lange du noch Freude daran haben
darfst!

KAPITEL 6

Freitag, 26. Juli

8:16 Uhr

Im Kriminalkommissariat 1 ist alles in heller Aufregung wegen des ungewöhnlich zeitigen Ermittlungserfolges. Immerhin ist mit vereinten Kräften nur vier Tage nach dem grausamen Mord an einem geistig behinderten Menschen mit der erfolgreichen Festnahme des dringend tatverdächtigen Bernhard Fischer ein erstes Ergebnis erzielt worden.

Was jetzt folgt, ist im Wesentlichen aber zunächst eine Menge Kleinarbeit. Die aber wird vor allem durch die Forensiker gestemmt werden müssen, da der Beschuldigte – seit seiner Festnahme in Untersuchungshaft sitzend – bislang jegliche Aussage strikt verweigert, ob nun mit oder ohne Rechtsanwalt. Ungeachtet dessen nehmen sich Denise Malowski und Tobias Heller in diesem Augenblick Fischer ein weiteres Mal vor. Aufgeben ist keine Option.

Jürgen Vogels Abteilung ist seit gestern mit Hochdruck dabei, Beweise für den vermuteten Tathergang zu finden, der sich bisher vor allem auf die Aussage einer Minderjährigen stützt. Vornehmlich werden dies DNA-Spuren und Fingerabdrücke in Wohnhaus und Auto des Beschuldigten sein, die

111

eine Anwesenheit des späteren Mordopfers Jona Wolf an diesen Orten belegen. Da dies aber für sich noch keinen Beweis für Fischers Schuld darstellt – immerhin ist er ja ein naher Verwandter – ist die schriftlich zu Protokoll gegebene Aussage seiner Nichte Karin Bauer besonders wertvoll.

Solange Fischer jegliche Mitarbeit bei der Aufklärung der ihm zur Last gelegten Straftat verweigert, sind den Kommissaren also derzeit die Hände gebunden. Aber selbstverständlich werden diese jetzt nicht in den Schoß gelegt, sondern es wird im Rahmen der Möglichkeiten munter weiterermittelt.

Eine dieser Ermittlungen liegt in den Händen von Kommissarin Christina Ohlsen, die sich – bisher zu ihrem Missvergnügen vom Rest der Mannschaft unbeachtet – auf eine Begebenheit konzentriert, die augenscheinlich überhaupt nichts mit der Tat zu tun hat: Es ist der tödliche Unfall von Jonas Großmutter am 08. Juni 2004.

Sie befasst sich aber nicht nur deshalb damit, weil nach allgemeiner Ansicht mit dem Tod der Ursula Wolf die Erbstreitigkeiten begannen, die offenbar im Laufe der Zeit eskalierten und letztlich im Mord an Jona gipfelten. In dem gestern gesichteten Zeitungsartikel glaubt Chrissie zudem, eine vage Spur entdeckt zu haben, der sie nun nachzugehen gedenkt.

Insgesamt vier Fotos waren in dem Artikel untergebracht, allem Anschein nach unmittelbar nach dem Unfall angefertigt, da der Leichnam noch nicht abtransportiert wurde. Auf zweien davon ist der Ermittlerin außerdem etwas aufgefallen, das

ihrer Meinung nach unbedingt eine sofortige Überprüfung erfordert.

Ob ich jetzt schon bei den Leuten anrufen kann?,
überlegt sie und greift nach einem kritischen Blick
auf ihre Armbanduhr entschlossen zum Telefon.

* * *

Mit gemischten Gefühlen nehmen Denise
Malowski und Tobias Heller am Vernehmungstisch
gegenüber Bernhard Fischer Platz, dessen Handge-
lenke mit Handschellen an die Tischplatte fixiert
sind. Er ist allein, auf einen Rechtsbeistand hat er –
wie auch schon gestern bei der ersten Vernehmung
nach seiner Festnahme – auch dieses Mal verzichtet, was die Kommissare mit einem unguten Gefühl
zur Kenntnis nehmen.

Fischer hat denselben stoischen Ausdruck wie
bei seiner Festnahme in den Augen. Auch da sagte
er kein Wort und ließ sich widerstandslos von zwei
uniformierten Polizisten abführen und in den
bereitstehenden Einsatzwagen verfrachten. Seither
sprach er nicht ein einziges Wort. Auch jetzt folgt er
teilnahmslos den Handlungen der Ermittler, die
ihre mitgebrachten Unterlagen und Ermittlungsberichte auf dem Tisch vor ihnen ablegen.

Denise Malowski schaltet die Aufnahmegeräte
ein und spricht sorgfältig und klar verständlich die
vorgeschriebenen Worte in das Mikrofon: Ort,
Datum und Grund für das Verhör sowie die Namen
und Dienstgrade der vernehmenden Beamten. Die
Aufnahme wird später als Beweismittel gegen den
Vorwurf von Verfahrensfehlern vor Gericht dienen,
falls dies erforderlich sein sollte.

Hinter dem einseitig transparenten Spiegel weiß sie ihren Vorgesetzten, der von dort wie immer die Vernehmung verfolgen wird. Chrissie hat das Haus vor wenigen Minuten mit unbekanntem Ziel verlassen und Horst und Wolfgang sind anderweitig beschäftigt.

»Sie werden Ihre Situation nicht dadurch verbessern, dass Sie sich nicht zu der Tat äußern, die Ihnen zur Last gelegt wird!«, versucht Tobias Heller erneut, den Beschuldigten zu einem Geständnis zu bewegen. »Wir haben die Aussage zweier unabhängiger Zeugen, die Sie zur Tatzeit in der Nähe des Pferdehofs Ihres Cousins Dirk Wolf gesehen haben!«

»Unsere Spezialisten nehmen sich derzeit Ihr Haus und Ihren Wagen vor«, ergänzt Denise Malowski. »Sie werden nachweisen, dass Jona sich an beiden Orten aufgehalten hat, bevor er getötet wurde. Und zwar von Ihnen!« Zur Bekräftigung ihrer Worte fährt ihre Hand mit ausgestrecktem Zeigefinger stoßartig in Richtung des Tatverdächtigen, der jedoch nicht einmal mit einer Wimper zuckt.

Nach einer weiteren Viertelstunde, in der Denise Malowski und Tobias Heller sich damit abwechselten, den Mann mit Versprechungen, Vorhaltungen und eindringlichen Appellen an sein Gewissen zu einer Äußerung zum Tathergang zu bewegen, geben sie vorerst auf.

Tobias Heller packt verärgert über den Misserfolg und der damit vergeudeten Zeit seine Unterlagen zusammen und erhebt sich. »Abführen!«, zischt er dem Wachmann an der Tür zu und verlässt gemeinsam mit Denise Malowski den Raum. Beiden ist die grenzenlose Enttäuschung über den Ausgang des Verhörs anzusehen.

* * *

Christina Ohlsen schließt mit einem grimmigen Lächeln die Haustür hinter sich und entriegelt im Gehen mit der Fernbedienung die Türen ihres am Straßenrand geparkten Dienstwagens. Ihr kleiner Ausflug war ein voller Erfolg.

Werner Frohn erklärte sich am Telefon dankenswerterweise trotz seiner angeschlagenen Gesundheit sofort bereit, sie ein weiteres Mal zu empfangen. Nachdem sie ihm vorhin die Kopie des Zeitungsartikels vorgelegt hatte, zeigte er ohne zu zögern auf die vier Fotografien vom Unfallort und bestätigte ihr, was sie ohnehin schon vermutet hatte.

Dieses Mal werde ich es aber pünktlich zur Fallbesprechung schaffen!, stellt sie nach einem Blick auf ihre Uhr zufrieden fest. Frohns Wohnung liegt nur etwa zwei Kilometer vom Kripogebäude entfernt und es ist noch eine halbe Stunde Zeit.

Voller Vorfreude darüber, den Kollegen – und vor allem ihrem Chef – nachher eine ausgemachte Sensation präsentieren zu können, startet sie den Motor.

* * *

»Bernhard Fischer schweigt weiterhin wie ein Grab!«, beschwert sich Kommissariatsleiter Peter Donner missgelaunt über die mageren und wenig erfreulichen Ergebnisse des Tages. »Dieser Kerl hat vielleicht Nerven! Als das einzig Positive an der gestrigen Festnahme ist momentan nur die Tatsache zu verbuchen, dass seine Ehefrau zwischenzeitlich aus dem Krankenhaus entlassen wurde und sich um den vierjährigen Sohn kümmern kann. So ist dem Kleinen wenigstens eine Unterbringung in einer Pflegefamilie durch das Jugendamt erspart geblieben.«

»Ein Schuldeingeständnis würde uns zum jetzigen Zeitpunkt sowieso gar nichts nützen, Chef«, wendet Tobias Heller ein. »In diversen Fernsehkrimis werden Geständnisse zwar gerne als das Highlight einer kriminalistischen Ermittlung gehandelt, was aber ohne gerichtsfeste Beweise absoluter Humbug ist! Ein Geständnis ist für sich allein nichts wert. Jeder halbwegs fähige Rechtsanwalt würde uns vor Gericht auseinandernehmen! Wir werden daher ohnehin die Ergebnisse der forensischen Untersuchung abwarten müssen, was aber von Jürgen erst für Anfang der nächsten Woche in Aussicht gestellt wurde.«

»Na, dann haben wir ja ein Riesenglück, dass heute schon Freitag ist«, ringt sich Donner ein gequältes Lächeln ab.

»Unser einziger Trumpf ist derzeit die Aussage von Karin Bauer«, erinnert Denise Malowski daran, dass noch viel Arbeit vor ihnen allen liegt. »Die Beobachtung der Zeugin Weber, die zur Tatzeit ein ähnliches Auto, wie Bernhard Fischer eines fährt, mit laufendem Motor vor dem Anwesen der Familie Wolf hat stehen sehen, ist dabei ein weiteres Indiz, welches diese Aussage stützt.«

»Zumal ihre Angabe der Insassen, die sie gesehen haben will, auf Karin und Ben passt«, bekräftigt Horst Weiland. »Wir dürfen bei aller Euphorie darüber aber nicht außer Acht lassen, dass das Mädchen minderjährig ist und ihre Vernehmung ohne die Anwesenheit eines Erziehungsberechtigten erfolgte!«

»Er hatte ein Motiv und die Gelegenheit!«, zitiert Donner mit erhobener Stimme. »Bernhard Fischer war zur Tatzeit vor Ort, was durch die Aussage zweier unabhängiger Zeugen belegt ist. Ein Alibi kann er nicht vorweisen. Und er hegt einen großen Hass gegenüber seinem Cousin, dem er den Erfolg mit dem Reiterhof neidet.«

Der Erste Hauptkommissar überlegt einige Sekunden, bevor er fortfährt: »Als der anonyme Anrufer kommt er zwar laut Amara nicht infrage, aber sobald wir ihn als Urheber wenigstens *einer* der Briefserien überführen können, ist er trotzdem dran. Die Inhalte der Briefe sprechen eine allzu deutliche Sprache, wir benötigen daher dringend das Gutachten des Schriftsachverständigen!« Er wendet sich Christina Ohlsen zu, die soeben die Hand zu einer Wortmeldung hebt. »Ja, Chrissie?«

»Jetzt, wo etwas Ruhe eingekehrt ist, würde ich gerne über meine aktuelle Recherche berichten, Chef«, entgegnet die Kommissarin selbstbewusst. »Gestern bin ich ja infolge der sich überschlagenden Ereignisse nicht mehr dazu gekommen. Ich denke aber schon, dass das, was ich herausgefunden habe, wichtig ist!«

»Okay, dann schieß mal los«, nickt Donner ihr zu. »Wir sind ganz Ohr!«

»Ihr erinnert euch sicher an meine Recherche zum Unfalltod der Ursula Wolf«, beginnt sie einleitend mit einer bekannten Tatsache. »Werner Frohn, der damals mit seinem mittlerweile verstorbenen Partner Rolf Theisen in der Sache ermittelte, sprach von Fotos, die sie seinerzeit am Unfallort gemacht hatten. In der Fallakte waren aber keine. Deshalb bin ich gestern Morgen zur Redaktion des *Rhein-Sieg-Echo* gefahren und habe mir die Ausgabe vom 10. Juni 2004 angeschaut. An diesem Tag wurde ein Bericht über den Unfall veröffentlicht.«

»Und wozu das jetzt?«, wundert sich der Kommissariatsleiter mit einem unwilligen Stirnrunzeln. »Es handelte sich laut dem damaligen Ermittlungsbericht definitiv um einen Unfall, was von Frohn vorgestern bei deinem Besuch bei ihm ja auch bestätigt wurde. Die Fotos werden wahrscheinlich seitdem irgendwo herumliegen, wo sie nicht hingehören. Theisen und Frohn waren in so mancher Hinsicht erwiesenermaßen etwas schusslig.«

»Warte es ab. Jedenfalls sind mir sofort zwei Dinge aufgefallen. Erstens: Der Artikel ist von unserer speziellen Freundin Irene Leitner verfasst worden!«

»War die denn damals schon bei diesem Schmierblatt?«, staunt Tobias Heller. »Wie alt ist die denn überhaupt? Und was war das andere, was dir aufgefallen ist?«

Statt einer Antwort begibt sich die Kommissarin zur Tafel und hängt zwei Blätter im DIN-A4-Format auf. »Dies ist eine Kopie des besagten Zeitungsberichts«, erläutert sie ihre Handlung. »Achtet auf die Bilder! Auf zweien davon ist, wie ihr seht, Werner Frohn höchstpersönlich mit abgelichtet worden.«

»Nun ja, er war immerhin mit Theisen dort, oder?«, schüttelt Donner verständnislos den Kopf, weil er den Gedankengängen seiner jüngsten Ermittlerin einmal mehr nicht zu folgen vermag. Wolfgang Müller dagegen kann sich ein Grinsen so gerade eben noch verkneifen. Als Chrissies Lebenspartner weiß er selbstverständlich, worauf sie hinauswill.

»Diese Fotos«, erwidert Chrissie Ohlsen und betont genüsslich jedes Wort einzeln, »wurden von Rolf Theisen geschossen! Ich war vorhin noch einmal kurz bei Werner Frohn und habe ihm den Artikel gezeigt. Er hat es mir bestätigt. Die Presse war laut seiner Aussage überhaupt nicht vor Ort. Jedenfalls nicht, solange er und sein Partner sich dort aufhielten! Na, was sagt ihr jetzt? Wir vermuten doch schon seit langem, dass die Leitner einen Informanten in unseren eigenen Reihen hat. Hier ist der Beweis!«

»Das war wirklich hervorragende Arbeit!«, lobt Donner die Kommissarin. »Aber das gehört nicht zu unseren Aufgaben, Chrissie! Wir müssen mit diesen Informationen die Interne Ermittlung einschalten, die sind bei Verdacht auf Korruption zuständig.«

Chrissies maßlos enttäuschtes Gesicht lässt Donner nicht kalt. Er überlegt kurz und entscheidet sich dann spontan wieder um: »Ich habe aber nichts dagegen, wenn du in dieser Sache zunächst selbst weitere Nachforschungen durchführst. Die von der Internen Ermittlung können wir auch später noch informieren und wir haben seit der Inhaftierung von Bernhard Fischer derzeit wieder etwas Luft. Wenigstens bis Anfang nächster Woche, wenn hoffentlich die Ergebnisse der Forensik vorliegen.«

Niemand in der Runde ahnt zu diesem Zeitpunkt, wie sehr der Erste Hauptkommissar mit seiner Einschätzung der Situation danebenliegt. Dabei ist das Unheil im Grunde schon auf dem Weg zu ihnen.

* * *

»Eines ist mir nach wie vor schleierhaft«, bemerkt Denise Malowski, während sie sich an der Kaffeemaschine mit frischem Koffein versorgt. »Soll ich dir einen Kaffee mitbringen?«, fragt sie über die Schulter ihren Partner.

»Ja, Danke! Und was genau ist dir jetzt so unverständlich?«, bezieht sich Tobias Heller auf ihren ersten Satz. Er nimmt mit einiger Berechtigung an, dass er sich nicht auf den Kaffee bezog.

Denise kommt mit zwei bis an den Rand gefüllten Bechern, die sie gekonnt in den Händen balanciert, ohne auch nur einen einzigen Tropfen der kostbaren Flüssigkeit zu verschütten, an den Schreibtisch zurück. »Die Spritze!«, eröffnet sie Tobias und drückt ihm seinen Kaffeebecher in die Hand. »Warum lag sie dort, wo Jona ins Wasser geworfen wurde?«

»Äh … vielleicht, weil ihm dort die tödliche Dosis Insulin verabreicht wurde?«, wundert sich Tobias. Andererseits gleicht Denises Art zu denken seiner eigenen, was die Basis für ihre langjährige erfolgreiche Zusammenarbeit ist. Er vermutet demzufolge einen triftigen Grund für ihre Frage, der sich ihm momentan nur nicht erschließt. »Worauf willst du hinaus?«, erkundigt er sich daher bei ihr.

»Jona erhielt insgesamt *drei* Injektionen, Tobi! Laut Frau Doktor de Luca verging etwa eine halbe Stunde, bis der dadurch verursachte hypoglykämische Schock zum Tode führte. Und exakt so lange dauert die Fahrt von Birken, wo Fischer den Jungen laut seiner Nichte am Sonntag zunächst hinbrachte, bis nach Troisdorf.«

»Du meinst, Jona bekam zwei der drei Insulininjektionen *dort* verabreicht und nur die *letzte* hier, kurz bevor er ins Wasser geworfen wurde? Aber aus welchem Grund?«

»Das weiß ich nicht. Aber wenn Fischer dem Jungen alle Injektionen mit ein und derselben Spritze verabreicht hätte, müsste er eine halbe Stunde auf den Tod seines Opfers gewartet haben, denn Jona war definitiv tot, als er im Fluss landete. Die Gefahr, dabei von jemandem gesehen zu werden, war recht groß, trotz der Abgeschiedenheit dieses Ortes. Und man hätte in dem Fall doch sicher die Phiole, in der das Insulin war, ebenfalls dort gefunden.«

»Ja, und der Täter hätte Jona in diesem Fall auch nicht erst von Troisdorf nach Birken kutschieren müssen und wieder zurück«, überlegt Tobias Heller. Man kann förmlich sehen, wie es hinter seiner Stirn arbeitet. »Du hast recht, das passt irgendwie nicht zusammen.«

»Was hältst du denn davon, wenn wir jetzt gleich noch einmal nach Birken fahren und seiner Frau ein paar Fragen stellen? Mit ihr hatten wir ja noch nicht das Vergnügen!«

»Das wollte ich gerade vorschlagen!«, behauptet Tobias Heller und greift nach seiner Lederjacke, ohne die er selbst im Sommer niemals aus dem Haus geht. »Sobald du deinen Kaffee ausgetrunken hast, kann es losgehen!«

* * *

Weit kommen sie nicht. Noch bevor Denise und Tobias den Ausgang erreicht haben, stürmen ihnen im Foyer zwei wohlbekannte Personen entgegen.

Eine davon – blond, Ende dreißig, etwa 1,65 Meter groß und trotz ihrer zierlichen Gestalt eine nahezu unheilverkündende Energie ausstrahlend – zerrt mit finsterer Miene ein junges Mädchen, etwa in derselben Größe, aber etwas pummelig, energisch hinter sich her: Gertrud und Karin Bauer, die ihrer offenbar erzürnten Mutter widerstrebend und mit gesenktem Kopf hinterher stolpert.

Die Wahrscheinlichkeit, dass dieser Auftritt nichts mit ihrem derzeitigen Fall und der Inhaftierung von Gertrud Bauers Schwager zu tun hat, ist verschwindend gering, und so verschwenden Denise Malowski und Tobias Heller auch nicht einen einzigen Gedanken an die Hoffnung, in dieser Situation ungeschoren davonzukommen.

Ergeben verharren sie daher in ihrem Schritt und erwarten das Unvermeidliche in Form einer aufgebrachten Mutter, die sich jetzt in ihrer ganzen

Größe direkt vor ihnen aufbaut, wobei sie das Handgelenk ihrer Tochter immer noch fest umklammert hält. Die andere Hand hat sie resolut in die Hüfte gestemmt und den Kopf weit in den Nacken gelegt, damit sie dem einen Kopf größeren Heller in die Augen schauen kann.

»Sie waren das!«, zischt sie erbost. »Sie haben Karin diese Flausen in den Kopf gesetzt! Und jetzt sitzt meine Schwester zu Hause und heult sich die Augen aus dem Kopf, weil Sie ihren Mann eingesperrt haben!« Sie zerrt das Mädchen nach vorne. »Sag es den Kommissaren«, fährt sie Karin an. »Sag ihnen, dass du dir das alles nur ausgedacht hast!«

»Folgen Sie uns bitte ins Kommissariat, Frau Bauer«, wendet sich Denise Malowski an die Frau, wobei sie einen besonders sanften Tonfall anschlägt, um sie zu beruhigen. »Wir werden Ihre Aussage dort gerne zu Protokoll nehmen.«

Aus unserem Ausflug nach Birken wird dann ja wohl nichts, seufzt sie in Gedanken und schließt sich ihrem Partner an, der sich mit den beiden Frauen schon in Richtung Aufzüge in Bewegung gesetzt hat. *Das ist vermutlich alles bloß ein Missverständnis*, hofft sie inständig. Gleichwohl will ihr ein kleines Teufelchen einflüstern, dass diese unverhoffte und höchst unangenehme Begegnung noch ein Nachspiel haben wird.

***

Gertrud Bauer reicht Denise Malowski mit finsterer Miene ein Blatt Papier, kaum dass sie und ihre Tochter auf den Besucherstühlen vor den Schreibtischen der Kommissare Platz gefunden haben.

Karin an ihrer Seite hält nach wie vor den Kopf gesenkt, sodass ihre Gemütsverfassung nur zu erahnen ist.

»Unser Rechtsanwalt hat mich darauf hingewiesen«, eröffnet Frau Bauer den Ermittlern, »dass ich die Vernehmung meiner minderjährigen Tochter durch die Polizei anfechten kann, weil sie ohne Einwilligung eines Erziehungsberechtigten erfolgte. Was ich hiermit getan habe!«, zeigt sie auf das Dokument in Denise Malowskis Hand.

»So ganz entspricht dies nicht den Tatsachen«, belehrt Tobias Heller die Frau. »Sie können allenfalls Einspruch gegen die *Vernehmung* einlegen. Die *Aussage* ihrer Tochter wird dadurch, da Karin älter als vierzehn Jahre ist, jedoch nicht automatisch ungültig!«

»Was kann ich dann tun?«, erkundigt sich Gertrud Bauer nach einer Minute nachdenklichen Schweigens.

»Karin muss eine erneute Aussage machen, in der sie die Vorherige ausdrücklich widerruft«, antwortet Denise Malowski. »Es wird schriftlich festgehalten, dass dieser Widerruf in Ihrem Beisein stattgefunden hat, und Sie werden das Vernehmungsprotokoll als Erziehungsberechtigte unterschreiben. Ich mache Sie jedoch vorsorglich darauf aufmerksam, dass Ihre Tochter in diesem Fall für die zuerst getätigte Falschaussage belangt werden kann.«

Frau Bauer wirft ihrer Tochter einen strengen Blick zu. »Wir machen es so!«, bestimmt sie dann. »Karin, erzähl den Kommissaren, was du wirklich am Sonntag gemacht hast!«

***

Denise Malowski starrt dem Mutter-Tochter-Duo mit finsterer Miene hinterher, bis diese die Bürotür hinter sich geschlossen haben.

»Das gefällt mir ganz und gar nicht, Tobi!«, knurrt sie ungehalten. »Die Tatsache, dass Karin Bauer soeben ihre ursprüngliche Aussage widerrufen hat, bringt uns in eine äußerst unvorteilhafte Position. Und das ist noch vorsichtig ausgedrückt!«

»Das kannst du laut sagen! Jetzt können wir nur hoffen, dass die KTU bald gerichtsfeste Beweise für Fischers Schuld findet, sonst steht die Anklage gegen ihn auf tönernen Füßen. Ob es unter diesen Umständen noch sinnvoll ist, seiner Frau einen Besuch abzustatten? Was meinst du?«

Bevor Denise zu einer Antwort ansetzen kann, erscheint Donners Kopf in der Tür: »Dienstbesprechung, sofort!«, bellt der Kommissariatsleiter und ist im nächsten Moment schon wieder verschwunden. Die beiden Ermittler erheben sich nahezu gleichzeitig und mit einem unguten Gefühl im Bauch von ihren Stühlen und folgen dem Vorgesetzten im Laufschritt in den Besprechungsraum.

Sie wissen aus langjähriger Erfahrung: Wenn der Chef sich so verhält, ist mehr oder weniger gewaltig die Kacke am Dampfen. Allerdings ist ihr längst überfälliger Besuch in Birken bei Bernhard Fischers Ehefrau auf diese Weise innerhalb von weniger als einer Stunde zum zweiten Mal erfolgreich verhindert worden.

***

»Es gibt schlechte Neuigkeiten, Leute!«, eröffnet Donner seinen Mitarbeitern mit ungewohnt grimmiger Miene, nachdem alle fünf auf ihren angestammten Plätzen sitzen und ihn erwartungsvoll anschauen. »Und zwar hat sich die Staatsanwaltschaft vorhin bei mir gemeldet. Ein gewisser Rechtsanwalt Berger hat vor weniger als einer halben Stunde beim zuständigen Richter die Entlassung seines Mandanten aus der Untersuchungshaft gefordert. Und ihr dürft jetzt raten, um wen es sich dabei handelt!«

»Da kommt ja nur einer infrage, Chef«, überwindet Christina Ohlsen als Erste ihre Verblüffung. »Hat der Rechtsverdreher auch einen Grund für sein Ansinnen genannt?«

»Hat er. Und nicht nur das, der Richter hat seinem Antrag stattgegeben! Und deshalb werden wir Bernhard Fischer spätestens morgen Nachmittag auf freien Fuß setzen müssen. Dann sind die achtundvierzig Stunden, die uns ohne Haftbefehl zur Verfügung stehen, nämlich um! Der Anwalt legte dem Gericht eine Erklärung der Mutter der minderjährigen Zeugin Karin Bauer vor, mit der sie ihre Aussage bezüglich des Tattages für ungültig erklärt. Und damit haben wir derzeit nichts gegen Fischer in der Hand, das uns dazu berechtigt, ihn länger festzuhalten.«

»Die haben sich doch abgesprochen!«, entfährt es Denise Malowski. »Karin Bauer war mit ihrer Mutter erst vor ein paar Minuten bei uns und hat genau dasselbe zu Protokoll gegeben ... Und so einen Wisch hatte sie auch dabei. Da kann man doch dran fühlen!«

»Es ist nun nicht mehr zu ändern«, hebt Donner bedauernd die Schultern. »Aber wir lassen uns davon nicht entmutigen, wir müssen dann am Montag eben wieder ganz von vorn beginnen! Ihr könnt dann jetzt eigentlich Feierabend machen. Bis die ersten Ergebnisse der Forensik vorliegen, können wir ohnehin nichts unternehmen.«

»Ich komme mir langsam vor wie in einem Gesellschaftsspiel«, brummt Tobias Heller unzufrieden. »Der eine zieht die ›Sie-kommen-aus-dem-Gefängnis-frei-Karte‹ und wir gehen über ›Los‹, dürfen aber keine zweihundert Euro einziehen!«

»Mir persönlich wäre eine Ereigniskarte für Fischer sowieso wesentlich lieber!«, lacht Chrissie Ohlsen über den Vergleich. »Es gibt da doch eine, wo man in den Knast wandert, wenn ich mich recht entsinne.«

»Genug herumgealbert!«, geht Donner energisch dazwischen. Er weiß aber natürlich, dass seine Ermittler dieses Ventil jetzt dringend benötigen. Er schaut sie nun mit deutlich milderem Gesichtsausdruck der Reihe nach an. »Geht nach Hause und versucht, bis Montag etwas Energie zu tanken«, rät er ihnen fürsorglich.

»Morgen früh ist aber doch die Beerdigung, Chef!«, erinnert Denise Malowski ihn an einen wichtigen Termin.

»Das habe ich schon nicht vergessen, Denise. Die Beisetzung von Rolf Theisen findet morgen früh um Punkt 10:00 Uhr statt!«, informiert er die Kollegen vorsorglich noch einmal. »Wir treffen uns dazu am besten eine halbe Stunde vorher an der Friedhofskapelle. Theisen hatte, da seine Frau ebenfalls schon verstorben ist, außer einer Schwester keine Angehörigen mehr. Ich möchte mich daher an dieser Stelle noch einmal herzlich bei euch allen für eure geschlossene Teilnahme bedanken. Ich finde, wir sind es einem ehemaligen Kollegen schuldig, ihm auf dem letzten Gang das Ehrengeleit zu geben!«

DER RABE

Ein Gestüt hast du also jetzt aus dem altehrwürdigen Bauernhof gemacht! Ist dir das ganz alleine eingefallen oder hat deine Frau es dir eingeflüstert? Deine Mutter und alle ihre bäuerlichen Vorfahren würden sich im Grabe umdrehen, wenn sie es wüssten! Aber immerhin ist die Lage geradezu ideal zum Reiten, nicht wahr? Ich würde aber an deiner Stelle ein Augenmerk auf den Fluss haben, der an dein Land grenzt. Nicht, dass irgendwann mal jemand darin ertrinkt!

KAPITEL 7

Montag, 29. Juli

08:17 Uhr

Tobias Heller lässt die Zeitung sinken, als Denise Malowski in das gemeinsame Büro gestürzt kommt und sich sofort gierig an der Kaffeemaschine bedient.

»Verschlafen?«, grinst er die Partnerin an. Denise ist zwar im Kommissariat als ein absoluter Morgenmuffel bekannt, aber pünktlich ist sie dennoch normalerweise. Ausnahmen gibt es meist nur, wenn ihre dreijährige Tochter Leonie krank ist.

»Leo kränkelt seit dem Wochenende ein wenig«, gibt sie müde zurück. »Ich habe die beiden letzten Nächte nicht so gut geschlafen und heute Morgen war es dann plötzlich zu spät. Sven hat mich natürlich schlafen lassen. Jetzt kümmert er sich um unseren Sonnenschein. Liegt denn schon etwas Besonderes an?«

Denises Ehemann Sven Leuchner betreibt in einem abgetrennten Bereich ihres Wohnhauses eine Steuerberaterpraxis, wodurch es ihm möglich ist, die gemeinsame Tochter tagsüber zu beaufsichtigen. Andernfalls hätte Denise ihren Beruf nach der Geburt Leonies auch nicht weiter ausüben können.

»Das will ich meinen!«, brummt Tobias und reicht ihr die Wochenendausgabe des *Rhein-Sieg-Echo* über den Tisch. »Hier hast du etwas zur Aufmunterung!«

Schwere Schlappe bei Mordermittlung: Verdächtiger wieder auf freiem Fuß!

Siegburg. Einen herben Rückschlag erlitt die Siegburger Mordkommission am Wochenende bei der Aufklärung des Mordes an dem geistig behinderten Jona W. (wir berichteten darüber). Nachdem die Hauptbelastungszeugin ihre Aussage zulasten des zweiunddreißigjährigen Bernhard F. schon am Freitag überraschend widerrufen hatte, ordnete der zuständige Haftrichter unverzüglich die sofortige Freilassung des inhaftierten Hauptverdächtigen an. Wie wir aus gut unterrichteten Quellen erfuhren, war zuvor die Vernehmung der minderjährigen Zeugin ohne die Zustimmung der Erziehungsberechtigten erfolgt. (*lei*)

»Die Leitner! Natürlich!«, entrüstet sich Denise nach der Lektüre des Artikels. »Das kann diese Giftnatter doch noch gar nicht wissen! Und wen genau meint sie mit den ›*gut unterrichteten Quellen*‹? Wir haben noch keine Informationen darüber an die Presse gegeben!«

»Wenn Chrissie mit ihrer Vermutung recht hat – und daran zweifele ich nicht eine Sekunde – dann hat diese Person einen Informanten hier bei der Kripo. Wir haben demnach einen Maulwurf in den eigenen Reihen, Denise!«

»Ja, und zwar schon seit geraumer Zeit, wie es aussieht. Aber dieses Mal hat derjenige verdammt schlechte Karten«, grinst Denise Malowski schadenfroh. »Wenn Chrissie sich erst einmal in etwas verbissen hat, lässt sie nicht wieder los, bis sie ihr

Ziel erreicht hat. Wer immer dieser Maulwurf auch sein mag: Er ist jetzt schon so gut wie geliefert!«

* * *

Einige Zimmer weiter brütet Christina Ohlsen über einer Tabelle, die sie sich angefertigt hat und die genau dreiundvierzig Namen und Dienstgrade beinhaltet. Die beiden Spalten daneben enthalten die Anzahl der Dienstjahre und die Dienststelle und eine weitere das Einstellungsdatum. Die letzte Rubrik schließlich gibt Auskunft über das Alter des jeweiligen Kollegen.

Denn um Beamte und Angestellte, die hier im Kripogebäude ihren Dienst verrichten, handelt es sich bei jedem einzelnen der dreiundvierzig Kandidaten, wenn auch längst nicht alle Polizisten sind. Es gibt natürlich auch hier Zivilangestellte, zum Beispiel in der Verwaltung oder in der Systemtechnik.

Die Namen hat die Kommissarin am Freitagnachmittag einer Mitarbeiterin in der Personalabteilung erfolgreich abgeschwatzt. Das größte Problem stellte dabei eigentlich nur das Erfinden einer Ausrede bezüglich des Verwendungszwecks für diese Auskunft dar, aber Chrissie war in solchen Dingen immer schon äußerst kreativ.

Bei den aufgelisteten Personen handelt es sich ausschließlich um solche, die heute noch im Dienst sind und zudem schon vor fünfzehn Jahren hier waren, als die Fotos aus der Ermittlungsakte der Ursula Wolf verschwanden, um dann auf wundersame Weise in der Zeitung veröffentlicht zu werden. Und zwar von Irene Leitner, selbsternannte

Starreporterin der Lokalzeitung *Rhein-Sieg-Echo*. Und jetzt ist wieder ein Artikel von ihr erschienen, der sich eindeutig auf Insiderwissen stützt. Christina Ohlsen hat sich fest vorgenommen, diesem absolut unhaltbaren Zustand jetzt endlich ein Ende zu setzen. Dass dabei Köpfe rollen werden, wird nicht zu vermeiden sein.

Damit bin ich der Lösung des Problems aber noch keinen Schritt weitergekommen, stellt Chrissie beim Betrachten der Tabelle fest. *Was ich jetzt dringend benötige, ist ein möglicher Bezug zu dieser Journalistin. Ein naher Angehöriger vielleicht? Oder ein Freund beziehungsweise eine Freundin? Wie alt ist die Leitner jetzt eigentlich? Sicher so um die vierzig Jahre oder älter.*

Mit einem Mausklick verbannt sie ihre Liste in die Taskleiste und startet die elektronische Meldeauskunft, auf die für die Polizei ein bundesweiter Zugriff besteht. Auf diese Weise kann sie auf diverse persönliche Daten wie Geburtsnamen, aktuelle und verflossene Ehepartner und so weiter zugreifen.

Einen Gerichtsbeschluss benötigt sie hierfür in dieser Phase der Ermittlung noch nicht, da die Personalien von Einzelpersonen durch die Polizei jederzeit überprüft werden dürfen, sofern ein hinreichender Verdacht auf eine Straftat besteht. Der Zugriff auf Heirats- und Geburteneinträge bei den Standesämtern ist indes leider nicht ganz so komfortabel. Sie wird nicht umhinkommen, einzeln telefonische Auskünfte bei den zuständigen Standesämtern einzuholen, sofern es sich als notwendig erweisen sollte.

Nach einer Stunde konzentrierter Recherche in den Einwohnerdatenbeständen mehrerer Städte und einigen klärenden Telefonaten mit diversen Behörden hat Christina Ohlsen endlich eine Übereinstimmung mit ihrer Tabelle hergestellt.

Da sieh mal einer an!, denkt sie zufrieden. Ein triumphierendes Lächeln breitet sich in ihrem Gesicht aus und sie reibt sich in stiller Vorfreude die Hände. *Das kann kein Zufall sein. Ich denke, wir haben unseren Maulwurf gefunden!*

* * *

Horst Weiland legt einen weiteren der anonymen Drohbriefe, die er und Wolfgang Müller sich heute erneut vorgenommen haben, zur Seite und wendet sich dem Nächsten zu. Es ist einer aus dem Besitz von Dirk Wolf, nachdem der vorherige an Günter Wolf, seinen Vater ging. Die Ermittler haben die Briefe so unter sich aufgeteilt, dass jedem jeweils die Hälfte beider Serien vorliegen. Nachdem es sich insgesamt um achtundzwanzig Dokumente handelt, sind das also vierzehn für jeden.

Es geht den Kommissaren dieses Mal in erster Linie darum, Gemeinsamkeiten oder Unterschiede ausfindig zu machen. Das Einzige, was gleich ins Auge fällt und schon bei der allerersten Inaugenscheinnahme ihnen und allen anderen sofort aufgefallen war, ist die Schrift als solche: zitterige, krakelige Buchstaben, die wie von Kinderhand gekritzelt wirken. Offenbar hat sich der Verfasser große Mühe gegeben, genau diesen Eindruck zu erwecken, was sicher ebenfalls für willkürlich eingestreute aber offensichtliche Grammatikfehler gilt. Wobei die Texte als solche recht übersichtlich sind und nur aus wenigen Zeilen bestehen, die nichtsdestotrotz vor Spott und Hohn nur so triefen.

»Es wird langsam Zeit, dass sich dieser Schriftenfuzzi endlich mal räuspert«, brummt Horst Weiland unzufrieden und völlig respektlos vor sich hin, nachdem er auch dieses Schriftstück durchgesehen hat, ohne eine irgendwie geartete Erkenntnis daraus zu ziehen. »Dann wüssten wir hoffentlich wenigstes, ob die alle von ein und derselben Person geschrieben wurden! Die Poststempel geben ja diesbezüglich nichts her, da die Briefe in verschiedenen Orten im Umkreis abgestempelt sind.«

»Du meinst Professor Franken, den Grafologen?«, grinst sein Freund Wolfgang Müller ihn an. »Dazu benötigen wir den aber nicht, Horst! Ist dir an den Briefen denn überhaupt nichts aufgefallen? Du bist doch von uns beiden der mit dem analytischen Verstand«, bedenkt er ihn mit mildem Spott.

»An der Schrift selbst kann ich natürlich ebenfalls nicht viel erkennen«, fährt er aber sachlich fort, als der Kollege ihn nur verständnislos anschaut. »Alles ist in Druckbuchstaben geschrieben und sieht verdammt ähnlich aus.«

»Aber?«

»Aber die beiden Briefserien unterscheiden sich in zweierlei Hinsicht deutlich. Einerseits wird in den Briefen an Günter Wolf vornehmlich dessen Frau angegriffen und wüst beschimpft. Da geht es nicht nur um den Hof! Es wird außerdem offenbar mehrfach die eheliche Treue der Frau angezweifelt, auch wenn der Verfasser sich diesbezüglich leider nicht eindeutig äußert. In den Briefen, die an Dirk Wolf gerichtet waren, ist davon mit keiner Silbe die Rede, da wird im Gegenteil nur auf den Besitz Bezug genommen. Und zweitens sind diese Texte grammatikalisch einwandfrei, während die Briefe an Günter Wolf immer wieder von Grammatikfehlern durchsetzt sind, die aber den Eindruck erwecken, bewusst platziert worden zu sein.«

»Und daraus schließt du, dass es sich um verschiedene Personen handelt, die diese Briefe verfasst haben? Das ist meines Erachtens etwas gewagt. Es liegen schließlich Jahre dazwischen, da kann sich vieles ändern! Wir benötigen daher unbedingt schnellstmöglich das Gutachten, jetzt wo unser Hauptverdächtiger uns wieder durch die Lappen gegangen ist!«

Wolfgang Müller reicht eines der Dokumente über den Tisch an seinen Partner. »Hier, schau dir den einmal an! Es ist einer der letzten Briefe an Dirk Wolf und wurde dem Poststempel auf dem Umschlag gemäß nur wenige Wochen vor dem Mord geschrieben. Schau dir die letzten zwei Sätze an: *Ich würde aber an deiner Stelle ein Augenmerk auf den Fluss haben. Nicht, dass irgendwann mal jemand darin ertrinkt!* Das sieht für mich so aus, als hätte der Verfasser dieser Zeilen eine damals schon geplante Tat angekündigt!«

»Hm«, macht Horst Weiland. »Damit könntest du richtig liegen.« Er nimmt seinerseits einen Brief zur Hand und reicht ihn dem Partner. »Hier ist ein anderes an Dirk Wolf gerichtetes Schreiben. Es ist eines der Ersten, nachdem dieser den Hof von seinem Vater übernommen hatte. Da ist von einem

Kuckuckskind die Rede. Wenn Jona damit gemeint ist, haben wir hier womöglich ebenfalls eine Anspielung auf einen Seitensprung der Ehefrau. Vielleicht sollten wir in *diese* Richtung einmal recherchieren!«

»Alle Beschuldigungen und Beschimpfungen weisen eindeutig auf Insiderwissen«, gibt Wolfgang Müller ihm recht. »Was liegt also näher, als Familienangehörige zu verdächtigen? Zumal mit dem Hof und den damit verbundenen ›Unregelmäßigkeiten‹ ein eindeutiges Motiv vorhanden ist.«

»*Cui bono* – wer hat den Nutzen? Doch ausschließlich die Familie Fischer! Wir hatten demnach den Richtigen in Haft und nun ist er auf und davon! Oder aber es war doch sein Vater … Wir müssen unbedingt weitere Beweise finden!«

* * *

Peter Donner sitzt wie an jedem Morgen an seinem Computer und bereitet sich auf die anstehende Dienstbesprechung vor, indem er die auf einem lokalen Server der IT-Abteilung abgespeicherten Ermittlungsberichte seiner Mitarbeiter liest.

Seitdem alle Kommissariate im Haus auf diese Weise vernetzt sind, ist dies mittlerweile wesentlich einfacher geworden. Erfreulicher Nebeneffekt ist dabei, dass alle Berichte aktuell sind und sogar die bevorstehende Haftentlassung von Bernhard Fischer von Tobias Heller persönlich noch am Freitagnachmittag dokumentiert wurde.

Der Erste Hauptkommissar ist jetzt seit etwa zwölf Jahren Leiter des KK 1 und er erinnert sich gut daran, dass die Ermittler damals die Berichte lokal auf ihrem Computer schrieben und später für die Akten ausdruckten. Wenn nicht sogar bei dem einen oder anderen noch eine Schreibmaschine für diese Arbeiten herhalten musste!

Ein Klopfen lässt ihn in seiner Tätigkeit innehalten. Von den eigenen Leuten klopft niemand an, diese altmodische Unsitte hat er ihnen abgewöhnt. Neugierig heftet er seinen Blick auf die sich öffnende Tür, in der jetzt ein vollkommen ergrauter Kopf mit einem ebensolchen, gewaltigen Schnauzbart unter der Nase erscheint.

»Du kannst ruhig komplett hereinkommen!«, fordert er den seltenen Besucher lachend auf. Peter Jungbluth, Dienstgruppenleiter der hiesigen Polizeiwache im Rang eines Polizeihauptkommissars war schon im Dienst, als er selbst noch Streife fuhr. Also vor etwa dreißig Jahren. *Wie alt ist der jetzt eigentlich?*, grübelt er. *Müsste er nicht schon lange im Ruhestand sein?*

»Ende Dezember hänge ich meine Uniform für immer an den Nagel«, informiert Jungbluth den fünfzehn Jahre jüngeren Kollegen, als hätte er dessen Gedanken gelesen. Gleichzeitig schiebt er sich zögernd in den Raum und bleibt dann verlegen vor dem Schreibtisch des Kommissariatsleiters stehen. Das personifizierte schlechte Gewissen ist ihm förmlich ins Gesicht geschrieben. »Ich muss dir etwas beichten, Peter«, wendet er sich nach einem tiefen Atemzug an den Namensvetter. »Ich und meine Jungs haben großen Mist gebaut!«

Donner schaut auf die Uhr. *Bis zur Besprechung sind es nur noch zehn Minuten*, stellt er stirnrun-

138

zelnd fest. *Das muss ja etwas wirklich Schlimmes sein, wenn er sich dafür persönlich hierherbemüht!* »Na, dann schieß mal los!«, fordert er seinen Besucher energisch auf. »Ich muss dich aber bitten, dich kurzzufassen!«

***

Voller Besorgnis kontrolliert Denise Malowski zum wiederholten Male die Uhrzeit auf der großen Digitaluhr im Besprechungsraum. 10:07 Uhr zeigen die unbestechlichen Ziffern an. Dass der Chef dermaßen spät zur Fallbesprechung erscheint, ist praktisch ein Unding und erst ein einziges Mal vorgekommen.

Ziemlich genau zwei Jahre ist es her, dass die Hauptkommissarin ihren Vorgesetzten leblos auf dem Fußboden seines Büros vorfand, nachdem die komplett im Besprechungsraum versammelte Mannschaft zuvor vergeblich auf sein Erscheinen gewartet hatte. Nur Denises sofort eingeleiteten Wiederbelebungsmaßnahmen ist es zu verdanken, dass Donner die damalige Herzattacke überhaupt überlebte.

Gerade, als sie sich dazu durchgerungen hat, sicherheitshalber auch dieses Mal nach dem Rechten zu sehen, wird die Tür schwungvoll aufgestoßen und in den Raum stürmt im Laufschritt der schmerzlich Vermisste. »Es gibt schlechte Nachrichten, Leute!«, verkündet Donner atemlos und nimmt geschwind seinen angestammten Platz am Whiteboard ein. »Verdammt schlechte Neuigkeiten sogar!«, fügt er mit finsterer Miene nachdrücklich hinzu.

* * *

»Was kann denn noch schlimmer sein als die Tatsache, dass wir unseren Hauptverdächtigen laufen lassen mussten und bisher auch kein Ersatz in Sicht ist, Chef?«, spricht Chrissie Ohlsen vorlaut aus, was vermutlich ohnehin alle denken, dem aufbrandenden Getuschel in der Runde nach zu urteilen.

»Was schlimmer sein kann? Wie wäre es denn damit, dass jemand besagten Hauptverdächtigen heute Morgen zu töten versuchte und seitdem auf der Flucht ist?«, lässt Donner die Bombe platzen. Sofort verstummen alle geflüsterten Gespräche seiner Mitarbeiter, die ihm nun ihre volle Aufmerksamkeit schenken. Auf allen Gesichtern ist tiefe Betroffenheit zu sehen.

»Wie jetzt?«, will Horst Weiland wissen. »Soll das heißen, jemand hat einen Anschlag auf Bernhard Fischer verübt? Lebt er denn noch?«

»Genau genommen ist dies zum jetzigen Zeitpunkt bloß eine Vermutung«, relativiert der Kommissariatsleiter. »Bernhard Fischer wurde heute Morgen um 05:23 Uhr in Troisdorf beim Überqueren einer Straße von einem Auto angefahren und schwer verletzt ins Krankenhaus gebracht. Dadurch, dass alles sehr schnell gehen musste, wurde der Unfallort von der hinzugerufenen Funkstreife nicht ordnungsgemäß gesichert. Zudem hat man uns nicht informiert, da die Kollegen zunächst nicht wussten, um wen es sich bei dem Unfallopfer handelte und dessen Leben natürlich Vorrang hatte. Leider wurden nahezu alle Spuren durch die Rettungsmaßnahmen zerstört. Ob Fischer durchkommt, ist derzeit ungewiss. Ich habe vorhin im Krankenhaus angerufen und darum gebeten, mich umgehend zu informieren, wenn sich an seinem Zustand etwas ändert.«

»Was mag er um diese frühe Uhrzeit dort gewollt haben?«, wundert sich Wolfgang Müller. »Und wohnt Fischer nicht in Lohmar?«

»Ja, in einem Weiler mit einer Handvoll Häusern und ein paar Hunden und Katzen«, gibt Denise Malowski zurück. »Aber wenn ich mich recht erinnere, sprach seine Nichte davon, dass er in der Nähe vom Reiterhof eine Arbeit hat. Das könnte dann schon hinkommen. Das eigentlich Bemerkenswerte daran ist, dass Fischer den Nerv hat, seelenruhig zur Tagesordnung überzugehen, als wäre überhaupt nichts geschehen. Immerhin wurde er erst drei Tage zuvor wegen Mordes verhaftet!«

»Was genau ist der Grund für deine Annahme, dass es sich dabei nicht bloß um einen Unfall mit Fahrerflucht handelt, sondern um einen gezielten Anschlag auf das Leben von Bernhard Fischer?«, fragt Tobias Heller den Vorgesetzten, die letzte Bemerkung seiner Partnerin übergehend. Sie war ohnehin rhetorisch gemeint. »Und wer sollte überhaupt einen Grund für eine solche Tat haben?«

»Na, da würde mir schon der eine oder andere einfallen! Aber zu deiner ersten Frage: Der Unfall fand auf einer wenig befahrenen Seitenstraße statt, auf der zu dieser frühen Stunde außer Fischer und dem Unfallfahrzeug nur noch eine weitere Person unterwegs war.«

Donner lässt kurz den Blick über die Runde schweifen, bevor er mit der eigentlichen Information herausrückt: »Dieser Zeuge will gesehen haben, wie ein ohne Licht fahrendes Auto frontal auf den Mann prallte, ohne die Geschwindigkeit zu verringern. Das sieht mir schon nach einem Anschlag aus, zumal das Unfallfahrzeug nach Angaben des Zeugen danach die Geschwindigkeit sogar noch erhöhte und davonfuhr. Leider ist das schon alles, was über den Unfall zu Protokoll genommen wurde. Kennzeichen, Fahrzeugtyp und Farbe waren in der Dämmerung infolge der fehlenden Fahrzeugbeleuchtung und weil der Mann zu weit weg vom Geschehen war, nicht zu erkennen.«

»Wie gehen wir jetzt mit der Situation um, Chef?« Chrissie Ohlsen stellt die entscheidende Frage zuerst, die allen anderen auf der Zunge liegt.

»Selbst wenn es gesichert wäre, dass Bernhard Fischer den Mord an Jona Wolf verübt hat – was aber nicht der Fall ist – müssen wir in dieser Angelegenheit weiter ermitteln!«, bescheidet der Kommissariatsleiter ihr. »Das gilt selbstverständlich auch für den Fall, dass er an den Folgen des Unfalls sterben sollte. Wir erinnern uns: Bernhard Fischer ist nicht identisch mit dem sogenannten *Raben*, das hat der Stimmenvergleich eindeutig ergeben.«

»Ob er die Briefe verfasst hat, wird sich hoffentlich bald herausstellen«, bemerkt Tobias Heller mit Blick auf den Forensiker Jürgen Vogel, der ebenfalls mit am Tisch sitzt. »Es gibt demnach mit einer hohen Wahrscheinlichkeit einen Mittäter oder Mitwisser im näheren Umfeld des Tatverdächtigen. Seine Nichte Karin Bauer, die in dieser Sache eine höchst fragwürdige Rolle spielt, will ich dabei in keiner Weise ausnehmen!«

»Und wir haben uns ab sofort zusätzlich um eine weitere Straftat zu kümmern«, nimmt Denise Malowski den Faden auf. »Ich schlage vor, dass Horst und Wolfgang den Anschlag auf Fischer untersuchen, während Tobias, Chrissie und ich in der ursprünglichen Sache weitermachen. Die beiden Fälle hängen ohnehin unmittelbar zusammen. Oder ist jemand anderer Ansicht?« Der Blick, den sie in die Runde wirft, degradiert ihre Frage zu einer rein Rhetorischen. Demzufolge sieht sie ausschließlich Zustimmung auf den Gesichtern der Kollegen.

»Da gibt es ja nur zwei Möglichkeiten, Denise«, bringt es Chrissie Ohlsen auf den Punkt. »Racheakt oder Beseitigung eines Mitwissers! Entweder wurde der Anschlag von einem Angehörigen Jonas verübt oder von Fischers Mittäter beziehungsweise Mittäterin!«

»Dafür, dass alle Welt vom Tatverdacht gegen Fischer und seiner Haftentlassung wusste, ist ja bekanntlich die Reporterin Irene Leitner vom *Rhein-Sieg-Echo* verantwortlich«, erinnert Donner seine Ermittler an den heute erschienenen Zeitungsbericht. »Ihr habt den Artikel sicher alle gelesen, darin stehen Dinge, die sie unmöglich wissen kann! Hast du bezüglich ihres Informanten schon etwas herausgefunden?«, wendet er sich an Christina Ohlsen, die bei den letzten Worten des Vorgesetzten eine höchst zufriedene Miene aufgesetzt hat. Auf diesen Augenblick hatte sie die ganze Zeit voller Ungeduld gewartet!

»Ich bin einer riesengroßen Sache auf der Spur, Chef!«, beantwortet sie Donners Frage und nimmt die mitgebrachten Unterlagen zur Hand. »Fangen wir damit an, dass die Leitner zwei gescheiterte Ehen hinter sich hat und ihren Geburtsnamen wieder angenommen hat.«

»Das bringt uns ja jetzt immens voran!«, spottet Tobias Heller. »Und was hat das Liebesleben der Dame mit der Angelegenheit zu tun?«

»Ehemann Nummer eins heißt Holger Kraft«, fährt Chrissie ungerührt fort. »Er hat zwar vordergründig überhaupt nichts mit dem Datenklau zu tun, sein Bruder, der Informatik studiert hat, aber schon eher. Der arbeitet nämlich seit dem Jahr 2004 in einer IT-Abteilung als Systemadministrator. Und ratet mal, bei welcher Behörde!«

»Den kenne ich!«, entfährt es Tobias Heller. »Das ist Reiner Kraft, er arbeitet als Zivilangestellter in unserer IT. Er war schon dort beschäftigt, als ich hier anfing. Als Administrator hat er natürlich Zugriff auf alle Daten, und weil wir alle brav unsere Berichte hochladen, bevor wir Feierabend machen, kann er sich sozusagen tagesaktuell bedienen!«

»Aber das erklärt nicht, wie die Leitner damals an die Fotos gekommen ist«, gibt Denise Malowski zu bedenken. »Die waren doch leibhaftig aus der Akte verschwunden, darauf hatte die IT keinen Zugriff!«

»Das werden wir sicher so schnell nicht klären können«, relativiert Donner den Einwand. *Dafür kommen nur die damals ermittelnden Beamten infrage*, denkt er besorgt. *Aber in Anbetracht dessen, dass einer davon tot ist und der andere todkrank …* »Wir sollten es also dabei bewenden lassen. Aber wenn dieser Kraft sich an unseren Ermittlungsberichten vergriffen und Informationen an seine Schwägerin weitergegeben hat, ist das mit Sicherheit zu beweisen, da alle Systemzugriffe protokolliert werden, soweit mir bekannt ist.«

Der Kommissariatsleiter überlegt kurz und verkündet dann seine Entscheidung: »Wir geben das Ergebnis von Chrissies Recherchen umgehend an die Interne Ermittlung weiter, sollen die sich doch damit herumschlagen! Ein begründeter Verdacht gegen diesen Systemadministrator ist auf alle Fälle vorhanden. Wir dagegen werden bis auf weiteres unsere Berichte nicht mehr ins Netz hochladen, sondern auf der Lokalen Platte abspeichern und für die Kollegen ausdrucken, bis die Lage geklärt ist. Es ist zudem davon auszugehen, dass unsere E-Mails gelesen werden. Ab sofort wird daher nichts Fallrelevantes mehr in internen Nachrichten erwähnt, dass das klar ist!«

Seine Anordnung kommt offenbar nicht sonderlich gut bei den Kollegen an, dem einsetzenden Gemurre und den entsetzten Gesichtern nach zu urteilen, in die der Erste Hauptkommissar allenthalben blickt.

»Wir haben es nach wie vor mit einem Mord zu tun und jetzt zusätzlich mit einem mutmaßlichen Mordversuch, da können wir uns eine undichte Stelle auf gar keinen Fall erlauben!«, ermahnt der Kommissariatsleiter seine Mitarbeiter noch einmal ausdrücklich. »Ich bitte euch daher um Verständnis für meine diesbezügliche Entscheidung. Wenn auch nur die winzigste Kleinigkeit brisanter Ermittlungsergebnisse vorzeitig an die Öffentlichkeit gelangt, können wir einpacken, das dürfte euch doch klar sein!«

Mit diesen eindringlichen Worten beendet er das heikle Thema und wendet sich Jürgen Vogel zu: »Hat die Forensik denn wenigstens etwas für uns?«

»Hat sie!«, gibt der Leiter der KTU launig zurück und schlägt einen Aktendeckel auf, der mehrere dicht beschriebene DIN-A4-Blätter enthält. »Inwieweit unsere Erkenntnisse euch allerdings etwas nutzen, jetzt wo der Verdächtige, auf den diese sich mehrheitlich beziehen, den Tag womöglich nicht überleben wird, müsst ihr selbst entscheiden.«

»Dein Mitgefühl ist mal wieder überwältigend«, brummt Donner und erntet ein gleichgültiges Schulterzucken von dem Wissenschaftler. Vogels mitunter emotionslose Betrachtungsweise unabänderlicher Tatsachen ist im ganzen Haus allgemein bekannt, allerdings haben es die anderen Kommissariate normalerweise nicht mit Opfern von Gewaltverbrechen zu tun.

»Da wäre zum einen das Ergebnis der forensischen Untersuchung von PKW und Wohnhaus des Verdächtigen«, fährt Jürgen Vogel in fast gelangweilt klingendem Tonfall fort. »Wir fanden in beiden Lokalitäten Haare, Hautschuppen und dergleichen, die unwiderlegbar bezeugen, dass euer Mordopfer sich dort aufgehalten hat. Im Auto war es vornehmlich der Rücksitz, im Wohnhaus fanden wir die Beweise für seine zeitweilige Anwesenheit in Wohnzimmer und Küche. Da zumindest der letztgenannte Raum einen extrem sauberen Eindruck auf uns machte, dürfte der Junge sich erst kürzlich dort aufgehalten haben, da die Küche offenbar oft geputzt wird.«

»Das muss Sonntag vor acht Tagen gewesen sein«, resümiert Denise Malowski stirnrunzelnd. »Karin Bauer hat uns das in ihrer ursprünglichen Aussage ja auch zunächst bestätigt. Nachdem sie diese aber nun zurückgezogen hat, ist der forensische Beweis dafür leider nicht mehr viel wert, da Bernhard Fischer als naher Verwandter Jona jederzeit völlig legal beherbergt oder gefahren haben kann. Damit allein bringen wir ihn also nicht vor Gericht, falls er den heutigen Anschlag auf sein Leben überlebt.«

»Kommen wir lieber jetzt zu den Erkenntnissen von Professor Franken«, meldet sich Jürgen Vogel wieder zu Wort. »Ich habe heute seine Expertise bezüglich der Schriftanalysen erhalten. Ich fürchte allerdings, dass euch diese ebenfalls nicht sonderlich gefallen wird. Er ist nämlich zu dem eindeutigen Ergebnis gelangt, dass die Briefserien von zwei unterschiedlichen Personen verfasst wurden! Wobei der Urheber beziehungsweise die Urheberin der Briefe an die Eltern des Mordopfers nicht ermittelt werden konnte, weil keine der Vergleichsproben eine genügend große Übereinstimmung ergab.«

Er legt eine seiner äußerst beliebten Pausen ein, die bei ihm im Allgemeinen einer kleinen Sensation vorausgehen. »Die Briefe der ersten Serie – also die an die Großeltern – wurden dagegen mit einer Wahrscheinlichkeit von neunundneunzig Prozent von Elisabeth Fischer geschrieben, der Mutter eures derzeitigen Tatverdächtigen!«, beendet er seinen Bericht tatsächlich mit einem Knalleffekt. »Dass

Amara bei der Sprachaufzeichnung zu keiner der Vergleichsproben eine eindeutige Zuordnung herstellen konnte, wisst ihr ja schon.«

Der Forensiker macht zunächst keinerlei Anstalten, sich nach seinem Vortrag hinzusetzen, was normalerweise auf weitere Informationen hindeutet. Falls er jedoch noch etwas hinzufügen wollte, geht dies in einem kurzen Signalton unter, dessen Quelle Donners Handy ist, das er zu Beginn der Besprechung auf der Ablage der Tafel deponierte. Vogel nimmt nach kurzem Zögern seinen Platz wieder ein, während der Leiter des KK 1 zum Smartphone greift.

Donners Stirn umwölkt sich, als er die soeben eingegangene Kurznachricht liest. »Bernhard Fischer ist vor wenigen Minuten seinen schweren Verletzungen erlegen«, verkündet er den Kollegen mit Grabesstimme. »Wir haben es daher ab sofort mit einem weiteren Mord oder zumindest einem Totschlag zu tun.«

Er schaut jeden Einzelnen mit ernster Miete an: »Ihr wisst, was zu tun ist, Leute! Und ich muss euch sicher nicht daran erinnern, dass der Mord an Jona Wolf immer noch nicht restlos aufgeklärt ist! Zuallererst werde ich aber dafür sorgen, dass der Leichnam in die Rechtsmedizin überführt wird. Die Benachrichtigung seiner Witwe bleibt uns immerhin erspart, das übernimmt das Krankenhaus.«

Er wendet sich abschließend an Jürgen Vogel: »Ich werde seine Kleidung nachher von einer Streife abholen lassen. Du kümmerst sich bitte schnellstmöglich darum«, instruiert er den Leiter der Forensik. »Eventuell gibt es daran Spuren, die Rückschlüsse auf das Tatfahrzeug erlauben!«

* * *

»Ich tippe ja auf einen Racheakt!«, bezieht sich Wolfgang Müller auf die Äußerung seiner Freundin Chrissie bezüglich des Motivs für den Anschlag auf Bernhard Fischer. »Ist doch naheliegend, oder?«

»Klar. Und durch den Zeitungsbericht weiß jeder, der mit den Umständen vertraut ist, wer vermutlich für den Mord verantwortlich ist und dass derjenige aus der Haft entlassen wurde«, gibt ihm Horst Weiland recht. »Und wer ist derjenige mit dem stärksten Motiv?«

»Dieser Artikel war mehr als unverantwortlich von der Presse. Ich hätte nicht übel Lust, die Leitner wegen Mittäterschaft dranzukriegen! Wir können aber ohne Beweise nicht einfach zu Jonas Eltern gehen und sie dieser Tat beschuldigen, Horst.«

»Das ist korrekt, ein bisschen was werden wir schon vorweisen müssen, sonst bekommen wir keinen Durchsuchungsbeschluss für das Auto der Familie Wolf. Und auf der Straße steht es nicht, wie du siehst!«

Er zeigt auf die andere Straßenseite, wo der Reiterhof mit geschlossenem Tor zu sehen ist. »Wenn der Wagen auf öffentlicher Verkehrsfläche stehen würde, hätten wir das Recht, ihn auf etwaige Unfallschäden zu untersuchen. Ohne richterlichen Beschluss dürfen wir das aber nicht, solange er sich auf Privatbesitz befindet. Und bloß, weil das mittlerweile verstorbene Unfallopfer als mutmaßlicher

Mörder des Sohnes gehandelt wird, stellt uns kein Richter einen solchen Beschluss aus.«

»Na ja, wir könnten da hineingehen und Ausschau nach einem verbeulten Auto halten, das da herumsteht. Der Hof ist Betriebsgelände, den dürfen wir ganz legal betreten.«

»Ich weiß was Besseres«, widerspricht sein Partner ihm nach einigem Nachdenken und startet den Motor. »Wir befragen zuerst den Unfallzeugen noch einmal. Eventuell hat er ja doch etwas gesehen, das uns weiterbringt. Der wohnt auch gar nicht so sehr weit von hier.«

»Okay, aber beschwer dich nachher nicht bei mir, wenn die in der Zwischenzeit das Auto verschwinden lassen!«, gibt Müller widerstrebend nach und legt den Sicherheitsgurt an.

* * *

Beim Betreten der Gaststätte *Dorfkrug* in Troisdorf-Spich bietet sich Tobias Heller und Denise Malowski ein ähnliches Bild wie zuvor den Kollegen Horst Weiland und Wolfgang Müller, als diese vergangene Woche zur Befragung der Eheleute Heinrich und Elisabeth Fischer hier angetreten waren. Ihnen werden die Kommissare heute unter anderem die Nachricht vom Tod ihres einzigen Sohnes überbringen müssen.

Die Gaststätte ist auch jetzt bis auf den hinter dem Tresen stehenden Wirt leer und nur aus der Küche dringen leise Geräusche, die auf die Anwesenheit einer weiteren Person schließen lassen: höchstwahrscheinlich seine Ehefrau. Eine gutgehende Gaststätte sieht nach Meinung der Ermittler anders aus, zumal diese hier ganztägig geöffnet hat und sogar einen Mittagstisch zu vernünftigen Preisen anbietet, wie eine Tafel draußen vor der Tür verkündet.

Ein Grund, Dirk Wolf den nach Meinung des Inhabers zu Unrecht erworbenen Besitz eines florierenden Reiterhofs zu neiden, existiert also durchaus und demnach auch ein Motiv für zumindest eine der beiden Taten. Mit Kopien der laut der Expertise von seiner Ehefrau verfassten Drohbriefe in den Händen wendet sich Denise Malowski an Heinrich Fischer, der mit offensichtlicher Hingabe ein Glas poliert und die Ermittler zunächst keines Blickes würdigt. Die in ihren Gürtelholstern steckenden Dienstwaffen weisen diese auch ohne das Vorzeigen von Dienstausweisen als Polizeibeamte aus.

»Ich habe Ihren Kollegen schon alles gesagt«, presst Fischer zwischen den Zähnen hervor, ohne den Blick zu erheben. Offene Ablehnung gegen die Befragung durch Vollzugsbeamte ist keinem Polizisten fremd und so zückt Denise Malowski auch jetzt ungerührt ihren Ausweis und hält ihn dem Mann so vor das Gesicht, dass ihm kaum eine andere Möglichkeit bleibt, als seinen Blick darauf zu richten.

»Kriminalhauptkommissare Malowski und Heller, Kripo Siegburg«, stellt sie sich und ihren Partner, der seinen Ausweis ebenfalls gut lesbar vor sich hält, ordnungsgemäß vor. »Herr Fischer, wo waren Sie heute früh in der Zeit zwischen 05:00 Uhr und 06:00 Uhr?«

Heinrich Fischer wird bei der Frage reichlich blass um die Nase und lässt vor Schreck das Kölschglas fallen. Klirrend zerschellt es auf den Fliesen in unzählige kleine Splitter. Fischer scheint das Malheur aber gar nicht zu bemerken, mit weit aufgerissenen Augen starrt er die Polizistin wortlos unverwandt an.

* * *

Erwin Lindemann ist Rentner. Im Gegensatz zu seinem berühmten Namensvetter aus einem bekannten Fernsehsketch ist ihm jedoch das Glück eines hohen Lottogewinns und der damit verbundenen Annehmlichkeiten bisher versagt geblieben.

Stattdessen bewohnt der Witwer zusammen mit seinem Dackel Bobby eine kleine Sozialwohnung in der Rheinstraße, in deren Nähe heute Morgen der vermeintliche Unfall stattfand. Der Hund war auch der Grund für die Anwesenheit des Siebzigjährigen zu dieser frühen Stunde am Unfallort.

»Das war furchtbar!«, erinnert sich Lindemann an das grauenvolle Ereignis. Dackel Bobby liegt derweil friedlich unter dem Tisch und hat offenbar wenig Interesse an den beiden Polizisten, die seinem Herrchen gegenüber sitzen.

»Sie müssen sich das einmal vor Augen führen«, beschwört er die Ermittler. »Keine Menschenseele unterwegs und dann kommt dieser Wagen plötzlich angebraust und nimmt den Mann, der gerade die Straße überqueren will, mit voller Wucht auf die Kühlerhaube. Regelrecht durch die Luft geflogen ist der! Das Auto fuhr mindestens siebzig Kilometer die Stunde!«

»Konnten Sie das so gut einschätzen?«, erkundigt sich Wolfgang Müller. »Sie waren nach eigenen Angaben etwas weiter weg. So steht es zumindest im Protokoll.«

»Das werden so an die fünfzig Meter gewesen sein«, nickt Lindemann. »Aber das Auto musste ja vorher an mir vorbei. Ich habe den Luftzug gespürt, als er angerast kam. Der war wirklich sehr schnell und fuhr ohne Licht. Aber wie ich Ihren Kollegen schon sagte, habe ich mehr nicht sehen können. Als der Wagen an mir vorbeifuhr, habe ich auf das Kennzeichen nicht geachtet und später war er zu weit weg. Und ich war ja auch wie paralysiert, als das passiert ist!«

»Auch nicht das Fahrzeugmodell oder wenigstens die Farbe?«, fragt Horst Weiland, obwohl im Unfallbericht steht, dass dies nicht der Fall war. Aber manchmal erinnern sich Zeugen später an Einzelheiten, die ihnen zunächst nicht präsent waren.

Lindemann schüttelt bedauernd den Kopf. »Nein, Herr Kommissar. Es war ja noch nicht richtig hell und in der Straße gibt es nur wenige Straßenlaternen. Mehr, als dass der Wagen von dunkler Farbe war, kann ich Ihnen leider nicht sagen. Und was die Marke angeht: Die sehen doch heutzutage alle irgendwie gleich aus, oder?«

»Das ist schade«, entfährt es Weiland. »Sollten unsere Spezialisten Lackspuren an der Kleidung des Unfallopfers finden, hätte man durch Ihre Aussage eine Verbindung zum Unfallfahrzeug herstellen können, aber so …«

Lindemann schaut ihn mit großen Augen an. »Lackspuren, sagten Sie?«, vergewissert er sich atemlos. »Aber da gibt es welche, glaube ich! Kommen Sie, wir müssen sofort nachschauen!«

Mit diesen Worten springt er mit einem Elan, den man einem Mann seines Alters kaum zutrauen würde auf und eilt, gefolgt von Dackel Bobby, zur Tür. Müller und Weiland schauen sich ratlos an und folgen dann Hund und Herrchen kopfschüttelnd nach draußen.

* * *

»Jetzt sagen Sie bloß, da ist schon wieder einer aus der lieben Verwandtschaft ermordet worden!«, stößt Heinrich Fischer nach endlosen Sekunden des Schweigens hervor. »Wer ist es denn dieses Mal?«

»Beantworten Sie bitte zunächst die Frage meiner Kollegin!«, erinnert Tobias Heller ihn daran, dass sie es sind, die hier die Fragen stellen und er ihnen noch eine Antwort schuldig ist. »Zwischen 05:00 Uhr und 06:00 Uhr, Sie erinnern sich?«

»Ich war dort, wo sich Menschen um diese Zeit normalerweise aufzuhalten pflegen«, brummt der Mann. »Im Bett!«

»Und das kann Ihre Frau selbstverständlich bestätigen, nehme ich an?«, nickt Denise Malowski und schaut ihn dabei auffordernd an.

»Äh ... eher nicht, fürchte ich. Sie ist vor mir aufgestanden. Als ich aufgewacht bin, war das Bett neben mir leer und meine Frau nicht da. Sie muss das Haus früh verlassen haben.«

»Und um welche Uhrzeit war das?«

»Als ich wach wurde? Lassen Sie mich kurz überlegen ... Das wird so gegen 07:00 Uhr gewesen sein, denke ich. Wollen Sie mir nicht endlich sagen, worum es überhaupt geht?«

»Eine Frage noch«, vertröstet Tobias Heller ihn. »Gehört der blaue Opel draußen vor der Tür Ihnen?«

»Sicher, das ist unser Auto, warum fragen Sie?«

»Hatten Sie in jüngster Zeit einen Unfall? Die Kühlerhaube ist eingedrückt und ein Scheinwerfer fehlt. Sagen Sie uns, wann und vor allem wie das passiert ist?« Währenddessen sind die Geräusche in der Küche verstummt und Elisabeth Fischer tritt zur Tür heraus. Mit einem fragenden Gesichtsausdruck nimmt sie den Platz an der Seite ihres Mannes ein.

»Ich hatte einen kleinen Unfall«, beantwortet sie Hellers Frage und schaut dabei ihren Ehemann an, dessen betroffene Miene die Ermittler vermuten lässt, dass diese Information absolut neu für ihn ist. »Ich habe heute Morgen beim Einparken nicht aufgepasst.«

»Für ein Missgeschick beim Einparken sieht mir der Schaden aber recht umfangreich aus«, wölbt Denise Malowski die Augenbrauen. »Wann und wie ist das denn passiert?«

»Heute Morgen. Ich war beim Bäcker, Brötchen holen«, entgegnet Elisabeth Fischer mit einem Seitenblick zu ihrem Mann. Offenbar hat sie seine Aussage mitbekommen, um 7:00 Uhr alleine im Bett aufgewacht zu sein. »Die nächste Bäckerei, wo es vernünftige Backwaren gibt, ist im Nachbarort und öffnet um 06:30 Uhr. Als ich dort einparken wollte, ist mir der Fuß von der Kupplung gerutscht, wodurch der Wagen einen Satz nach vorne machte und gegen einen Laternenpfahl prallte. Das Resultat haben Sie ja selbst gesehen.«

Denise Malowski beschließt, die Befragung an dieser Stelle zunächst zu unterbrechen und die Eheleute endlich vom tragischen Verlust ihres Sohnes in Kenntnis zu setzen. Sie wurden ihrer Meinung nach lange genug im Ungewissen gelassen. »Ich muss Ihnen eine traurige Mitteilung machen«, fügt sie sich ins Unvermeidliche. »Ihr Sohn wurde heute Morgen von einem Auto angefahren, als er sich vermutlich auf dem Weg zu seiner Arbeitsstelle befand. Er hat den Unfall nicht überlebt. Es tut mir leid!«

»Deswegen also die ganzen Fragen!«, bricht es aus Heinrich Fischer heraus, nachdem er den ersten Schock überwunden hat. »Die nach einem Alibi und dem Auto … Sie halten uns tatsächlich für fähig, eine solche Tat zu begehen? Und warum sollte einer von uns ausgerechnet Bernhard etwas antun?«

Statt einer Antwort überreicht Denise Malowski seiner Frau die Kopien, die sie die ganze Zeit in der Hand hielt. »Kommen Ihnen diese Briefe bekannt vor, Frau Fischer? Die haben Sie doch geschrieben, oder etwa nicht? Leugnen ist ohnehin zwecklos, laut einem Schriftgutachten sind Sie eindeutig als die Urheberin dieser Schmähungen gegen Ihre Schwägerin und deren Mann überführt!«

Frau Fischer reicht die Briefe zurück, ohne mehr als einen flüchtigen Blick darauf geworfen zu haben. »Ich bin da nicht stolz drauf«, äußert sie sich leise. »Damals hielten wir es für das Richtige, diesen Leuten vor Augen zu halten, was das für ein Pack ist. Aber mit dem Tod von Jona haben wir trotzdem nichts zu tun! Und Bernhard? Wir haben ihn geliebt wie unser eigen Fleisch und Blut!«

Sie hält sich erschrocken die Hand vor den Mund, wie um die Worte am Verlassen ihres Mundes zu hindern, aber es ist bereits zu spät.

* * *

Draußen legt der Rentner einen strammen Schritt vor. »Wir müssen bis zu dieser Kurve dort vorne«, teilt er den Kommissaren an seiner Seite mit, nachdem sie die Einmündung der Seitenstraße erreicht haben, in der Bernhard Fischer überfahren wurde. Sein Atem hat sich jetzt infolge der Anstrengung etwas beschleunigt, was den Mann aber offenbar nicht zu bremsen vermag.

Seine Begleiter richten ihre Aufmerksamkeit sofort auf besagte Wegbiegung, die etwa hundert Meter von ihrem derzeitigen Standort entfernt ist. Die Wohnbebauung endet auf der linken Seite kurz vorher und wird durch Brachland ersetzt.

Von der Unfallstelle werden es fünfzig bis sechzig Meter bis zu dieser Stelle sein, schätzt Wolfgang Müller. *Lindemann wird demzufolge ungefähr hier gestanden haben, als es geschah.* »Und was genau wollen Sie uns dort zeigen?«, will er von dem kräftig ausschreitenden Mann wissen. Eine Antwort erhält er jedoch zunächst nicht, weil Lindemann seinen Atem momentan dringend anderweitig benötigt.

Endlich hat das ungleiche Quartett die bezeichnete Stelle erreicht und Erwin Lindemann bleibt atemlos vor einem Verteilerkasten stehen. Dieser markiert den Beginn eines unbefestigten Feldweges, der von hier durch das Brachland führt. Dackel Bobby schnüffelt derweil an einem Laternenmast einige Meter weiter und hebt das Bein.

»Ich sagte Ihnen ja bereits, dass der Wagen sehr schnell fuhr«, hebt Lindemann zu einer Erklärung an, nachdem sein Atem sich wieder beruhigt hat. »Und nach dem ... Aufprall gab der Fahrer noch mehr Gas. Er muss dann wohl übersehen haben, dass die Straße hier geradeaus nicht mehr weiter geht, und hat erst im letzten Augenblick das Lenkrad herumgerissen. Das konnte ich durch die Laterne, die hier steht, trotz der schlechten Lichtverhältnisse gut erkennen.«

»Offenbar war es jemand, der sich hier nicht auskennt«, vermutet Horst Weiland. Er hat aber schon eine Ahnung, was der Mann ihnen mitteilen will und geht vor dem Verteilerkasten in die Hocke, um ihn sich genauer anzusehen. »Und dabei hat das Fahrzeug vermutlich diesen Metallkasten hier gestreift«, überlegt er. »Ist es das, was Sie uns sagen wollen?«

»Das ist mehr als eine Vermutung, Herr Kommissar! Ich habe es laut und deutlich scheppern hören, als er mit dem Heck dagegen geprallt ist. Meinen Sie, dass hier Ihre Lackspuren zu finden sein werden?«

Weiland streicht vorsichtig über eine stark eingedrückte Kante an der linken Seite des Kastens. »Das werden unsere Spezialisten genauer untersuchen«, nickt er Lindemann zu. »Die Beschädigung scheint mir aber frisch zu sein und ich sehe eindeutige Spuren von dunkelblauem Lack. Das haben Sie ausgezeichnet beobachtet!«

* * *

»Ich gebe es ja höchst ungern zu«, gesteht Wolfgang Müller seinem Partner augenzwinkernd auf der Fahrt zurück ins Kommissariat. »Aber du hattest mal wieder den richtigen Riecher. Beim Reiterhof wären wir nämlich in der Tat nicht fündig geworden!«

»Du meinst, weil die ein *weißes* Auto fahren?«, grinst Horst Weiland ihn an. »Ich hatte einfach nur Glück, das ist alles! Jetzt müssen wir nur noch herausfinden, ob und wer in dieser umtriebigen Familie ein dunkelblaues Auto fährt.«

»Das dürfte ja nicht allzu schwer werden. Das heißt, wenn es denn überhaupt einer von denen gewesen ist!«

»Darauf würde ich meinen Hintern verwetten, Wolfgang! Aber wenn wir Glück haben, ist die Forensik in der Lage, mit diesen Lackspuren wenigstens die Automarke zu bestimmen, wenn Lindemann uns schon das Kennzeichen nicht nennen konnte.«

»Das stärkste Motiv haben meiner Ansicht nach immer noch Dirk Wolf und seine Frau«, überlegt Müller. »Er oder sie könnte sich ein Auto irgendwo geliehen haben ... Biege doch bitte gleich dort vorne rechts ab, wir fahren noch schnell bei denen vorbei und klopfen ihre Alibis ab. Für eine simple Befragung benötigen wir schließlich keine richterliche Anordnung.«

* * *

»Habe ich das richtig verstanden, Bernhard ist nicht ihr leiblicher Sohn?«, hakt Denise Malowski sofort nach.

Elisabeth Fischer schickt einen unsicheren Blick zu ihrem Mann, den dieser mit einem aufmunternden Nicken beantwortet. »Es ist jetzt ja eigentlich auch gleichgültig geworden«, antwortet sie dann auf die Frage der Polizistin. »Mit Bernhard sind nun alle Beteiligten tot, wem könnte die Preisgabe dieses ... Familiengeheimnisses jetzt also noch schaden?«

»Bernhards Mutter ist ... war meine Schwester Ursula«, fährt ihr Mann leise mit der Erklärung fort. »Er war das Resultat einer ihrer vielen Affären, nur dass sie es dieses Mal nicht vor ihrem Mann verheimlichen konnte. Der kam nämlich als Vater nicht in Betracht, weil er in der fraglichen Zeit eine schwere Krankheit auskurierte und wochenlang ans Bett gefesselt war. Günter verzieh meiner Schwester, bestand aber darauf, dass sie das Kind weggeben müsse. Ich ...« Er schaut zu seiner Frau. »*Wir* haben uns damals dazu bereit erklärt, das Baby zu adoptieren, da wir keine eigenen Kinder bekommen konnten.«

»Ich denke, wir sind dann für den Augenblick soweit durch«, beendet Denise Malowski die Befragung und klappt demonstrativ ihren Notizblock zu. Dass die überraschende Wendung und der unvorbereitete Einblick in die verborgenen

Geheimnisse der Familie sie zutiefst beeindruckt haben, lässt sie sich nicht anmerken.

»Wir müssen Ihr Fahrzeug bezüglich des Unfalls aber noch von unseren Spezialisten untersuchen lassen«, bescheidet Tobias Heller dem Ehepaar abschließend. »Tun Sie sich selbst einen Gefallen und verändern bis dahin nichts daran. Außerdem muss ich Sie bitten, sich bis zur endgültigen Klärung zu unserer Verfügung zu halten und die Stadt nicht zu verlassen!«, fordert er Elisabeth Fischer auf, obwohl es für ein solches Ansinnen keinerlei rechtliche Handhabe gibt.

Ein Bestehen darauf würde nämlich gleich mehrere Grundrechte verletzen und ist daher ohne richterliche Anordnung ebenso unzulässig wie eine Vorladung durch die Polizei. Nichtsdestotrotz sind solche Ansagen eine beliebte Vorgehensweise im Umgang mit Verdächtigen, wenn nicht genügend Beweise für eine Festnahme vorliegen. Aus diesem Grund werden solche Aufforderungen absolut rechtssicher stets als ›Bitte‹ formuliert.

* * *

Denise Malowski stupst ihren Partner auf dem Weg zum Auto kameradschaftlich mit dem Ellenbogen in die Seite. »Verlassen Sie nicht die Stadt? Echt jetzt? Ist das dein Ernst? Du weißt aber schon, dass das ein totaler Blödsinn ist?«

»Selbstverständlich ist das Unfug, Denise«, grinst Tobias Heller sie an. »Aber das wollte ich immer schon mal sagen. In den Fernsehkrimis geben die Kommissare andauernd so einen Scheiß

von sich … Und außerdem habe ich es ja als freundliche Bitte formuliert.«

KAPITEL 8

Dienstag, 30. Juli

09:16 Uhr

Bis auf Kommissariatsleiter Donner haben sich alle Ermittler des Kommissariats im Büro der Hauptkommissare Malowski und Heller zu einer ›kleinen Dienstbesprechung‹ versammelt.

Vornehmlich ist dies ein Gebot der Stunde, weil die Ermittlungsberichte aufgrund der von ihrem Chef verordneten Einschränkungen nicht mehr für jeden zugänglich sind und ein regelmäßiger Austausch außerhalb der Fallbesprechungen dadurch noch mehr als sonst notwendig geworden ist. Ein weiterer Grund für die morgendliche Zusammenkunft ist die stets gut gefüllte Kaffeemaschine.

Horst Weiland scrollt soeben auf Tobias Hellers Diensthandy durch einige Fotos, die dieser gestern von Heinrich Fischers Auto anfertigte, beziehungsweise von den durch das vorgebliche Malheur seiner Ehefrau beim Einparken verursachten Unfallspuren.

»Das ist nicht unser Tatfahrzeug«, schüttelt Weiland den Kopf und reicht das Telefon an Heller zurück. »Am hinteren linken Kotflügel, dort wo der Wagen mit dem Schaltkasten kollidiert ist, müsste eine auffällige Beschädigung zu sehen sein.«

Er zeigt den Kollegen sein eigenes Telefon. »Hier sind die Schäden und Lackspuren deutlich zu sehen, die bei einem seitlichen Aufprall entstanden sind. Dieses Auto ist aber nur an der Kühlerhaube beschädigt, was wiederum für die von den Eheleuten Fischer gelieferte Erklärung spräche.«

»Zumal an dem genannten Laternenmast unübersehbare Spuren einer Kollision zu sehen sind«, gibt Heller ihm recht. »Wir haben uns an der von Elisabeth Fischer bezeichneten Stelle natürlich gestern noch umgeschaut. Ich denke daher, wir können sie und ihren Mann als Täter ausschließen. Ich sehe auch ehrlich gesagt bei keinem der beiden ein echtes Motiv.«

»Immerhin haben wir jetzt offenbar das Familiengeheimnis aufgedeckt, wonach wir die ganze Zeit gesucht haben«, gibt sich Chrissie Ohlsen optimistisch. »Wer hätte gedacht, dass Bernhard Fischer gar nicht der war, für den ihn alle gehalten haben?«

»Ich weiß nicht, Chrissie«, wagt Wolfgang Müller, ihr zu widersprechen. »Irgendwie habe ich das Gefühl, dass dies nur die Spitze des Eisberges ist. Die Briefe an Günter Wolf wurden ja, wie wir jetzt wissen, von Elisabeth Fischer, seiner Schwägerin, verfasst. Warum sollte sie ihr eigenes Adoptivkind dermaßen als ›Bastard‹ beschimpfen? Es muss demnach noch ein weiteres außereheliches Kind geben. War in einem der Briefe an Dirk Wolf nicht von einem Kuckuckskind die Rede?«

»Und du glaubst, damit war Jona gemeint?«, runzelt Denise Malowski die Stirn. »Das würde bedeuten, dass Gabriele Wolf ihrem Mann ebenfalls untreu war. Nun, das ist sicher nichts Ungewöhnliches, aber wer ist dann der Vater von Jona?«

»Was weiß denn ich? Aber hast du eine andere Idee? Also, mir erscheint das absolut plausibel! Auf jeden Fall haben wir es bei dem Briefeschreiber mit einem zu tun, der sich mit den Familienverhältnissen sehr gut auszukennen scheint!«

»Das bringt uns momentan aber nicht weiter, Wolfgang«, schließt Tobias Heller das Thema ab. »Oder willst du allen Ernstes wegen Jona einen großangelegten Gentest durchführen lassen? Wir könnten allenfalls Dirk Wolf um eine Speichelprobe bitten. Wenn er allerdings tatsächlich nicht der Vater ist, wären wir damit auch keinen Schritt vorangekommen!«

Denise Malowski stellt ihre leere Kaffeetasse ab und schaut demonstrativ auf die Uhr: »Es ist gleich Zeit für die Dienstbesprechung! Lasst uns diese Diskussion doch lieber ein anderes Mal fortsetzen.«

* * *

»An der Kleidung des ›Unfallopfers‹, wenn man den Tathergang denn einmal so bezeichnen mag«, zitiert Jürgen Vogel aus seinem eigenen forensischen Bericht, »fanden sich außer einer größeren Menge Blut und Dreck keine weiteren Spuren. Das Blut wiederum stammt mit hoher Wahrscheinlichkeit vom Opfer selbst, jedenfalls stimmt die Blutgruppe überein. Ein DNA-Test steht aber noch aus, sowas dauert ja immer einige Tage. Vor dem Wochenende wird das nichts werden, denke ich.«

»Das wird dieses Mal gar nicht notwendig sein«, äußert sich Donner dazu. »DNA-Analysen kosten

Geld, das wir dem Steuerzahler ersparen werden. Immerhin gibt es ja einen Augenzeugen, der uns bestätigt hat, dass nach dem Zusammenstoß niemand aus dem Fahrzeug ausgestiegen ist. Das Blut ist daher auf keinen Fall vom Täter. Viel mehr würde uns alle hier interessieren, ob du zum Fahrzeug selbst eine Aussage treffen kannst. Haben die Analysen der Lackspuren an diesem Verteilerkasten etwas ergeben, das uns diesbezüglich weiterhilft?«

Der Forensiker blättert eine Seite vor. »Das will ich doch meinen!«, antwortet er mit einem zufriedenen Lächeln. »Das Fahrzeug hinterließ bei der offenbar äußerst heftigen Kollision genügend Farbpartikel auf dem Verteilerkasten, um eine exakte Bestimmung des verwendeten Lacks vornehmen zu können. Zudem sind Metalleinschlüsse enthalten, die eine weitere Typisierung zulassen!«

»Jetzt mach es schon nicht so spannend!«, schimpft Donner ungehalten. »Heraus damit: Um was für ein Fahrzeug handelt es sich?«

»Die offizielle Bezeichnung der Farbe lautet ›cavansitblau metallic‹ und wird von dem Automobilhersteller Mercedes vornehmlich für Fahrzeuge der E-Klasse verwendet«, rückt Vogel endlich mit der geforderten Information heraus. »Ihr solltet, sofern das Fahrzeug gefunden wird, auf einen recht umfangreichen Schaden auf der linken hinteren Seite achten. Höchstwahrscheinlich handelt es sich dabei um eine mindestens vierzig Zentimeter hohe, senkrechte Delle mit einer entsprechend scharfen Kante.«

»Na, das ist doch schon mal gar nicht so wenig«, freut sich der Kommissariatsleiter und richtet seinen Blick auf Wolfgang Müller und Horst Weiland: »Darum werdet ihr zwei euch kümmern!«, bestimmt er. »Konzentriert euch dabei vor allem auf die Kandidaten, die uns schon in der einen oder anderen Weise aufgefallen sind.«

»Da fällt mir eigentlich nur Günter Wolf ein«, überlegt Denise Malowski. »Sein Schwager Heinrich, bei dem wir gestern waren, hat zwar einen frischen Unfallschaden an seinem Fahrzeug, aber das ist ein Opel, und außerdem haben die Eheleute eine glaubhafte Erklärung für den Schaden angegeben, der sich zudem ausschließlich auf die Kühlerhaube erstreckt. Gertrud Bauer fährt einen alten VW-Käfer von undefinierbarer Farbe und das Fahrzeug von Bernhard Fischer beziehungsweise seiner Frau ist bekanntlich ein hellblauer Fiat Panda. Ja, und Jonas Eltern, die von allen das stärkste Motiv haben dürften, fahren einen weißen Ford«, fügt sie nach kurzem Nachdenken noch hinzu.

»Das sind nützliche Hinweise, Denise«, lobt Donner die Hauptkommissarin. »Dann stattet ihr nachher am besten zuerst *diesem* Herrn einen Besuch ab«, instruiert er die Oberkommissare, die synchron mit dem Kopf dazu nicken.

»Du hast noch mehr für uns, Jürgen?«, wendet er sich anschließend erneut mit fragendem Blick an Vogel, der sein Referat wie immer im Stehen gehalten und sich danach nicht wieder hingesetzt hat. Dies ist bei dem eigenwilligen Wissenschaftler normalerweise ein untrügliches Zeichen dafür, mit seinem Vortrag noch nicht fertig zu sein.

»So genau kann ich das nicht einmal sagen, Peter.« Jürgen Vogel kratzt sich verlegen am Hinterkopf. »Ich hatte es gestern schon ansprechen wollen, bin dann aber durch die Ereignisse daran gehindert worden. Es geht um die Hausdurchsuchung bei Bernhard Fischer am letzten Donnerstag. Der richterliche Beschluss bezog sich ja nur darauf, Belege für eine kürzlich stattgefundene Anwesenheit des Mordopfers Jona Wolf im Haus und im Auto des Beschuldigten zu finden.«

»Aber?«

»Nun ja, im Arzneimittelschrank fanden wir Ampullen mit Insulin nebst der für eine Verabreichung dieses Mittels notwendigen Spritzen. Also habe ich eine Probe davon genommen und analysieren lassen. Heute ist das Ergebnis gekommen, ich weiß jetzt nur nicht, ob wir es verwenden dürfen. Ich bin schließlich kein Jurist!«

»Das sind wir alle nicht, auch wenn wir eine unter uns haben, die ein abgebrochenes Studium in dieser Disziplin vorweisen kann«, lächelt Donner in Richtung Christina Ohlsen. »Aber ich denke, dass uns da niemand einen Strick draus drehen kann. Immerhin stand schon lange vor der Hausdurchsuchung fest, dass Jona durch eine hohe Dosis dieses Stoffes zu Tode kam. Wie lautet denn das Ergebnis der Analyse?«

»Ich will es kurz machen: Das Insulin – es gehört der Ehefrau – ist genetisch zu hundert Prozent identisch mit dem, das sich in der benutzten

Spritze befand, die wir am Fundort der Leiche sichergestellt haben!«

»Was mich in der Gewissheit bestärkt, dass wir mit Bernhard Fischer den richtigen Täter ermittelt haben!«, erklärt Tobias Heller selbstbewusst. »Kommt schon, Leute!«, wendet er sich an seine Kollegen, die ihn allesamt verständnislos anschauen. »Dass das für die Tat verwendete Insulin aus dem heimischen Medizinschrank stammt, ist doch nicht wirklich eine Sensation, irgendwoher musste er das Zeug ja schließlich haben! Und seine Frau war zur Tatzeit nachweislich im Krankenhaus.«

»Ich könnte mir vorstellen, dass Bernhard Fischer als Jugendlicher die Machenschaften seiner Adoptiveltern bezüglich der Drohbriefe und -anrufe irgendwie mitbekam und später beschloss, dies nachzuahmen«, überlegt Denise Malowski. »Es ist eine unbestrittene Tatsache, dass die Inhalte und die Ausdrucksweise beider Briefserien einander in eklatanter Weise ähnlich sind.«

»Und zwar so sehr, dass wir ohne das Gutachten eines Schriftsachverständigen gar keinen Unterschied festgestellt hätten«, gibt Horst Weiland ihr recht. »Wir müssen daher als Nächstes herausfinden, inwieweit Bernhard Fischer von alldem gewusst hat, also von der Adoption und so weiter. Vielleicht führt uns diese Information letztlich zu seinem unbekannten Helfer. Und dass er das nicht alleine durchgezogen hat, darin sind wir uns doch hoffentlich alle einig!«

»Die Ehefrau wäre für mich ja die erste Wahl für diese Rolle, hätte sie nicht ein Alibi für die Tatzeit«, gibt Chrissie Ohlsen ihren Senf dazu.

»Wir werden seine Adoptiveltern ins Kommissariat bestellen und dazu befragen«, schlägt Tobias Heller vor. »Warum sollten es immer wir sein, die sich die Hacken ablaufen? Und in der Kneipe ist ja sowieso nie was los.«

»Okay, so machen wir das!«, nickt Donner zufrieden und wendet sich ein letztes Mal an Wolfgang Müller und Horst Weiland: »Bevor ihr losfahrt, lasst ihr euch in der Forensik Sets zur Abnahme von Speichelproben geben. Ich fände es zum jetzigen Zeitpunkt gar keine schlechte Idee, bei den Herren der Schöpfung einen DNA-Abgleich durchzuführen. Und zwar besorgt ihr euch die Proben von Heinrich Fischer, Günter Wolf und dessen Sohn Dirk!«

»Du und Bauchgefühl, Chef?«, grinst Tobias Heller. »Das ist ja mal was ganz Neues!«

»Eure chaotischen Ermittlungsmethoden färben eben mit der Zeit ab«, knurrt der Kommissariatsleiter. »Mir kommt diese ganze Familie langsam recht seltsam vor. Denkt an die Briefe! Darin wimmelt es nur so von Andeutungen, dass nicht jeder das ist, was er zu sein scheint. Wer weiß, ob uns ein DNA-Vergleich nicht doch einen Riesenschritt weiterbringt!«

»Die Familie hat aber noch wesentlich mehr männliche Mitglieder!«, erinnert Denise Malowski ihn vorsichtig.

»Ist mir nicht entgangen. Aber in der *Affäre Jona* geht es in erster Linie um das Erbe der verstorbenen Großmutter, da bin ich mir sicher! Konzentrieren wir uns daher zunächst auf diese drei Leute, die sind uns diesbezüglich ja auch schon aufgefallen!«

»Und wenn die sich weigern?«, wagt Wolfgang Müller einen Einwand.

»Dann besorge ich uns die dafür notwendigen Gerichtsbeschlüsse!«, gibt Donner sich kämpferisch. »Verdachtsmomente liegen dazu meines Erachtens genügend vor, immerhin wurde ja am Tatort ein benutztes Kondom gefunden.«

»Das aber nach unseren derzeitigen Erkenntnissen überhaupt nichts mit der Tat zu tun hat«, wendet Chrissie Ohlsen ein.

»Steht das irgendwo?«, grinst ihr Vorgesetzter. »Und jetzt an die Arbeit mit euch!«

* * *

»So aufgekratzt habe ich den Chef ja noch nie erlebt!«, wundert sich Horst Weiland wenig später über die letzten Worte des Vorgesetzten. »Der war ja sowas von energiegeladen, dass ich beinahe schon glaubte, Funken sprühen zu sehen!«

»Dem steht die ganze Sache eben Oberkante Unterlippe, wie uns allen«, entgegnet sein Partner, während er den Dienstwagen vom Gelände der Dienststelle fährt und in den fließenden Verkehr einfädelt. »In dieser Geschichte kommen allenfalls die Geschwister von Dirk Wolf noch einigermaßen gut weg. Vor allem, weil die meisten davon schon alleine deswegen nicht verdächtig sind, weil sie seit Jahren keinen Umgang mehr mit dem Rest der Familie pflegen und zudem in alle Winde verstreut wohnen. Alle anderen haben in irgendeiner Weise Dreck am Stecken!«

»Das denke ich auch. Wobei streng genommen Dirk Wolf und Bernhard Fischer ja ebenfalls Brüder sind, wie wir nun wissen. Schon allein bezüglich der Drohbriefe gibt es mindestens zwei Kandidaten, die dafür infrage kommen. Aber wer hat Bernhard Fischer dabei geholfen, Jona zu töten? Und dass er es war, ist für mich so gut wie erwiesen!«

»Wir können ihn nicht mehr dazu befragen, Horst. Aber wir finden heraus, wer *ihn* getötet hat! Laut Zulassungsstelle fährt Günter Wolf exakt so ein Auto, wie es von der Forensik als Tatfahrzeug beschrieben wurde. Mir fehlt bei ihm aber das Tatmotiv! Warum sollte er den Mann umbringen? Er war immerhin der Sohn seiner Frau.«

»Eben!«, brummt Weiland. »Hass kann ein starkes Motiv sein und Bernhard Fischer war zeit seines Lebens der fleischgewordene Beweis für die Untreue der eigenen Ehefrau!«

»Und nun erfährt er aus der Zeitung, dass der auch noch den Enkel auf dem Gewissen hat ... Ich bin ja echt mal gespannt, ob wir von ihm oder seinem Sohn eine Speichelprobe erhalten. Um die von Heinrich Fischer brauchen wir uns ja nicht mehr zu kümmern, weil er und seine Frau nachher im Kommissariat vernommen werden. Denise und Tobias können in solchen Dingen äußerst überzeugend sein.«

* * *

»Haben Sie vielen Dank, dass Sie so schnell Zeit für uns gefunden haben!«, begrüßt Tobias Heller die Eheleute Fischer mit Handschlag und einem freundlichen Lächeln. Beide stehen etwas ratlos vor ihm und schauen ihn fragend an. Denise Malowski hat kurz das gemeinsame Büro verlassen, wird aber in wenigen Augenblicken zurück sein.

»Ich verstehe nicht, was Sie noch von uns wollen!«, entrüstet sich Elisabeth Fischer lautstark. Ihr Ehemann steht mit einem verlegenen Gesichtsausdruck neben ihr. Sie ist von großer, kräftiger Statur, was ihn im direkten Vergleich beinahe schmächtig erscheinen lässt. Wer in dieser Beziehung die Hosen anhat, ist mehr als offensichtlich und Heller nimmt sich vor, dies bei der geplanten Vernehmung auszunutzen.

»Mein Mann und ich haben Ihnen und Ihren Kollegen bereits alles gesagt, was wir zu dieser leidigen Angelegenheit wissen!«, fährt Frau Fischer ungebremst fort. »Oder geht es etwa immer noch um meinen gestrigen Unfall mit dem Laternenmast?«

Die meisten Erkenntnisse gewinnt man nach Hellers Ansicht dadurch, dass man Menschen in bestimmten Situationen einfach reden lässt. Dies gilt in besonderem Maße für Verhöre von Tatverdächtigen. Solange der Kandidat glaubt, die Initiative zu haben, wird oft munter und ohne großartig darüber nachzudenken drauflos geredet.

Stellt man dagegen spezifische Fragen, werden ganz andere Hirnregionen beansprucht, was nicht immer zu den gewünschten Antworten führt. Vor allem dann nicht, wenn der Befragte etwas zu verbergen sucht. Aus diesem Grund sind Kriminalbeamte nicht selten in der Interpretation von Körpersprache und anderer verräterischer Signale geschult, die ein Mensch unbewusst aussendet.

Besonders aufgefallen ist Tobias Heller in dem Wortschwall der Frau sofort, dass sie den grausamen Mord an Jona – immerhin handelte es sich bei ihm um einen nahen Verwandten – als ›leidige Angelegenheit‹ bezeichnete. Die wenigen Semester Kriminalpsychologie, die Heller zu Beginn seiner Laufbahn belegte, zahlen sich eben hin und wieder aus.

Denise Malowski betritt das Büro und nickt den Besuchern auf dem Weg zu ihrem Schreibtisch freundlich zu. Ihr Partner führt sie aber sogleich am Arm einige Meter weiter fort in eine Ecke und flüstert ihr etwas zu, was sie mit einem mehrfachen zustimmenden Kopfnicken beantwortet.

»Kommen Sie bitte mit mir, Frau Fischer!«, wendet sie sich anschließend in geschäftsmäßigem Ton an die Frau und versucht, sie aus dem Raum zu bugsieren.

»Aber …«, wehrt sich diese, indem sie die Hand der Polizistin unwillig abschüttelt. »Was ist denn mit meinem Mann? Kommt er nicht mit?«

»Um Ihren Ehemann wird sich mein Kollege kümmern«, informiert Denise Malowski die Frau in einem Tonfall, der keinen Widerspruch duldet. »Auf diese Weise sind wir unter uns und Sie können sich voll und ganz auf meine Fragen konzentrieren.«

Elisabeth Fischer lässt sich daraufhin widerstandslos aus dem Zimmer führen, nicht jedoch, ohne vorher ihrem Gatten, der soeben von Tobias

Heller aufgefordert wird, auf dem Besucherstuhl Platz zu nehmen, einen letzten, mahnenden Blick zuzuwerfen.

* * *

»Herr Fischer!«, beginnt Tobias Heller umgehend mit der Befragung seines Kandidaten, kaum dass sich die Tür hinter Denise Malowski und Elisabeth Fischer geschlossen hat. »Wie muss ich mir die damalige Aktion mit den anonymen Anrufen und den Drohbriefen, die Sie Ihrer Schwester und deren Ehemann geschickt haben, eigentlich genau vorstellen? Wer von Ihnen hatte die Idee dazu und was wollten Sie überhaupt damit bezwecken?«

Heinrich Fischer murmelt etwas vor sich hin, das von Tobias Heller, obwohl er über ein ausgezeichnetes Gehör verfügt, nicht einmal ansatzweise verstanden wird.

»Antworten Sie bitte laut und deutlich auf meine Fragen!«, fordert er den Mann daher nachdrücklich auf und deutet auf das Handy vor ihm auf dem Tisch, mit dessen Hilfe er das Gespräch aufzeichnet. »Was sagten Sie?«

»Meine Frau war's«, wiederholt Fischer etwas lauter und gerade so eben noch vernehmbar. »Elisabeth hat damit angefangen, Günter und Ursula zu terrorisieren … Hören Sie, wir sind da nicht stolz drauf, das können Sie mir getrost glauben! Ich habe anfangs ja nicht einmal etwas davon gewusst!«

»Aber Sie haben es mitgetragen, nachdem Sie es erfuhren!«, fährt Tobias Heller den Mann an. »Das, was Sie getan haben, ist eine Straftat und Sie haben großes Glück, dass sie mittlerweile verjährt ist! Ist es Ihnen denn niemals in den Sinn gekommen, dass die Unachtsamkeit Ihrer Schwester, die zu dem tödlichen Unfall mit dem Traktor führte, auf den Terror zurückzuführen sein könnte, dem sie durch *Ihre* Machenschaften permanent ausgesetzt gewesen ist?«

»Ich ... Es tut mir leid«, flüstert Fischer und ist mit einem Mal leichenblass geworden. »Das ... darüber habe ich wirklich nicht nachgedacht! Und was hätte ich denn auch schon dagegen machen können?«

»Und dennoch haben Sie und Ihre Frau nach dem Tod Ihrer Schwester munter weitergemacht! Wusste Ihr Sohn, beziehungsweise Adoptivsohn, von der Sache?«, wechselt Heller zum eigentlichen Kernthema. Denn dies ist es, was ihn und Denise derzeit am brennendsten interessiert. »Wie alt war er damals noch? Siebzehn?«

* * *

»Wusste Ihr Sohn, dass er adoptiert wurde?«, will Denise Malowski als Erstes von Elisabeth Fischer wissen, nachdem sie beide im Vernehmungsraum Platz genommen haben und sie der Frau erklärt hat, dass ein anderer Raum momentan nicht frei sei. Die aber schaut die Polizistin jetzt überrascht an. Mit *dieser* Frage hatte sie ganz offensichtlich nicht gerechnet.

»Wir haben es ihm an seinem einundzwanzigsten Geburtstag gesagt«, beantwortet Frau Fischer die Frage nach einigem Zögern. »Ihre leibliche Mutter hatte darauf bestanden und wir haben ihren Wunsch selbstverständlich respektiert.«

Denise Malowski wölbt die Augenbrauen. »Das ist aber eine ziemlich ungewöhnliche Vorgehensweise. Nannte Frau Wolf einen Grund dafür?«

»Nein, aber es war dadurch im Nachhinein für alle Beteiligten leichter, damit umzugehen. Immerhin war Bernhards leibliche Mutter zu diesem Zeitpunkt schon vier Jahre tot und er kannte sie ja nur als Tante Ursula. Außerdem hatten wir, wie Sie sich sicher denken können, so gut wie keinen Kontakt zu diesen Leuten!«

Da war er wieder, der auffallend abfällige Tonfall der Frau, wenn es um die Familie Wolf geht. Denise Malowski macht sich in Gedanken eine Notiz dazu, aber natürlich wird das Gespräch auch hier zu Beweiszwecken elektronisch aufgezeichnet.

»Wann genau haben Sie mit dem Terror gegen Ihre Schwägerin und ihren Mann aufgehört?«, stellt sie jetzt eine entscheidende Frage. Da die Briefe an Dirk und Gabriele Wolf eine andere Handschrift tragen als die an seine Eltern, sollte dies spätestens im Jahr 2008 gewesen sein, als Günter Wolf den Stein des Anstoßes, nämlich den geerbten Bauernhof, an seinen ältesten Sohn übergab.

»Das war, als Dirk den Hof übernommen hatte«, erhält sie dann auch wie erwartet zur Antwort. »Ich sah danach keinen Sinn mehr darin, meinen Schwager damit zu behelligen.«

»Ist Ihnen bekannt, dass Dirk Wolf wenige Monate später ebenfalls in den ›Genuss‹ solcher Schmähschreiben kam, die ihm anonym zugestellt wurden?« Denise Malowski beobachtet die Mimik ihrer Gesprächspartnerin bei dieser Frage besonders genau, es regt sich aber kein Muskel darin. *Das bedeutet dann wohl ›Ja‹*, vermerkt sie in Gedanken.

»Woher soll ich das denn wissen?«, reagiert Elisabeth Fischer unerwartet heftig darauf. »Verdächtigen Sie etwa meinen Sohn? Ich würde ja sagen, dass Sie ihn das selbst fragen, aber das geht ja nun nicht mehr!« Frau Fischer ist bei den letzten Worten von ihrem Stuhl aufgesprungen. »Nehmen Sie lieber seinen Mörder fest, statt unhaltbare Beschuldigungen vorzubringen!«

»Bitte nehmen Sie wieder Platz, Frau Fischer!«, beschwichtigt Denise Malowski die aufgebrachte Frau. »Wir tun alles, um genau das herauszufinden, und diese Befragung gehört nun einmal dazu! Eine letzte Frage habe ich noch: Wusste Ihr Sohn von Ihren Machenschaften gegen seine leibliche Mutter?«

* * *

»Das Konzept der Lüge scheint in dieser Familie allgemein zum Grundsatzprogramm zu gehören«, informiert Denise Malowski ihren Partner wenig später über die Schulter hinweg, während sie sich an der Kaffeemaschine bedient. Tobias Heller hat bereits einen vollen Becher vor sich stehen, aber er musste sein Büro für die Befragung ja auch nicht verlassen.

»Also, ich für meinen Teil glaube Heinrich Fischer, dass seine Frau die eigentliche Drahtzieherin bei diesen schändlichen Taten war!«, äußert sich Tobias Heller dazu. »Ich meine, welcher Mann würde so etwas behaupten, wenn es nicht der

Wahrheit entspricht?«, grinst er anzüglich. »Der steht ganz gewaltig unterm Pantoffel, das sage ich dir!«

»Sagt das der Kriminalpsychologe in dir?«, lächelt Denise und setzt sich an ihren Schreibtisch. »Aber du hast vermutlich recht, genau diesen Eindruck vermittelte Frau Fischer mir ebenfalls. Und sie hat eindeutig nicht in allen Punkten die Wahrheit gesagt. Als ich sie fragte, ob sie von den Briefen wusste, die ihr Sohn später an seinen Vetter schrieb, verneinte sie es vehement, aber ihre Körpersprache sagte das Gegenteil.«

»Die stecken doch alle unter einer Decke, Denise! Allerdings wirkte die Aussage ihres Ehemannes auf mich glaubhaft, als er sagte, er wisse nicht mit Sicherheit, ob sein Sohn damals etwas von den Briefen und den Anrufen wusste. Und ich habe ihm erfolgreich eine Speichelprobe abgeschwatzt!« Tobias hält triumphierend das Röhrchen hoch. »Falls Bernhard aber später exakt dieselbe Vorgehensweise gegenüber Dirk Wolf praktiziert hat wie seine Mutter, muss er definitiv Kenntnis davon gehabt haben, dazu sind die Übereinstimmungen in der Durchführung einfach zu groß!«

»Seine Frau gab mir gegenüber immerhin zu, dass Bernhard sie einmal dabei erwischt hat, als sie einen dieser Anrufe mit verstellter Stimme tätigte. Das war aber wohl so ziemlich das Einzige, das nicht gelogen war. Der Adoptivsohn käme daher durchaus für die zweite Terrorwelle infrage. Die Briefe hat er aber nachweislich nicht geschrieben!«

»Nun ja, wenn bei den Eltern die Frau des Hauses das Sagen hat«, überlegt Tobias, »warum nicht auch beim Sohn? Es ist ohnehin allerhöchste Zeit, der einzigen Person eine Aufwartung zu machen, bei der wir bisher noch nicht waren. Weil nämlich jedes Mal, wenn wir uns vorgenommen hatten, zu ihr nach Birken zufahren, etwas dazwischengekommen ist.«

»Hildegard Fischer«, nickt Denise und stellt entschlossen ihre erst zur Hälfte geleerte Tasse ab. »Na, dann nichts wie los, bevor uns wieder einer in die Suppe spuckt!«

* * *

Einige hundert Meter vor der Wohnadresse von Günter Wolf kommt ihnen auf der Gegenfahrbahn ein Abschleppwagen entgegen und weil die Straße an dieser Stelle nicht breit genug ist, fährt Wolfgang Müller bereitwillig an den Fahrbahnrand, um das große Fahrzeug passieren zu lassen. Der Fahrer quittiert es mit einem dankenden Heben der linken Hand.

Keine zehn Sekunden später gehen den Polizisten schier die Augen über, als sie realisieren, was er da am Haken hinter sich herzieht. Wolfgang Müller wirft seinem Partner einen auffordernden Blick zu, den dieser mit einem Nicken beantwortet. Gleichzeitig greift er zum mobilen Blaulicht, das er mit geübtem Griff durch das Seitenfenster auf dem Dach des Audi platziert.

Müller schaltet die Sirene an, wendet, so schnell es die enge Fahrbahn zulässt, und setzt dem mit mäßigem Tempo dahinrollenden Abschleppwagen nach. Eine Möglichkeit, das breite Fahrzeug zu überholen und zum Anhalten zu zwingen, ergibt sich aber erst nach weiteren hundert Metern. Wolfgang Müller und Horst Weiland greifen zu ihren Dienstausweisen und verlassen den Wagen.

»Was ist denn los?«, ruft ihnen der Fahrer aus dem offenen Seitenfenster entgegen. »Zu schnell werde ich doch wohl kaum gewesen sein!«

Weiland hält den Ausweis hoch: »Kripo Siegburg!«, informiert er den Mann kurz angebunden. »Wir würden uns gerne einmal den PKW genauer anschauen, den Sie da am Haken haben.«

»Wenn es Ihnen nicht allzu viel ausmacht, wäre es außerdem hilfreich, wenn Sie die Ladung dazu kurz herablassen würden«, fügt Müller freundlich hinzu. »Wir müssen uns den Unfallschaden an dem Mercedes nämlich ganz genau ansehen.«

* * *

Keine fünfzig Meter von ihrer Zieladresse entfernt kommt Tobias Heller und Denise Malowski ein etwa vierjähriger Junge mit kindlich trotzigem Gesichtsausdruck auf der Straße entgegen. Das Kind ist nur spärlich bekleidet, barfuß und schleppt einen für seine Verhältnisse riesigen Teddybären mit sich, die andere Hand hält einen Spielzeugbagger fest umklammert.

»Ist das nicht der kleine Ben?«, macht Denise ihren Partner auf den einsamen Knirps aufmerksam. »Was läuft der denn so ganz alleine auf der Straße herum? Halt doch bitte mal an!«

Tobias lächelt still in sich hinein. Um zu erkennen, dass hier etwas nicht stimmt, braucht es keine Mutterinstinkte – mit denen Denise allerdings überreichlich gesegnet ist. Er reagiert demzufolge sofort und bringt den Audi innerhalb von Sekunden zum Stehen. Hier zwischen den Häusern des Weilers ist ohnehin nur eine Höchstgeschwindigkeit von zwanzig Kilometer die Stunde erlaubt. Der Junge ist jetzt ebenfalls stehengeblieben und schaut das schwarze Auto mit offenem Mund und großen Augen an.

Denise legt hastig den Sicherheitsgurt ab und verlässt schnell das Auto. Sie hockt sich vor das Kind und schaut ihm tief in die Augen. »Wo ist denn deine Mama, Ben? Du bist doch der Ben, habe ich recht?«

Ben nickt eifrig, aber plötzlich schießen Tränen in seine Augen und laufen ihm über das Gesicht. Jetzt erst bemerkt Denise, dass das Kind ungewöhnlich schmutzig ist. Selbst eingedenk der unbestreitbaren Tatsache, dass Kinder und Schmutz sich gegenseitig anzuziehen scheinen wie Magnete.

»Komm, kleiner Mann!«, streichelt sie ihm zärtlich über die Haare und nimmt ihn dann bei der Hand. »Ich bringe dich zu deiner Mama!« Sie bugsiert das Kind auf den Rücksitz und setzt sich daneben, während Tobias den Wagen langsam weiterrollen lässt. Bis zum Haus der Familie Fischer sind es ja nur noch ein paar Meter.

* * *

»Der Wagen ist beschlagnahmt!«, eröffnet Wolfgang Müller dem Fahrer des Abschleppwagens, der sich als Kurt Pfeifer vorstellte. Dieser hatte sein Fahrzeug verlassen und sich zu ihnen gesellt, während die Ermittler jeden Quadratzentimeter des metallic-blauen E-Klasse-Mercedes unter die Lupe nahmen. Mit tief in den Taschen seines Overalls vergrabenen Händen beobachtet er seitdem misstrauisch jede Bewegung und Handlung der Polizisten.

Horst Weiland reicht ihm einen Zettel: »Bringen Sie das Unfallfahrzeug bitte auf dem schnellsten Wege zu dieser Adresse, es handelt sich um die Werkstatt der Kriminaltechnik in Siegburg. Ich werde die Kollegen vor Ort über Ihr Eintreffen informieren, Sie müssen nichts weiter unternehmen.«

»Und was sage ich dem Eigentümer?«, wundert sich Pfeifer. »Ich sollte sein Auto in unsere Kfz-Werkstatt zur Reparatur bringen!«

»Darum werden wir uns kümmern«, beruhigt Wolfgang Müller ihn. »Von Ihnen benötigen wir aber eine Bestätigung darüber, dass dieser PKW Herrn Günter Wolf gehört und Sie ihn in dessen Auftrag bei ihm zu Hause abgeholt haben. Haben Sie das soweit verstanden?«

»Am besten kommen Sie dazu in den nächsten Tagen zu uns aufs Revier«, fügt Horst Weiland erklärend hinzu und reicht Pfeifer eine Visitenkarte. »Bringen Sie dann aber bitte alle Unterlagen mit, die den heutigen Auftrag zur Abholung dieses Fahrzeugs belegen.«

»Und wir beide beehren jetzt Günter Wolf mit unserem Besuch!«, reibt sich Wolfgang Müller zufrieden die Hände, nachdem der Abschleppwagen nebst Beweisstück ihren Augen entschwunden ist. »Das war ja einfacher als gedacht!«

»Ja, aber wären wir nur eine Minute später losgefahren, wäre unser Beweisstück auf und davon gewesen«, bringt es sein Partner auf den Punkt. »Und was sagt uns das?«

»Na, dass wir wahre Glückskinder sind, natürlich!«, grinst Wolfgang Müller und hält ihm die rechte Hand hin, die Horst Weiland begeistert abklatscht. »Trotzdem du darauf bestanden hast, zuerst wegen der Speichelprobe von Dirk Wolf zum Reiterhof zu fahren, haben wir es so gerade eben geschafft!«

»Dadurch können wir aber jetzt ohne Umwege ins Kommissariat zurückfahren«, verteidigt sich Horst Weiland gegen den unterschwelligen Vorwurf. »Ich gehe nämlich davon aus, dass wir dann zu dritt sein werden! Und außerdem: Wenn wir eine halbe Stunde früher hier gewesen wären, hätte der Wagen womöglich in der Garage gestanden und ohne einen Durchsuchungsbeschluss wäre es unmöglich gewesen, ihn uns anzuschauen.«

»Auch wieder wahr«, gibt sein Freund neidlos zu und setzt sich hinter das Steuer. »Auf jeden Fall ist Wolf jetzt zu Hause, wie uns der freundliche Fahrer des Abschleppwagens vorhin bestätigt hat.« Er lässt den Motor an und legt den ersten Gang ein. »Ich kann es kaum erwarten zu hören, was der Herr uns nachher für eine Geschichte zu dem Unfallschaden auftischen wird.«

* * *

Aus Ben war auf dem kurzen Weg zu seinem Elternhaus wenig herauszubekommen. Offenbar hatte der Junge aber zu irgendwelchen Pferden gewollt, wahrscheinlich hatte er sich in Unkenntnis der zurückzulegenden Strecke also zum Reiterhof von Dirk Wolf aufmachen wollen. Ein gütiges Schicksal hatte wieder einmal dafür gesorgt, dass Denise und Tobias exakt zum rechten Zeitpunkt hier erschienen waren, sonst wäre der Kleine ganz sicher verloren gegangen.

Das Haus liegt verlassen vor ihnen, als Tobias Heller den Dienstwagen am Straßenrand abstellt. Überhaupt wirkt die ganze Siedlung wie ausgestorben auf die Ermittler. Außer ein paar streunenden Katzen war Ben das einzige Lebewesen, welches ihnen in den letzten Minuten begegnet ist. Allerdings unterscheidet sich *dieses* Haus von allen anderen drumherum durch eine Besonderheit: Die Haustür steht nämlich sperrangelweit offen!

Sofort läuten in Denise und Tobias sämtliche Alarmglocken! Ist hier etwas Furchtbares geschehen und der kleine Ben aus diesem Grund fortgelaufen? Befindet sich im Haus jemand in großer Gefahr? Immerhin ist erst gestern schon einmal ein Mitglied der Familie Fischer einem heimtückischen Anschlag zum Opfer gefallen!

Die Polizisten stehen jetzt vor einem gewaltigen Dilemma: Einerseits *müssen* sie zu zweit dort hinein, weil ein möglicher Eindringling ja noch vor Ort sein könnte und es für einen alleine zu gefährlich wäre, eine ungesicherte Lokalität zu betreten. Andererseits würden sie dann das Kind zurücklassen, da es hier draußen zu lange dauert, bis Verstärkung eingetroffen wäre.

Für eine Absprache genügt den Kommissaren ein stummer Blickwechsel, zahlreich sind die Alternativen ohnehin nicht. Tobias setzt das Fahrzeug einige Dutzend Meter zurück, um es aus einer möglichen Gefahrenzone zu bringen. Denise schärft Ben ein, sich ruhig zu verhalten, und verlässt mit ihrem Partner anschließend das Fahrzeug, wobei sie die offen stehende Haustür ständig im Blick behalten. Das Auto wird von außen verriegelt und Denise und Tobias ziehen synchron ihre Dienstwaffen aus den Holstern, bevor sie sich dem Haus vorsichtig nähern.

* * *

Ihr Verdacht erwies sich zum Glück schon bald als unbegründet. Sich gegenseitig Deckung gebend, waren die wenigen Räume im Erdgeschoss schnell durchsucht und für sicher befunden worden. Allerdings herrscht überall eine heillose Unordnung, von der bei ihrem ersten Besuch erlebten blitzenden Sauberkeit ist heute keine Spur zu sehen.

Ins Dachgeschoss müssen Denise und Tobias dann nicht mehr. Sie finden Hildegard Fischer in der Küche, sie ist ohne Bewusstsein und mit dem Kopf vornüber auf die Tischplatte gesunken. Ihre linke Hand hält noch die ›Tatwaffe‹ umklammert: eine leere Schnapsflasche. Eine weitere rollt über den Boden, als Tobias beim Nähertreten versehentlich dagegen tritt. Er tastet das Handgelenk der Frau ab und atmet erleichtert auf, als er einen Puls fühlt.

Denise rümpft angewidert die Nase und öffnet schnell sämtliche erreichbaren Fenster. Hier drin riecht es wie in einer Destille. Jetzt wird ihr auch klar, warum Ben so sehr verdreckt war, als sie ihn vorhin aufgelesen hatten. Und weshalb er weggelaufen ist.

So, wie es hier aussieht, vermutet die Polizistin, *hat die Mutter seit der Nachricht vom Tod ihres Mannes ihren Trost im Alkohol gesucht und das Kind vernachlässigt. Wer weiß, wann Ben das letzte Mal etwas Vernünftiges zu essen bekommen hat!*

»Wir sollten einen Rettungswagen rufen, Denise«, zerschneidet Tobias' Stimme die herrschende Stille. »Sie könnte eine Alkoholvergiftung haben oder zusätzlich noch was anderes eingenommen haben. Außerdem ist sie Diabetikerin, da entfachen durchaus schon geringere Mengen Alkohol, als sie vermutlich heute zu sich genommen hat, eine verheerende Wirkung.« Noch während seiner Worte wählt er auf dem Diensthandy die 112.

»Was machen wir denn jetzt mit Ben?«, fragt Denise mit ernstem Gesicht, nachdem dies erledigt ist. »Mitnehmen können wir ihn nicht und alleine hierbleiben kann er ebenfalls nicht, wenn die seine Mutter ins Krankenhaus bringen!«

»Wir müssen ohnehin hier warten, bis der Krankenwagen kommt. Sollten sie die Mutter tatsächlich mitnehmen, liefern wir den Kleinen bei der Tante in Honrath ab«, beschließt Tobias. »Das ist nicht weit von hier und vielleicht ist ja wenigstens Karin zu Hause und kann sich um den Knirps kümmern.«

»In Ordnung. Aber für den Fall, dass es dir nicht aufgefallen sein sollte: Hiermit ist nun schon der dritte Versuch fehlgeschlagen, diese Frau zu vernehmen. Das dauert, bis die Schnapsdrossel wieder nüchtern ist!«

Die berühmt-berüchtigte senkrechte Zornesfalte erscheint auf Denises Stirn und ihre grasgrünen Augen blitzen. »Auf jeden Fall ist die Situation aber eine Sache für das Jugendamt!«, schimpft sie. »Nicht auszudenken, was dem kleinen Ben alles hätte zustoßen können, wären wir nicht rechtzeitig zur Stelle gewesen!«

»Hey, jetzt komm schon wieder runter!«, versucht Tobias, die aufgebrachte Kollegin und Mutter einer eigenen kleinen Tochter zu beruhigen. »Es ist ja nochmal alles gut ausgegangen und dem Jungen ist nichts passiert. Du kannst schließlich nicht auf alle Kinder dieser Welt aufpassen!«

Dem Gesichtsausdruck der Partnerin entnimmt Tobias, dass sie genau das am liebsten tun würde. »Ich werde ihn aber besser jetzt mal aus dem Wagen holen, damit das Kind nicht schon wieder die ganze Zeit allein ist«, beschließt sie und eilt nach draußen, um ihren Vorsatz in die Tat umzusetzen.

KAPITEL 9

Mittwoch, 31. Juli

09:55 Uhr

Das Erste, was Denise und Tobias auffällt, als sie den Weiler Birken nach halbstündiger Fahrt erreichen, ist der hellblaue Panda vor dem Haus mit der Nummer 12. Das Fahrzeug wurde am Montag in der Nähe des Tatortes aufgefunden und offenbar zwischenzeitlich hierher überführt, nachdem er von der Kriminaltechnik freigegeben wurde.

Den Ort, an dem Bernhard Fischer vorgestern zu Tode kam, als Unfallort zu bezeichnen, wäre nach Ansicht der Ermittler eine totale Verharmlosung, da der ›Unfall‹ höchstwahrscheinlich mit Absicht herbeigeführt wurde und somit als Straftat zu behandeln ist. Näheres wird sicherlich das Verhör des tatverdächtigen Günter Wolf ergeben, mit dem die Kollegen Müller und Weiland zur Stunde beschäftigt sind.

Nachdem die Kommissare sich dieses Mal vorsorglich vor Antritt der Fahrt per Telefonanruf von der Anwesenheit Hildegard Fischers und ihrer Bereitschaft, sie heute Morgen zu empfangen, vergewissert hatten, wird der mittlerweile vierte Versuch, die Frau zu vernehmen, hoffentlich endlich von Erfolg gekrönt sein. Mit gemischten Gefühlen parkt Denise Malowski den Audi hinter dem Fiat und schaltet den Motor aus.

* * *

Horst Weiland entnimmt einem Hefter ein einzelnes DIN-A4-Blatt und hält es demonstrativ in die Höhe. »Wissen Sie, was das ist?«, fragt er Günter Wolf, der ihm und Wolfgang Müller am Vernehmungstisch gegenüber sitzt.

Wolf ließ sich gestern Nachmittag unter lautstarkem Protest von ihnen festnehmen, nachdem sie ihn mit dem Tatvorwurf der Tötung Bernhard Fischers konfrontiert hatten, verweigerte aber bis jetzt die Aussage. Sein einziges Zugeständnis lag darin, die geforderte Speichelprobe abzugeben, was die Ermittler als Teilerfolg verbuchen konnten.

Neben dem Beschuldigten sitzt heute Rechtsanwalt Dr. Carsten Berger, der schon bei der Freilassung von Bernhard Fischer eine maßgebliche Rolle spielte. Offenbar handelt es sich bei dem Enddreißiger um eine Art Familienanwalt. Gesagt hat er bisher noch nichts, was aber im Übrigen ebenfalls nach wie vor für seinen Mandanten gilt.

Weilands Frage war ohnehin nicht auf eine Antwort ausgelegt, wie seine nächsten Worte belegen: »Es handelt sich um den vorläufigen Bericht unserer Kriminaltechnik über die Untersuchung zweier von Ihnen verursachter Beschädigungen, die erwiesenermaßen in einem unmittelbaren Kontext zueinander stehen.«

Wolfgang Müller greift nun seinerseits zu dem Hefter und holt mehrere Fotografien hervor, die er fein säuberlich ausgerichtet vor Wolf und dessen

Anwalt ausbreitet. »Sehen Sie das, Herr Wolf?« Er deutet mit dem Zeigefinger auf eines der Fotos. »Das ist der linke hintere Kotflügel ihrer Luxuskarosse. Schauen Sie sich diese Delle bitte genau an!«

Rechtsanwalt Berger beugt sich interessiert vor, während sein Mandant weiterhin den Unbeteiligten spielt. Horst Weiland konfrontiert beide daher unverzüglich mit einem anderen Foto: »Und hier sehen Sie das exakte Gegenstück dazu!«, verkündet er und weist auf ein Bild, das den vom Fahrer des Unfallfahrzeugs gerammten Verteilerkasten zeigt.

»Diese beiden Beschädigungen passen laut unserer Forensik zueinander wie die berühmte Faust aufs Auge«, informiert er Günter Wolf, der jetzt erstmals eine Reaktion zeigt und leicht zusammenzuckt. Sein Anwalt dagegen verzieht das Gesicht, als leide er plötzlich unter heftigen Zahnschmerzen.

»Aus dem Bericht der Forensik geht eindeutig hervor, dass die Farbe an dem Verteilerkasten von Ihrem Fahrzeug stammt, Herr Wolf! Umgekehrt finden sich Materialspuren von besagtem Verteilerkasten an Ihrem Auto. Und zwar exakt an der beschädigten Stelle. Was sagen Sie dazu, Herr Wolf?« Horst Weiland lehnt sich zurück und betrachtet mit zufriedener Miene das finstere Gesicht seines Gegenübers.

»Hatten wir erwähnt, dass es einen Zeugen gibt, der nicht nur den Unfall beobachtet hat, der Bernhard Fischer das Leben kostete, sondern ebenfalls bezeugen kann, dass das Unfallfahrzeug anschließend mit *diesem* Verteilerkasten kollidierte?«, fügt Wolfgang Müller genüsslich hinzu.

»Ich möchte mich mit meinem Mandanten beraten«, erhebt Rechtsanwalt Berger, wie von den Ermittlern mehr oder weniger erwartet, seine Stimme. Sie ist von einem angenehmen Bariton und hörbar rhetorisch geschult. »Würden Sie uns bitte einige Minuten allein lassen?«

Müller und Weiland wechseln einen zufriedenen Blick. In dieser Phase einer Vernehmung ist in aller Regel mit einem baldigen Geständnis zu rechnen. Auf einen Wink Müllers gibt der Wachmann seinen Posten an der Tür auf und verlässt wortlos den Raum.

»Der Beamte, der soeben hinausgegangen ist, wird vor der Tür auf das Ende Ihrer Beratung warten«, erklärt Weiland dem Rechtsanwalt und seinem Mandanten. »Sagen Sie ihm bitte Bescheid, wenn Sie soweit sind!« Er rafft die Unterlagen zusammen, schaltet die Aufzeichnungsgeräte aus und verlässt nach einem letzten Nicken in Richtung Wolf und Berger gemeinsam mit seinem Partner den Vernehmungsraum.

* * *

Denise Malowski schaut sich in der jetzt wieder etwas ordentlicher als gestern wirkenden Wohnung aufmerksam um. »Wo ist denn Ben?«, erkundigt sie sich besorgt bei Hildegard Fischer, weil sie das Kind nirgends entdecken kann. »Ihr Sohn, ist er nicht hier?«

»Ich … ich habe ihn für ein paar Tage zu meinen Eltern gebracht, die wohnen nicht weit von hier«, entgegnet Frau Fischer fahrig. Überhaupt macht sie einen abgespannten Eindruck auf die Besucher, was ja auch nach dem, was die Ermittler gestern mit ihr erlebt haben, kein Wunder ist. »Ich bin derzeit offenbar nicht in der Lage, in angemessener Weise für mein Kind zu sorgen«, fühlt sie sich zu einer Erklärung verpflichtet. Die Worte klingen hohl und abgedroschen. »Ich möchte mich aber auf jeden Fall bei Ihnen dafür bedanken, dass Sie gestern auf Ben achtgegeben haben, als ich ... na, Sie wissen schon!«

Denise Malowski mustert sie ausgiebig und mit professioneller Neugier. Es ist sozusagen ihre erste Begegnung mit der Frau, bei der diese aufrecht steht und sich einigermaßen artikulieren kann, was ja gestern nicht der Fall war. Hildegard Fischer ähnelt dem Typus nach eher ihrer Schwiegermutter, wie Denise findet. Resolut im Auftreten und äußerst selbstbewusst, sieht man von ihrem derzeitigen desolaten Gesundheitszustand einmal ab.

Schon möglich, dass sie in ihrer Ehe das Sagen hatte, stellt Denise in Gedanken fest. *Ihr Mann machte auf mich jedenfalls eher einen ruhigen Eindruck, also mehr wie sein Vater. Gewisse Parallelen zwischen den beiden Familien sind in der Tat nicht zu übersehen!*

»Fühlen Sie sich in der Verfassung, uns einige Fragen zu beantworten?«, wendet sich Tobias Heller an ihre Gastgeberin. »Wir ermitteln jetzt nicht mehr nur in der Mordsache Jona«, erklärt er ihr vorsichtig. »Sondern ebenfalls, wie Sie sich sicher denken können, im Todesfall Ihres Mannes.«

»Fragen Sie nur«, nickt Hildegard Fischer müde. »Ich teile Ihnen zunächst aber hiermit auf Anraten unseres Anwalts mit, dass ich gerichtlich gegen

Ihre Behörde vorzugehen gedenke!«, fügt sie etwas lauter hinzu. »Wenn *Sie* nicht diese unhaltbaren Anschuldigungen an die Presse weitergegeben hätten, würde Bernhard wahrscheinlich noch leben!«

»Ich versichere Ihnen, dass wir zu keiner Zeit Mitteilungen an die Presse herausgegeben haben, Frau Fischer«, versucht Denise Malowski, die Wogen zu glätten. »Solange eine Ermittlung nicht abgeschlossen ist, dürfen wir das gar nicht! Wir werden aber selbstverständlich im Interesse aller Beteiligten auch *dieser* Angelegenheit nachgehen.«

»Wir haben Grund zu der Annahme, dass der Vorfall, der Ihrem Mann das Leben kostete, ursächlich mit dem Mord an dem Sohn seines Cousins Dirk Wolf zusammenhängt«, übernimmt es Tobias Heller, die Frau über die Situation in Kenntnis zu setzen. »Ich möchte aber auch nicht verhehlen, dass es diesbezüglich starke Verdachtsmomente gegen Ihren Ehemann gibt. Diese stützen sich vor allem auf uns vorliegende Aussagen zweier unabhängiger Zeugen, die ihn zur Tatzeit mit Jona zusammen gesehen haben.«

Ein Ruck geht durch Hildegard Fischer, kaum dass Tobias Heller nach seiner Ansage verstummt ist. »Sie sprechen von meiner nichtsnutzigen Nichte!«, giftet sie mit zusammengekniffenen Augen. »Ich dachte, das wäre geklärt? Karin hat eine überbordende Fantasie und sich diese hanebüchene Story aus den Fingern gesogen! Was hätte mein Mann auch für einen Grund gehabt, den Jungen umzubringen?«

»Um das herauszufinden, sind wir unter anderem heute hier bei Ihnen, Frau Fischer«, übernimmt Denise Malowski das Gespräch. »Gegen Jonas Eltern gab es in der Vergangenheit eine Flut von anonymen Drohbriefen sowie mindestens einen Anruf dieser Art, deren Urheber wir bis heute nicht ermitteln konnten. Ist *Ihnen* etwas darüber bekannt?«

»Damit hatte mein Mann nichts zu tun!«, zischt Hildegard Fischer erbost.

Sie streitet es jedenfalls schon mal nicht ab, schießt es Denise bei dieser auffälligen Wortwahl durch den Kopf. *Jede Wette, dass sie davon gewusst hat!*

Sie entschließt sich zu einem kleinen Experiment und greift in die Tasche, um ihr Diensthandy hervorzuholen. »Kennen Sie diese Stimme?« Mit einem Fingerdruck auf das Icon für den Recorder startet sie die Sprachaufnahme vom Anrufbeantworter der Familie Wolf, die sie und alle ihre Kollegen seit Beginn ihrer Ermittlungen ständig mit sich führen.

Zwei Dinge geschehen nahezu gleichzeitig: Die krächzend verstellte Stimme des *Raben* erfüllt den Raum und Hildegard Fischer erstarrt förmlich zu Stein. Mit schreckhaft geweiteten Augen starrt sie das Telefon unverwandt an, als könne sie es allein durch die Kraft ihrer Blicke zum Verstummen bringen.

»Was … wie … wo … woher haben Sie das?«, keucht sie entsetzt, mitten hinein in die ohnehin nur wenige Sekunden dauernde Wiedergabe der Aufzeichnung. Denise Malowski und Tobias Heller werfen sich einen bezeichnenden Blick zu. »Das ist ja furchtbar!«, setzt sie nach einigen Augenblicken etwas ruhiger nach, als sie die Augen der Kommissare auf sich gerichtet sieht. »Ich meine, wer macht denn sowas?«

»Diese Nachricht fanden die Eltern des getöteten Jona Wolf am Sonntag vergangene Woche auf ihrem Anrufbeantworter vor, als sie von einer stundenlangen Suche nach ihrem vermissten Sohn zurückkamen«, informiert Denise Malowski die geschockte Frau und achtet dabei ganz genau auf deren Reaktion. Hildegard Fischer schaut sie aber nur stumm an.

»Jona war zu diesem Zeitpunkt schon tot«, fährt die Polizistin daher mit der Erklärung des Sachverhaltes fort. »Allerdings wurde der Telefonanruf sehr viel früher getätigt. Wissen Sie etwas darüber oder haben Sie eine Vermutung, um wen es sich bei dem Anrufer handeln könnte?«

Frau Bauer schaut sie finster an. »Woher soll ich das denn wissen?«, faucht sie und greift nach einem Glas Wasser, das sie sich eingeschenkt hat. Denise Malowski folgt der Handlung voller Interesse mit den Augen. »*Ich* war es jedenfalls nicht, wenn Sie das meinen. Sie werden doch bestimmt schon herumgefragt haben und daher wissen, dass ich von Sonntag 18:00 Uhr bis Donnerstag 10:00 Uhr im Krankenhaus war!«

»Wie sind Sie eigentlich dorthin gekommen?«, erkundigt sich Tobias Heller betont harmlos. »Hat Ihr Mann Sie nach Siegburg gefahren?«

»Ich war gegen 18:00 Uhr dort«, erinnert sie sich. »Etwa eine halbe Stunde vorher habe mir ein Taxi gerufen, länger benötigt man für den Weg nicht. Bernhard hatte ... etwas anderes zu tun. Er war mit unserem Sohn unterwegs.«

»Wann kam er nach Hause?«, will Heller wissen. »Oder waren Sie schon fort, als er von seiner Tour zurückkam?«

»Sie sagen es, Herr Kommissar. Ich habe also keine Ahnung, wann er zu Hause war. War's das jetzt?«

»Noch nicht ganz!« Denise Malowski holt ein Blatt Papier hervor, das sie der Frau über den Tisch hinweg reicht. »Schreiben Sie bitte diesen Text einmal für uns mit Ihrer *rechten* Hand ab. Ich habe vorhin bemerkt, dass Sie Linkshänderin sind.« Sie reicht der Frau ein leeres Blatt und einen Stift.

Hildegard Fischer wölbt überrascht die Augenbrauen: »Und wozu soll das gut sein?«

»Wir möchten einen Handschriftenvergleich durchführen. Ich sagte ja bereits, dass es in der Vergangenheit anonyme Briefe gab. Das ist reine Routine. Außerdem benötige ich noch eine Stimmprobe von Ihnen. Zu diesem Zweck sprechen Sie die Sprachnachricht, die Sie vorhin gehört haben, in mein Handy.«

Denise reicht ihr ein weiteres Blatt mit dem Text. »Ich werde Ihre Stimme aufzeichnen und in unserem Labor einen Stimmenvergleich durchführen lassen.«

»Dazu können Sie mich nicht zwingen«, schüttelt Frau Fischer energisch den Kopf und gibt ihr Blätter und Stift zurück. »Sie benötigen für solche Maßnahmen doch sicher einen richterlichen Beschluss oder wie man das nennt! Ich denke, wir sind dann für heute fertig miteinander. Guten Tag!«

* * *

»Diese Frau hat uns doch nach Strich und Faden verarscht!«, schimpft Denise Malowski lauthals, während sie den Wagen auf der schmalen Straße wendet. »Hast du gesehen, wie sie aus der Wäsche geguckt hat, als ich ihr völlig unvorbereitet die Sprachnachricht vorgespielt habe? Die wusste hundertprozentig Bescheid! Und dann das Taxi ... Warum fährt sie mit einem Taxi nach Siegburg zum Krankenhaus? So dicke haben die es doch offenbar nicht und die Fahrt kostet mindestens zwanzig Euro!«

»Wir können nichts machen, Denise«, brummt ihr Partner unzufrieden. »Diesbezüglich sind uns mal wieder die Hände gebunden. Uns die Abgabe einer Schrift- und Stimmprobe zu verweigern, ist ohne richterlichen Beschluss ihr gutes Recht, da können wir ihr keinen Strick draus drehen! Und vergiss nicht, dass sie für die Tatzeit ein wasserdichtes Alibi hat und ihr Haus schon einmal von uns auf den Kopf gestellt wurde! Und was haben wir gefunden? Jedenfalls nichts, was uns an dieser Stelle weiterbringen würde! Es wird uns also kaum etwas anderes übrig bleiben, als weiter zu ermitteln. Oder auf Glück zu hoffen.«

»Wäre nicht das erste Mal, dass der Kollege Zufall uns in die Karten spielt«, nickt Denise.

»Eben! Solche Lügengebäude sind auf die Dauer nicht leicht aufrechtzuerhalten. Da braucht im

198

übertragenen Sinne nur ein einziger Stein zu wackeln und alles bricht zusammen.«

* * *

Wolfgang Müller schaut auf die Uhr. Es ist eher nervöse Angewohnheit als Wissbegierde über die verstrichene Zeit, da es kaum fünf Minuten her ist, dass er diese das letzte Mal kontrolliert hat. Um nichts zu versäumen, sind er und Horst Weiland der Einfachheit halber im Flur geblieben, um hier das Ende der Beratung ihres Verdächtigen mit seinem Rechtsbeistand abzuwarten.

Er richtet den Blick auf die Tür zum Vernehmungsraum, wo der einsame Wachmann nun schon vor einer halben Stunde Posten bezog und seither kaum ein Glied gerührt hat. Starr wie eine Statue steht der uniformierte Kollege neben der Tür, die nach wie vor geschlossen ist.

»Na, *seine* Ruhe hätte ich auch gerne«, lässt sich Weiland vernehmen, als habe er die Gedanken des Partners gelesen. Ungeduld schwingt in den Worten mit. »Den kann aber auch gar nichts erschüttern! Mann, was machen die denn bloß so lange da drin? Die Faktenlage ist doch klar, was gibt es denn da noch großartig zu beraten?«

»Das würde mich auch brennend interessieren«, ertönt hinter ihnen eine Stimme. Sie gehört Chrissie Ohlsen, die unbemerkt herangetreten ist. »Ich dachte, ihr wärt längst fertig mit eurer Vernehmung«, fährt sie fort. »Es ist nämlich bald Zeit für die Dienstbesprechung. Der Chef hat sie heute für 13:00 Uhr angesetzt, soll ich euch sagen. Das wäre dann …« Sie schaut auf ihre Uhr: »… in einer Stunde, ihr beeilt euch also besser!«

»Das musst du schon denen da drinnen sagen!«, brummt Wolfgang Müller missmutig, ohne die bewusste Tür dabei auch nur eine einzige Sekunde aus den Augen zu lassen. »Sind denn Denise und Tobias schon aus Lohmar zurück?«, erkundigt er sich dann aber bei seiner Freundin und dreht sich endlich zu ihr um.

»Denise hat vorhin angerufen und durchgegeben, dass sie auf dem Rückweg sind. In einer halben Stunde werden sie sicher im Kommissariat sein, denke ich.«

In diesem Augenblick wird die Tür zum Vernehmungsraum geöffnet und Rechtsanwalt Berger steckt den Kopf heraus. »Wir sind so weit!«, verkündet er kurz angebunden und zieht sich sofort wieder zurück. Innerlich aufatmend folgen Müller und Weiland ihm in das spartanisch, aber zweckmäßig eingerichtete Zimmer.

Der Wachmann schließt sich ihnen unverzüglich an, auch ihm ist dieses Mal eine gewisse Erleichterung anzusehen. Das nervtötende Warten hat ein Ende!

* * *

Später

»Günter Wolf legte nach ausgiebiger Beratung mit seinem Anwalt eine Art Geständnis ab«, informiert Horst Weiland die Kollegen auf der Dienstbesprechung. »Nach Vorlage unserer Beweise blieb ihm letztendlich auch gar keine andere Möglichkeit, als die Tat zuzugeben. Allerdings bestreitet er nach wie vor, eine Tötungsabsicht gehabt zu haben.«

»Er habe ›Rot gesehen‹, sagte er«, fährt Wolfgang Müller fort und imitiert damit unabsichtlich die Vorgehensweise seiner Kollegen Denise Malowski und Tobias Heller, die ihre Vorträge ebenfalls gerne im Wechsel halten. »Als er ›zufällig‹ um diese frühe Morgenstunde dort entlangfuhr, wo Bernhard Fischer seine Arbeitsstätte hat und ihn in aller Seelenruhe über die Straße gehen sah, habe er nicht weiter nachgedacht und Gas gegeben.«

»Nette Geschichte!«, äußert sich Donner voller Sarkasmus dazu. »Und so unglaublich plausibel! Diese Einlassung wird ihm aber kaum zu widerlegen sein, fürchte ich. Sein Anwalt wird es vermutlich als ›Spontantat‹ deklarieren. Und da Fischer erst später an den Verletzungen verstorben ist, handelt es sich nicht einmal um Totschlag, sondern ›nur‹ um schwere Körperverletzung mit Todesfolge. Eventuell kommt noch unterlassene Hilfeleistung hinzu.«

Er räuspert sich vernehmlich und fährt dann mit ernster Miene fort: »Unter diesen Umständen wird der Staatsanwalt höchstwahrscheinlich keinen Haftbefehl ausstellen. Wir werden demnach damit zu rechnen haben, einem Entlassungsgesuch für Günter Wolf noch heute nachkommen zu müssen und ihn bis zu seiner Verhandlung auf freien Fuß zu setzen!«

»Es ist mir immer noch schleierhaft, weshalb Günter Wolf zu solch einer Tat überhaupt fähig war«, meldet sich Denise Malowski nachdenklich zu Wort. »Ich würde doch eher Verständnis dafür aufbringen, wenn Jonas Vater den mutmaßlichen Mörder seines Sohnes hätte töten wollen. Aber der Großvater?«

»Dazu kann ich vermutlich etwas beitragen!«, erhält sie eine Antwort auf ihre Bemerkung aus einer Ecke, die niemand im Raum auf dem Schirm hatte. Die überraschten Blicke der Kommissare ignorierend, schlägt Jürgen Vogel einen Hefter auf, den er mit in die Besprechung brachte, und entnimmt diesem mehrere amtlich aussehende DIN-A4-Blätter. »Ich habe hier die vorläufigen Auswertungen der DNA-Proben, die mir gestern zur Analyse übergeben wurden. Und sie sind recht aufschlussreich, wenn ihr mich fragt!«

»Wie bist du so schnell da dran gekommen?«, wundert sich Tobias Heller. »Das dauert doch sonst immer Tage!«

»Sagen wir, eine Mitarbeiterin beim humangenetischen Institut war mir noch einen Gefallen schuldig«, grinst der Forensiker. »Außerdem handelt es sich, wie schon gesagt, zunächst um *vorläufige* Ergebnisse von Schnelltests. Ich habe die Proben gestern persönlich nach Bonn ins Institut gebracht und die Expertisen vorhin wieder abgeholt. Danken könnt ihr mir später. Die offiziellen Testergebnisse werden in der Tat frühestens Montag verfügbar sein, für unsere Zwecke tun es *diese* hier aber auch schon. Sie geben nämlich Auskunft über die Verwandtschaftsverhältnisse der getesteten Personen zueinander!«

»Die uns aber doch allesamt hinlänglich bekannt sind«, unterbricht Donner ihn ungehalten. »Einschließlich der Tatsache, dass Heinrich Fischer nicht der Vater von Bernhard ist, dessen Erzeuger uns zugegebenermaßen nicht bekannt ist. Oder hast du diesbezüglich etwa andere Informationen?«

»Dass Dirk Wolf und Bernhard Fischer tatsächlich Brüder sind, dürfte keine große Überraschung für euch sein«, übergeht Vogel die Frage des Kommissariatsleiters. »Genetisch stimmen sie zu fünfzig Prozent überein, was auf ein gemeinsames Elternteil hinweist. Im vorliegenden Fall ist das die Mutter.« Er greift zu einem anderen Dokument. »Ein Vergleich der genetischen Informationen von Dirk und Günter Wolf ergab dagegen *keine* Übereinstimmung, wodurch wir davon ausgehen können, dass Letzterer *nicht* der Vater von Dirk Wolf ist!«

Atemlose Stille folgt auf die Eröffnung des Forensikers, man hätte eine Stecknadel fallen hören können. Damit hatte hier und heute niemand gerechnet! Vogel nutzt die Gelegenheit zu einer seiner beliebten Pausen, die bei ihm meist eine kleine Sensation einleiten. »Dafür ist er aber der Vater von jemand anderem«, fährt er nach einigen Augenblicken fort, bevor ihn Donner, der schon den Mund zu einem Protest geöffnet hat, ihn dazu auffordern kann. »Und zwar der von *Jona* Wolf! Ich habe mir erlaubt, seine DNA ebenfalls in die Untersuchung einzubeziehen.«

Die letzten Worte des Leiters der KTU gehen in einem wahren Tumult unter. Alle reden plötzlich wild durcheinander, bis Donner dem Aufruhr energisch ein Ende bereitet: »Ruhe, Leute!«, ermahnt er seine normalerweise besonnenen Ermittler lautstark, um sich Gehör zu verschaffen. »Wir sind doch hier nicht im Kindergarten!«

»Das verschafft dem vermeintlichen Großvater jetzt sogar ein doppeltes Motiv, Chef!«, verkündet Christina Ohlsen, nachdem wieder Ruhe eingekehrt ist. »Er beseitigt den leibhaftigen und für ihn demütigenden Beweis für die Untreue der eigenen Ehefrau und nimmt gleichzeitig Rache für den Tod seines Sohnes, der Jona laut der DNA-Analyse ja ist. Somit wäre der Anschlag auf Bernhard Fischer vorsätzlich erfolgt!«

»Sofern er überhaupt Kenntnis von der Vaterschaft hatte«, wendet Donner ein. »Das wird ihm nämlich höchstwahrscheinlich nicht nachzuweisen sein.«

»Aber irgendjemand wusste davon«, gibt Tobias Heller zu bedenken. »Und zwar der Briefeschreiber! Denkt an die Hinweise in den anonymen Briefen an Dirk Wolf bezüglich eines untergeschobenen Kindes! Damit war dann wohl tatsächlich Jona gemeint, wie wir es schon vermutet hatten!«

»Womit wir bei einer weiteren Konsequenz wären, die sich aus Jürgens Vortrag ergibt«, weist Denise Malowski auf einen wesentlichen Umstand hin, der in der ganzen Aufregung beinahe untergegangen wäre. »Nämlich die Tatsache, dass Dirk Wolf ebenfalls das Resultat eines Seitensprungs seiner Mutter ist! Wir sollten uns die Frage stellen, ob er selbst davon wusste!«

»Oder sein offizieller ›Vater‹ Günter Wolf«, ergänzt Wolfgang Müller. »Mit dem ›Bastard‹ in den Briefen an ihn war dann garantiert Dirk Wolf gemeint. Unter diesen neuen Aspekten wird die ganze Geschichte aber genau genommen immer verworrener. Da steigt doch mittlerweile niemand mehr durch!«

»Wir sollten zunächst die Beteiligten dazu befragen«, schlägt Horst Weiland vor. »Vor allem aber Dirk und Günter Wolf. In Verbindung mit dem Erbe, das so kurz nach dem Tod der Mutter an den Sohn ›verkauft‹ wurde, wäre *eines* doch interessant zu wissen: War den Beteiligten zu dieser Zeit bekannt, dass sie einerseits gar nicht miteinander verwandt sind und andererseits der vermeintliche Vater ein Verhältnis mit der eigenen Ehefrau hatte?«

»Das ist ein guter Gedanke, zumal sich einer aus dieser ›Familie‹ ja ohnehin derzeit noch in unserem Gewahrsam befindet. Wir müssen herausfinden, wer was über wen weiß oder wusste«, stimmt der Erste Hauptkommissar zu und muss anschließend selbst über den von ihm reichlich wirr konstruierten Satz lächeln. »Ihr wisst schon, wie ich das meine«, legt er aus diesem Grund zur Sicherheit nach. »Bringt mir den *Raben*!«

* * *

»Ich weiß nicht, was der Chef sich davon verspricht!«, stößt Tobias Heller gefrustet hervor und schlägt mit der flachen Hand auf den Tisch. »Da können wir noch bis zum Sankt Nimmerleinstag recherchieren, ohne dass etwas dabei herauskommt! Die Sache ist gegessen!«

Seine Partnerin stellt überrascht ihre Kaffeetasse ab und schaut ihn fragend an. Solche Gefühlsausbrüche ist sie von ihm ganz und gar nicht gewohnt!

Wie ein gefangener Tiger vor seinem Schreibtisch hin und her wandern, wenn ihn etwas bewegt – ja, so kennt sie ihren Kollegen. Aber das hier?

»Erinnern wir uns«, hebt Tobias zu einer Erklärung an und hebt den Zeigefinger. »Die erste Serie an Droh- und Schmähbriefen ging an die Eheleute Günter Wolf. Und zwar begann der Terror unmittelbar, nachdem Ursula Wolf das Erbe angetreten hatte. Urheber von Briefen und Anrufen waren deren Bruder und seine Frau, die das ja mittlerweile auch zugegeben haben!«

Ein weiterer Finger kommt hinzu. »Vier Jahre später übernimmt Dirk Wolf den Hof und erhält kurz darauf ebenfalls solche Anrufe und Briefe. Auf einem davon konnte Amara Jones durchgedrückte Buchstaben sichtbar machen, die wir den Initialen von Bernhard Fischer zugeordnet haben, einem Cousin von Dirk Wolf.«

Der dritte Finger. »Und zu guter Letzt gibt es Zeugenaussagen und forensische Beweise dafür, dass Bernhard Fischer Jona zu Hause abholte und in seinem Wagen nach Birken brachte. Das Insulin, mit dem Jona getötet wurde, stammt nachweislich aus dem Vorrat der Ehefrau. Wie viele Indizien braucht es denn noch, um diesen Mann des Mordes zu überführen? Jetzt ist er tot und der Fall damit abgeschlossen!«

Denise, die ihren Partner kennt und genau weiß, dass er noch lange nicht mit seinem Vortrag fertig ist, wenn er sich dermaßen in Rage geredet hat, hört weiter aufmerksam zu, ohne ihn zu unterbrechen. Sie ahnt, dass er dieses Ventil jetzt dringend benötigt.

Tobias ist ohnehin nicht zu bremsen: »Ich sage dir, wie es sich meiner Meinung nach zugetragen hat«, führt er seinen Monolog fort. »Bernhard Fischer fuhr mit Ben zusammen nach Troisdorf, um Jona zu kidnappen. Dass er unterwegs seine Nichte Karin aufgabelte, war für ihn ein glücklicher Umstand, da Jona sie kannte und er sich daher nicht weigern würde, mitzukommen.«

»Und aus welchem Grund hatte er Ben dabei?«, stellt Denise jetzt doch eine Zwischenfrage. Ein vager Gedanke regt sich in ihrem Verstand, ohne dass sie ihn festhalten kann. Ausgelöst wurde er durch irgendetwas, was Tobias vorhin sagte. Nachdenklich runzelt sie die Stirn.

»Ben hatte er ursprünglich mitgenommen, weil seine Frau auf dem Sprung ins Krankenhaus war und er ihn nicht alleine lassen wollte. Er brachte Jona zu sich nach Hause, wo er ihm eine erste geringe Dosis Insulin verabreichte, um ihn ruhigzustellen. Er ließ ihn zunächst mit Ben allein, um Karin heimzufahren. Später am Abend bekam Jona eine zweite, stärkere Dosis verpasst und wurde bewusstlos und gefesselt nach Troisdorf gebracht, wo er die letzte und tödliche Injektion erhielt. So gelangte auch die von uns gefundene Spritze an den Fundort der Leiche.«

»Und weil Jona schon vorher Insulin verabreicht bekam, trat der Tod nach der letzten, großen Injektion nicht erst nach einer halben Stunde ein, wie Doktor de Luca errechnet hatte, sondern innerhalb weniger Minuten«, nickt Denise und schlagartig fällt ihr wieder ein, was ihr vorhin durch den Kopf gegangen war. »Soweit vermag ich dir zu folgen, aber du hast in deiner Darstellung des Tathergangs etwas Wesentliches übersehen!«

»Ach ja? Was denn?«

»Denk doch mal nach, Tobi! Bernhard Fischer nimmt Ben mit auf die Fahrt nach Troisdorf, obwohl um diese Zeit seine Frau noch daheim ist. Sie hat sich nach eigenen Angaben gegen 17:30 Uhr ein Taxi gerufen, das wird auch in etwa die Zeit gewesen sein, als ihr Mann mit Jona, Ben und Karin von Troisdorf zurückkam.«

»Und?«

»Und was? Siehst du den Fehler in deiner Logik denn nicht?« Denise rollt mit den Augen. »Fischer bringt deiner Meinung nach also in aller Seelenruhe Karin nach Hause und seine Frau ruft sich ein Taxi nach Siegburg, während Ben und Jona ganz allein im Haus verbleiben. Das glaubst du doch selber nicht! Und als Fischer später am Abend erneut für längere Zeit unterwegs war, um Jona zu töten, wird er Ben wohl kaum mitgenommen haben.«

Tobias Heller schaut seine Kollegin mit großen Augen an und schlägt sich dann geräuschvoll mit der flachen Hand an die Stirn. »Was bin ich doch für ein Dussel!«, ruft er aus und schüttelt heftig den Kopf, wie um seine Gedanken neu zu sortieren. »Es gab demnach eine weitere Person, die sich während dieser ganzen Zeit um Ben und Jona gekümmert hat. Wir müssen herausfinden, wer das war!«

»Und ich weiß auch schon, wen wir dazu als Erstes befragen«, entgegnet Denise. »Ich denke nämlich, dass Karin Bauer uns auch in dieser Hinsicht nicht so ganz die Wahrheit gesagt hat.«

»Na, dann viel Vergnügen dabei, wenn dieser Drachen wieder mit von der Partie ist«, zweifelt Tobias ihrer beider Erfolgschancen bei dem geplanten Vorhaben an.

»Du meinst Karins Mutter? Ich hoffe sogar, dass sie anwesend ist. Dann kann sie uns nämlich hinterher nicht wieder einen Strick daraus drehen, dass wir ihre Tochter ohne ihre Zustimmung vernommen haben!«

* * *

»Wie lange wollen Sie meinen Mandanten noch in Untersuchungshaft behalten?«, erkundigt sich Rechtsanwalt Dr. Carsten Berger bei Peter Donner, nachdem er und Christina Ohlsen am Vernehmungstisch Platz genommen haben.

Die Oberkommissare Wolfgang Müller und Horst Weiland sind vor wenigen Minuten zu einer Befragung von Dirk Wolf nach Troisdorf aufgebrochen. Aus diesem Grund, und weil Denise Malowski und Tobias Heller ebenfalls unterwegs sind, wird die anberaumte zweite Vernehmung Günter Wolfs ausnahmsweise von Donner persönlich gemeinsam mit Kommissarin Ohlsen durchgeführt, was in dieser Konstellation beileibe nicht oft der Fall ist.

»Herr Wolf befindet sich derzeit nicht in U-Haft, sondern in Polizeigewahrsam«, korrigiert Donner den Anwalt seelenruhig, während er einer Mappe einige Dokumente entnimmt. »Der Unterschied liegt in der Arrestzelle, die Ihr Mandant zurzeit hier bei uns ›bewohnt‹. Im Falle einer Untersuchungshaft befände er sich in der JVA!«

Donner breitet die DIN-A4-Blätter in seiner Hand vor sich auf dem Tisch aus. »Was das Verbleiben in Haft anbelangt, warten wir noch auf eine diesbezügliche Entscheidung des zuständigen Staatsanwalts. So lange bleiben Sie unser Gast, Herr Wolf«, wendet er sich abschließend direkt an den Beschuldigten, der diese für ihn bedeutsame Information mit unbewegtem Gesicht zur Kenntnis nimmt.

»Und was wollen Sie dann jetzt schon wieder von mir?«, erkundigt er sich nach einigen Augenblicken des Schweigens und einem verstohlenen Seitenblick zu dem Rechtsanwalt an seiner Seite dann doch bei Donner. »Mein Geständnis haben Sie doch schon!«

Der Erste Hauptkommissar nimmt zwei der Blätter zur Hand und legt sie nebeneinander vor sich, wobei er sein Gegenüber über die Lesebrille hinweg aufmerksam mustert. »Uns ist da etwas aufgefallen, das mit dem Ihnen zur Last gelegten Vergehen zunächst nichts zu tun hat«, informiert er ihn.

»Aber wir ermitteln ja immer noch im Mordfall Jona. Und das hier«, tippt er mit dem Zeigefinger heftig auf die Seiten vor ihm auf dem Tisch, »hat irgendwie damit zu tun. Sie erinnern sich, dass Sie eine Speichelprobe abgegeben haben? Nun, dies hier sind die vorläufigen Ergebnisse einer DNA-Analyse Ihrer Probe und der Ihres Sohnes Dirk.«

»Ich verstehe nicht ganz, was Sie damit bezwecken, Herr Donner!«, mischt sich Wolfs Anwalt ungehalten ein. »Ich fürchte, Sie verschwenden meine Zeit. Was haben diese Ergebnisse mit dem Mordfall zu tun, den Sie untersuchen?«

»Sie wissen sicher, was ein Y-Chromosom ist, Herr Wolf?«, übergeht Donner den Einwand Bergers, indem er sich wieder unmittelbar an dessen Mandanten wendet, der ihn jetzt stirnrunzelnd anschaut. Man sieht förmlich, wie es hinter seiner Stirn arbeitet.

»Nun, das Einzige, was wir zum jetzigen Zeitpunkt darüber wissen müssen, ist die Tatsache, dass dieses Chromosom bei Vater und Sohn absolut identisch ist«, fährt er fort, ohne Wolfs Gesicht auch nur einen Augenblick aus den Augen zu lassen. »Was jedoch in diesem Fall definitiv *nicht* so ist! Dirk ist demnach nicht ihr leiblicher Sohn, war Ihnen das bekannt?«

* * *

»Natürlich hat dieser Bastard davon gewusst!«, giftet Dirk Wolf, als Horst Weiland ihn mit derselben Frage konfrontiert wie etwa zur selben Zeit Donner Günter Wolf im Kommissariat. Auffällig ist dabei, dass Dirk Wolf dasselbe Wort benutzt, das in den letzten Tagen im Verlauf der Ermittlungen immer wieder auftauchte: *Bastard!* Die Stimme braucht der Betreiber des Reiterhofs dabei nicht zu senken, denn er und die Kommissare halten sich derzeit in einem der beiden Pferdeställe auf, wo die Tiere ihre einzigen Zuhörer sind.

Aus diesem Grund müssen Müller und Weiland auch keine Rücksicht auf eventuelle familiäre Verwicklungen nehmen, wenn sie Dirk Wolf mit Dingen konfrontieren, die seine Frau womöglich nicht erfahren soll. Was im Zweifel zwar kein Hindernis gewesen wäre, die Ermittler hegen aber die Hoffnung, dass Wolf unter diesen Umständen eher zu Zugeständnissen bereit ist, als wenn seine Frau anwesend wäre.

»Okay, er wusste es Ihrer Meinung nach also. Aber wie haben *Sie* herausgefunden, dass Günter Wolf nicht ihr leiblicher Vater ist?«, erkundigt sich Wolfgang Müller. »Oder hat Ihre Mutter es Ihnen gesagt?«

»Die? Nie im Leben!«, schüttelt Wolf den Kopf. »Da wäre eher die Hölle zugefroren! Ich habe es selbst herausgefunden, es wird so drei oder vier Jahre nach dem Tod unserer Mutter gewesen sein. Erst war es nur ein Verdacht, weil man mir immer wieder sagte, dass ich so gar nicht meinem Vater ähnlich wäre. Ich habe mir dann von einem meiner Brüder Haare aus einem Kamm ›besorgt‹, als ich bei einem Besuch die Gelegenheit dazu hatte. Wussten Sie, dass sich durch Vergleich der Gene zweier Männer herausfinden lässt, ob sie denselben biologischen Vater haben?«

»Durch das Y-Chromosom«, weiß Müller. »Es wird vom Vater auf den Sohn übertragen und ist daher auch bei Brüdern identisch.«

»Und genauso sind Sie mit Jona verfahren«, vermutet Horst Weiland.

»Da genügte ein einfacher Vaterschaftstest. Ich hatte schon bei der Schwangerschaft meiner Frau so ein komisches Gefühl und später wollte ich dann Gewissheit haben, nachdem ich herausfand, dass mein Vater gar nicht mein Erzeuger ist. Sie glauben nicht, wie mir zumute war, als ich erfuhr, dass Jona mit meinem sogenannten Vater blutsverwandt ist, mit mir aber nicht!«

Er schaut die Kommissare flehentlich an: »Ich habe Gabriele nie gesagt, dass ich von ihrem Fehltritt weiß. Bitte sagen auch Sie es ihr nicht, es würde alles kaputtmachen. Jetzt wo Jona tot ist, ist sowieso nichts mehr, wie es war und ich liebe meine Frau!«

»Aber Ihren ›Vater‹ haben Sie schon mit dem Wissen konfrontiert, dass Jona nicht sein Enkel ist, sondern sein Sohn«, vermutet Weiland. »Wann genau war das? Wissen Sie das noch?«

* * *

»Das weiß ich noch, als wäre es gestern gewesen«, knurrt Günter Wolf die vernehmenden Beamten unfreundlich an. »Es war ziemlich genau vier Jahre nach dem Tod meiner Frau, als dieser unverschämte Mensch plötzlich bei mir auf der Matte stand. Ich war einigermaßen überrascht, da er sich seit der Beerdigung nicht mehr hatte blicken lassen. Aber es kam noch besser: Er verlangte von mir ganz unverblümt den Hof, den er als sein rechtmäßiges Erbe betrachtete.«

»Mit welcher Begründung?«, will Christina Ohlsen wissen, obwohl sie die Antwort bereits zu kennen glaubt.

»Oh, er hatte sich sehr gut vorbereitet, Frau Kommissarin! Er hatte Dokumente dabei, die unwiderlegbar bewiesen, dass ich nicht sein leiblicher Vater sein konnte. Und da der Hof laut Grundbuch meiner Frau gehört hatte, bildete dieser Schnösel sich offenbar ein, als ihr Sohn ein Anrecht darauf zu haben.«

»Aber die Rechtslage ist diesbezüglich doch eindeutig«, mischt sich Donner ein. »Ohne Testament erben als Ehemann *Sie* und sonst niemand!« Rechtsanwalt Berger nickt stumm mit dem Kopf dazu.

»Dirk hatte aber noch weitere ›Argumente‹. Er legte mir einen Vaterschaftstest bezüglich Jona vor, der belegte, dass nicht *er* der Vater sein konnte, da Jonas Y-Chromosom zwar mit dem seiner vermeintlichen Brüder übereinstimme, jedoch nicht mit dem seinigen. Da aber alle meine Söhne bei der Geburt des Jungen zu jung waren, blieb demnach als Erzeuger nur ich selbst übrig!«

»Das deckt sich mit den Ergebnissen der DNA-Tests, die wir durchführen ließen«, nickt Donner. »Jona ist tatsächlich ihr leiblicher Sohn. Und Sie wussten das!«

»Ja, es war mir bekannt«, gibt Wolf nach einigen Augenblicken unumwunden zu. »Aber Dirk, von dem ich bis zu diesem Zeitpunkt dachte, er wäre mein leiblicher Sohn, hatte noch etwas ausgegraben: Er legte mir Kopien von Dokumenten vor, die eindeutig belegten, dass meine Frau ihrem Bruder seinerzeit gefälschte Bilanzen vorgelegt hatte, um ihn dazu zu bewegen, das Erbe der Eltern auszuschlagen. Dirk verlangte erneut den Hof von mir. Im Gegenzug wolle er von einer Anzeige absehen und die Sache mit mir und seiner Frau vergessen.«

»Laut Grundbucheintrag verkauften Sie das Anwesen ganz offiziell an Dirk Wolf«, wendet

Christina Ohlsen ein. »Mit notarieller Beurkundung und allem, was dazu gehört.«

»Selbstverständlich haben wir uns an das offizielle Prozedere gehalten. Was da aber nicht steht, ist der Preis: Dirk bekam den Hof von mir zu einem symbolischen Kaufpreis von einem Euro! Im Gegenzug überließ er mir dann alle belastenden Dokumente. Mir persönlich lag ohnehin nichts an dem alten Bauernhof, ich wollte aber unbedingt vermeiden, dass das Ansehen meiner verstorbenen Frau nachträglich in den Schmutz getreten wurde.«

»Ich danke Ihnen für diese offene Darlegung der damaligen Vorgänge, Herr Wolf«, nickt Christina Ohlsen dem Mann freundlich zu. »Es hilft uns, die Ereignisse seit Jonas Ermordung in einem anderen Licht zu sehen und entsprechend zu bewerten. Ich bin sicher, dass der Staatsanwalt dies in seiner Entscheidung berücksichtigen wird.«

»Eine letzte Frage hätte ich aber noch«, meldet sich Peter Donner zu Wort. »Etwa zur selben Zeit der von Ihnen soeben geschilderten Ereignisse wurde Bernhard Fischer, der andere außereheliche Sohn Ihrer Frau, darüber informiert, dass er adoptiert wurde und wer seine leibliche Mutter ist. Ist Ihnen bekannt, ob er auch von der Sache mit Jona und Dirk wusste? Oder von der nicht ganz legalen Transaktion mit dem Erbe? Immerhin machte die Kenntnis darüber ihn und Dirk auf einen Schlag zu Brüdern!«

* * *

»Bernhard kam eines Tages zu mir, als wir mit dem Umbau des Hofes beschäftigt waren«, antwortet Dirk Wolf auf eine ähnliche Frage, die Wolfgang Müller ihm gerade gestellt hat. »Meine Frau und ich machten vieles selber, um Geld zu sparen, Freunde halfen uns dabei. Ich ging damals noch davon aus, dass Bernhard mein Cousin war, und war daher mehr als verblüfft, von ihm zu erfahren, dass wir eigentlich Geschwister sind.«

»Ihre Frau wusste auch davon?«, erkundigt sich Horst Weiland.

»Ja, sie war dabei, als er uns das sagte. Dann wurde er unverschämt und verlangte unverblümt die Hälfte des Erbes meiner Mutter, da sie, wie er argumentierte, ja auch seine Mutter wäre und er zudem wisse, wie diese seinerzeit an den Hof gekommen sei. Ich warf ihn achtkantig vor die Tür.«

»Und das ließ er sich einfach so gefallen?«

»Nein. Er drohte mir, dass mir das noch leidtun würde, und dass ich mich vorsehen solle. Wir hatten danach, wie Sie sich sicher denken können, jahrelang ein recht angespanntes Verhältnis zueinander. Aber als dann Karin, seine Nichte hier regelmäßig verkehrte und später Ben mitbrachte, haben wir uns irgendwie arrangiert. Meine Frau und ich wollten den Zwist nicht auf dem Rücken der Kinder austragen.«

»Im selben Jahr erhielten Sie die ersten Drohbriefe«, erinnert sich Wolfgang Müller und erntet einen erstaunten Gesichtsausdruck dafür. »Ihre Frau hat sie uns übergeben«, erklärt er dem offenbar ahnungslosen Mann daher. »Hatten Sie nie Ihren Halbbruder im Verdacht, der Absender zu sein?«

Dirk Wolf seufzt leise und lässt betrübt die Arme hängen. »Klar hatte ich das, Herr Kommissar. Aber ich hatte keinen Beweis dafür, was hätte ich also machen sollen? Und nun sieht es so aus, als sei er für den Tod unseres Sohnes verantwortlich. Ich werde mir nie verzeihen, dass ich damals nichts gegen den Terror unternommen habe!«

* * *

»Wir sollten Kilometergeld bekommen«, beschwert sich Denise Malowski lautstark über die ständigen Fahrten nach Lohmar. »Wir haben doch garantiert seit letzter Woche schon hundert Kilometer allein für die Ausflüge hierher zurückgelegt!«

»Wenn du damit überhaupt hinkommst«, gibt Tobias Heller ihr recht. »Aber unser Zuständigkeitsbereich ist halt sehr groß. Wenn du in Köln geblieben wärst, wären die Wege erheblich kürzer.«

»Das täuscht gewaltig«, widerspricht Denise, die ihre Ausbildung zur Kriminalkommissarin in der Rheinmetropole machte, ihm vehement. »Mit den ganzen Nebenorten kommt da auch so einiges zusammen. Und dann der Verkehr!«, grinst sie anzüglich.

Es ist im Kommissariat eine seit Jahren bekannte Tatsache, dass Tobias eine ausgeprägte Aversion gegen den Straßenverkehr dieser Stadt hegt, wobei er sich über den Grund dafür aber beharrlich ausschweigt. Es waren unter den Kollegen in der Vergangenheit sogar schon Wetten darüber abgeschlossen worden, allerdings konnte naturgemäß bisher kein Gewinner ermittelt werden.

»Die allgemeine Verkehrslage ist hier auf dem Land wesentlich übersichtlicher«, gibt Tobias zurück, ohne auf die Anspielung Bezug zu nehmen. »Immerhin hat der Ortsteil Honrath deutlich weniger als zweitausend Einwohner.«

»Na, wenigstens ist die Gefahr, niemanden anzutreffen, durch meinen Anruf bei Frau Bauer dieses Mal minimiert«, gibt sich Denise optimistisch. »Sie hat heute frei und erwartet uns zusammen mit der Tochter.«

Mittlerweile sind sie auf die Rösrather Straße, wo Karin Bauer mit ihrer Mutter wohnt, angekommen und die Kommissare halten nach einer Parkmöglichkeit Ausschau. Gleich vor dem Haus ihrer Zieladresse wird soeben nur wenige Meter voraus ein Platz frei und Denise steuert den Audi geistesgegenwärtig in die entstandene Lücke. Sie haben ihr Ziel erreicht.

* * *

Der Empfang ist wie erwartet frostig. Mit einem gemurmelten »Ach, Sie sind es« winkt Gertrud Bauer die Besucher in die Wohnung und verschließt sorgfältig die Wohnungstür hinter ihnen, als wolle sie das Eindringen weiterer ungebetener Gäste nachhaltig unterbinden.

»Wie geht es Ihrer Schwester?«, erkundigt sich Denise Malowski zunächst freundlich bei der Frau, um das Eis zu brechen. Erkundigungen zum Befinden naher Verwandter sind diesbezüglich immer ein guter Einstieg, wie die Polizistin weiß.

»Es geht einigermaßen«, geht Frau Bauer arglos auf den lockeren Tonfall ein. »Hildegard macht sich natürlich die größten Vorwürfe, was den Tod ihres Mannes angeht. Sie haben es ja gestern selbst erlebt.«

»Wieso denn das?«, wird Tobias Heller sofort hellhörig. »Ihre Schwester hatte doch hoffentlich keine Schuld daran?« Aufmerksam beobachtet er ihre Mimik, die übergangslos in Verlegenheit umschlägt.

»Äh … Ja … Nein … Sie denkt, sie hätte ihn aufhalten müssen, als er am Montag unbedingt zur Arbeit wollte«, stottert Gertrud Bauer, um dann übergangslos in einem aggressiven Tonfall fortzufahren: »Das ist nur passiert, weil Sie alles brühwarm an die Presse weitergegeben haben! Birken ist ein kleiner Ort, jetzt weiß es die ganze Nachbarschaft!«

»Ich versichere Ihnen, dass unsere Behörde zu keiner Zeit die Presse informiert hat«, wiederholt Denise Malowski, was sie am Tag zuvor schon Bernhard Fischers Witwe sagte. »Wir werden der Angelegenheit aber selbstverständlich nachgehen!«

»Uns geht es heute aber um den Tag, an dem Jona getötet wurde«, kürzt Tobias Heller das Thema ab, indem er auf den eigentlichen Grund ihres Besuches zu sprechen kommt. »Es sind da noch einige Fragen aufgetaucht, die wir gerne mit Karin gemeinsam klären würden. Ihre Tochter ist doch zu Hause?«

Frau Bauer wirft ihm einen finsteren Blick zu. »Das hatten wir doch alles schon!«, entrüstet sie sich. »Sie dürfen Karin ohne meine Einwilligung nicht vernehmen. Und die bekommen Sie nicht!«

»Wir werden dieses Verbrechen aufklären, Frau Bauer«, entgegnet Denise Malowski betont gelassen. Die steile Unmutsfalte auf ihrer Stirn verrät aber zumindest ihrem Partner, wie es tatsächlich in ihr aussieht. »Ob nun mit oder ohne Ihre Mithilfe. Mord verjährt nicht und die Beihilfe dazu ebenfalls nicht! Wir warten einfach die knapp drei Jahre, bis Karin volljährig ist, und befragen sie dann! Bis dahin rechnen Sie aber lieber damit, dass mein Kollege und ich öfter mal bei Ihnen auf der Matte stehen. Ihre Entscheidung!«

Tobias verkneift sich ein Grinsen. So rüde geht Denise normalerweise nicht mit Zeugen oder Verdächtigen um. Dass sie die Frau jetzt dermaßen attackiert, zeigt ihm, dass auch sie mittlerweile die Faxen dicke hat. Immerhin ermittelt das gesamte Kommissariat seit beinahe zwei Wochen in diesem Mordfall, aber wohin man auch kommt: Überall wird gemauert und gelogen, dass sich die Balken biegen.

Indes scheint sie aber mit ihren Worten bei Gertrud Bauer den richtigen Nerv getroffen zu haben, wie deren Reaktion darauf zeigt: »Ich ging nach allem, was in den letzten Tagen geschehen ist, davon aus, dass Sie meinen Schwager verdächtigen, Jona getötet zu haben«, rudert sie ein wenig zurück und ein deutliches Fragezeichen erscheint auf ihrem Gesicht.

»Der Fall ist noch nicht abgeschlossen«, weicht Denise Malowski aus. »Es gibt ... Ungereimtheiten. Können wir jetzt mit Ihrer Tochter reden?«

Sogleich verfinstert sich die Miene der Frau erneut. »Sicher, sie ist in ihrem Zimmer«, gibt sie dennoch nach kurzem Nachdenken widerwillig nach. »Ich werde sie holen, Sie geben ja sonst doch keine Ruhe!«

* * *

»Es geht um deine erste Aussage«, beginnt Denise Malowski vorsichtig mit der Befragung Karins. Sie wird dabei misstrausch von deren Mutter beobachtet, die abseits des Geschehens Stellung bezogen hat. »Also die, die du später widerrufen hast.« Sie schaut dem Mädchen eindringlich in die Augen. »Ich will ehrlich zu dir sein: Ich glaube dir nicht, dass du dir das alles nur ausgedacht hast!«

Karin Bauer macht heute wieder einen äußerst nervösen Eindruck auf die Ermittler. Ständig pendeln ihre Blicke zwischen ihrer Mutter und den Beamten hin und her. Sie bleibt jedoch stumm.

»Du sagtest, dein Onkel hätte dich und Ben an dem Tag, als Jona starb, zu sich nach Birken gebracht, Ben dort abgeladen und dich anschließend nach Hause gefahren«, führt Denise ihren Monolog mit eindringlicher Stimme fort. »Ich will an dieser Stelle gar nicht weiter darauf eingehen, ob Jona mit im Wagen saß oder nicht. Mag sein, dass es so gewesen ist, oder auch nicht. Das ist ganz allein deine Entscheidung.«

Denise Malowskis einfühlsame Art verfehlt ihre Wirkung auch dieses Mal nicht. Karin Bauer richtet nun ihre volle Aufmerksamkeit auf die Polizistin und schaut sie fragend an. Ihre Mutter beachtet sie nicht weiter, was diese mit einem unwilligen Stirnrunzeln zur Kenntnis nimmt.

»Was ich dagegen von dir wissen will«, fährt Denise daher sogleich fort, »ist Folgendes: Als du im Wagen darauf gewartet hast, dass dein Onkel wieder aus dem Haus kommt – ist dir da irgendetwas Ungewöhnliches aufgefallen? Ein anderes Auto vielleicht, das ebenfalls vor dem Haus geparkt war?«

Wieder wandert Karins Blick zu ihrer Mutter, die jetzt einen verkniffenen Gesichtsausdruck aufgesetzt hat, aber weiterhin stumm der Vernehmung ihrer Tochter folgt. »Ja, da war ein Auto«, haucht das Mädchen jetzt beinahe unhörbar. »Es stand aber nicht vor dem Haus. Als Onkel Bernhard Ben und Jona abgeliefert hatte und gerade losfahren wollte, um mich nach Hause zu bringen, kam es uns auf der Straße entgegen. Und ich habe gesehen, wer am Steuer saß!«

Als Karin dann den Namen nennt, scheint die Welt für einen Augenblick den Atem anzuhalten. Während Denise Malowski und Tobias Heller die neue Information mit unbewegter Miene zur Kenntnis nehmen, hält sich die Mutter des Mädchens erschrocken die Hand vor den Mund. Ein erstickter Laut entringt sich ihrer Kehle.

KAPITEL 10

09:32 Uhr

›*WEGEN TRAUERFALL GESCHLOSSEN!*‹, ist mit dickem Filzschreiber geschrieben auf einem Schild zu lesen. Es wurde, wie es scheint, in aller Eile aus Pappe geschnittenen und ist gut sichtbar mit Klebeband an der Eingangstür befestigt. Trotzdem rüttelt Tobias Heller ungeduldig an der Klinke.

»Zu!«, brummt er überflüssigerweise und schaut auf die Uhr. »Die machen aber auch sowieso normalerweise erst um 10:00 Uhr auf«, wendet er sich an Denise Malowski. »Wir können hier warten oder es bei denen zu Hause versuchen.«

»Die Leiche wurde gestern von der Rechtsmedizin freigegeben, Tobi. Die sind sicher unterwegs, um die Trauerfeierlichkeiten zu organisieren«, vermutet seine Partnerin. »Außerdem steht das Auto nicht vor der Tür und da die Betreiber dieser Gaststätte ihre Wohnung gleich darüber haben, heißt das ja wohl, dass sie ausgeflogen sind!«

»Das muss es nicht zwangsläufig bedeuten«, widerspricht Heller ihr. »Du hast selbst gesehen, in welchem Zustand der Wagen bei unserem letzten Besuch war und das ist erst drei Tage her. So schnell bekommst du heutzutage nirgendwo mehr ein Auto repariert. Und fahren kann man damit nicht, so wie der aussah, da würde man sofort von der nächsten Streife angehalten. Ich vermute daher eher, dass der Opel in irgendeiner Werkstatt steht. Komm, wir versuchen es einfach mal, vielleicht sind die ja doch zu Hause.«

Der Hauseingang für die Privatwohnung im ersten Stock liegt nur wenige Meter rechts neben der Kneipentür. Aber auch nach dreimaligem Sturmklingeln öffnet ihnen niemand.

»Ich sagte doch, die sind nicht zu Hause«, kommentiert Denise Malowski es mit einem Schulterzucken. »Und was machen wir jetzt mit unserem Durchsuchungsbeschluss? Wir können von Glück sagen, dass wir den überhaupt schon haben. Den Haftbefehl hat Stein aufgrund der ›dünnen Beweislage‹«, äfft sie die leiernde Sprechweise des Staatsanwalts nach, »ja nicht herausrücken wollen.«

»Hat uns das jemals abgehalten?«, grinst Tobias Heller und zückt sein Mobiltelefon. »Mir ist da aber soeben ein Gedanke gekommen«, erklärt er seiner Partnerin und beginnt, in der Foto-Galerie zu scrollen. »Wusste ich es doch!«, nickt er nach einer Weile zufrieden und wählt eine Nummer. »Horst? Tobias hier. Fahr doch mit Wolfgang bitte sofort zu folgender Adresse!«

Denise Malowski schaut ihn fragend an, während er dem Kollegen im Kommissariat die Daten durchgibt und ihm erklärt, was er tun soll. Und plötzlich versteht sie, was der Partner vorhat.

Das ist einfach genial, denkt sie und lächelt still in sich hinein. *Eben wieder mal typisch Tobi!*

»Genau! Denise und ich warten hier auf die Rückkehr der Besitzer«, schließt Heller das

Gespräch ab. »Die sind nämlich ausgeflogen und wir wollen doch nicht, dass sie uns durch die Lappen gehen, oder?«

»Und wenn die überhaupt nicht mehr wiederkommen?«, überlegt Denise Malowski, nachdem er aufgelegt hat. »Sie könnten Lunte gerochen haben und abgehauen sein!«

»Dann werden Heinrich und Elisabeth Fischer heute noch zur Fahndung ausgeschrieben!«, knurrt Tobias Heller grimmig und verstaut das Handy wieder in seiner Hosentasche.

* * *

»Ich verspeise auf der Stelle einen Besen, wenn wir das gesuchte Fahrzeug tatsächlich an dieser Adresse finden!«, gibt sich Wolfgang Müller pessimistisch. »Das wäre schon reichlich grenzwertig, wenn Tobias mit seiner Vermutung dieses Mal recht haben sollte!«

»Na, dann wohl bekomm's!«, gibt Horst Weiland fröhlich zurück. »Dir ist aber schon klar, dass Tobias zwar nach Chrissie der mit den verrücktesten Ideen ist, er aber im Gegensatz zu deiner Freundin fast immer richtig damit liegt?«

»Lass sie das mal lieber nicht hören«, brummt Müller, der als Chrissies Lebensgefährte deren mitunter überschäumendes Temperament nur zu gut kennt.

Weiland schaut sich theatralisch im Auto um, als wolle er sich vergewissern, dass die Kommissarin sich nicht irgendwo versteckt hat.

»Ich bin doch nicht lebensmüde!«, grinst er dann. »Aber im Ernst: Das Auto ist erst zwei Jahre alt und dem Firmenaufkleber nach zu urteilen, den Tobias vorhin auf einem der Fotos entdeckte, die er selbst am Montag von dem Fahrzeug gemacht hat, ist es offenbar geleast. Da geht man doch mit einem Schaden nicht zu einer fremden Werkstatt! Zumal es bei einem geleasten Modell je nach Vertrag oft kostenlos einen Ersatzwagen für die Übergangszeit gibt!«

»Wir werden es in wenigen Augenblicken wissen«, kürzt sein Partner die Diskussion ab, weil sie soeben an ihrem Ziel, einem Autohaus in Köln-Porz, angekommen sind. Er verzichtet darauf, nach einem Parkplatz auf der Straße Ausschau zu halten, und steuert den Dienstwagen kurzerhand auf den geräumigen Betriebshof der Firma.

Beim Aussteigen fällt Weiland sofort ein Opel mit verbeulter Kühlerhaube auf, der soeben von zwei in dunkelblaue Overalls gekleideten Männern in die an das Geschäftsgebäude angrenzende Werkstatt geschoben wird, deren Tor weit offen steht. Ein weiterer Mann in Arbeitskleidung beaufsichtigt die Aktion gelangweilt und mit in den Taschen vergrabenen Händen. Eine brennende Zigarette hängt zwischen seinen Lippen.

»Sieh mal dort!«, macht Weiland den Kollegen darauf aufmerksam. »Könnte das nicht der gesuchte Wagen sein? Den schauen wir uns gleich mal etwas genauer an!«

»Ja, und der Kerl mit den Händen in den Taschen sieht aus, als hätte er hier das Sagen«, grinst Müller und setzt sich mit raumgreifenden Schritten in

Bewegung. Im Gegensatz zu seinem Partner hat er trotz der Entfernung das Kennzeichen des Unfallautos erkannt. Es handelt sich definitiv um das gesuchte Fahrzeug!

* * *

Die Ermittler bauen sich vor dem Mann mit der Zigarette auf und zeigen ihre Dienstausweise vor. »Kripo Siegburg«, übernimmt Wolfgang Müller kurz angebunden ihre Vorstellung, die Namen und Dienstgrade sind ja schließlich in ausreichend großer Schrift auf den Ausweisen zu lesen. »Wir würden uns dieses Fahrzeug gerne einmal aus der Nähe anschauen. Und zwar, *bevor* Sie sich daran zu schaffen machen!«

»Wenn Leute wir ihr ihre Ausweise hochhalten, zieht das immer Ärger nach sich«, nuschelt der Mann, der offenbar schlechte Erfahrungen mit der Polizei gemacht hat, an der Zigarette in seinem Mundwinkel vorbei. Die Hände sind nach wie vor in den Taschen vergraben. »Was ist es denn dieses Mal? Ein Banküberfall? Oder Drogen? Ach nein, dann hätten Sie ja einen Hund dabei!«

Er gibt den beiden Mechanikern, die dem kurzen Wortwechsel mit mäßigem Interesse gefolgt sind, einen Wink, worauf diese sich mit sichtbarer Erleichterung zurückziehen. Einige Meter abseits zünden sie sich Zigaretten an und folgen rauchend dem weiteren Disput ihres Vorgesetzten mit der Polizei. Dass die Werkstätten heutzutage dermaßen lange für ihre Reparaturen benötigen, ist bei dieser Arbeitsmoral kein Wunder, finden die Kommissare.

Derweil ist Horst Weiland einmal um den Wagen herumgegangen und gesellt sich nun wieder zu Wolfgang Müller und den Mechaniker. »Wir müssen dieses Fahrzeug beschlagnahmen!«, verkündet er dem Mann und holt einige polizeiliche Siegel hervor, die er sorgfältig auf alle Türen, sowie auf die Heckklappe und die Motorhaube klebt.

»Wir schicken heute noch unsere Leute zum Abholen vorbei«, informiert Müller währenddessen den Werkstattmann. »Es handelt sich hierbei um ein Beweisstück, fassen Sie das Auto also ab sofort bitte nicht mehr an.«

»Dürft ihr das denn ohne richterlichen Beschluss überhaupt? Und seid ihr hier in Porz nicht außerhalb eures Zuständigkeitsbereichs?«, erkundigt sich der Mann vorlaut. »Ich muss die Karre aber zumindest noch aus dem Weg schaffen, Leute. Hier kann sie nicht stehenbleiben!«

»Dann tun Sie das bitte, solange wir noch hier sind. Den Beschluss werden unsere Kollegen dann mitbringen«, beruhigt Weiland ihn. »Und was die Zuständigkeit anbelangt: Dieses Fahrzeug gehört sozusagen dazu«, weist er auf das Kennzeichen aus dem Rhein-Sieg-Kreis. »Dann einen schönen Tag noch!«

Auf dem Weg zu ihrem eigenen Fahrzeug zückt Müller das Handy und wählt eine Nummer aus den Kontakten. »Tobias? Wolfgang hier. Ich wollte nur kurz mitteilen, dass wir das Auto gefunden und sichergestellt haben! … … Okay, ich sage dann wegen des Transports in der Forensik Bescheid.«

* * *

16:00 Uhr

Eine außergewöhnlich gelöste Stimmung herrscht kurz vor dem regulären Feierabend im Besprechungsraum. Es ist aber nicht nur Donners komplette Mannschaft zur ungewohnten Zeit angetreten, sondern ebenfalls Jürgen Vogel mit einem Mitarbeiter. Gerüchten zufolge soll der Fall kurz vor seiner Aufklärung stehen. Daraus resultiert die ausgesprochen gute Laune der Anwesenden, Kommissariatsleiter Donner eingeschlossen.

Zwar waren die Bemühungen der Hauptkommissare Malowski und Heller, die Eheleute Heinrich und Elisabeth Fischer zu einer weiteren Befragung ins Kommissariat zu bringen, bislang nicht von Erfolg gekrönt, da diese unauffindbar geblieben sind. Dafür gibt es aber aus der KTU positive Signale bezüglich der in den vergangenen fünf Stunden durchgeführten Untersuchung ihres sichergestellten Fahrzeugs.

Entsprechend gespannt sind alle auf die angekündigten Ergebnisse, wobei der Leiter der Kriminaltechnik sich im Vorfeld recht geheimnisvoll gab und nur einige vage Andeutungen verlauten ließ. Aber das ist man von dem kauzigen Wissenschaftler ja gewohnt.

»Ihr habt euch in den vergangenen Tagen die Schuhsohlen abgelaufen und trotzdem scheinbar keine oder nur unbedeutende Ergebnisse erzielt«, beginnt der Erste Hauptkommissar und nimmt beiläufig mehrere Farbstifte für das Whiteboard an sich. »Das frustet natürlich. Ich sage bewusst ›scheinbar‹, denn in Wirklichkeit haben sich winzige Zusammenhänge aufgetan, die aber erst mit der gestrigen Vernehmung von Karin Bauer ein zwar erst grobes, aber nichtsdestotrotz ein stimmiges Bild ergeben.«

Er wendet sich der Tafel zu und nimmt die Kappe von einem der Stifte. »Halten wir fest, was sich an Fakten und Zusammenhängen nunmehr ergeben hat:

→ Karin Bauer erwähnte Denise und Tobias gegenüber gestern beiläufig, dass Jona entgegen ihrer vorherigen Aussage an seinem Todestag ab 17:30 Uhr in dem Haus in Birken anwesend war. Weiterhin gab sie an, ihre Großtante Elisabeth am Steuer ihres Wagens auf das Haus zufahren gesehen zu haben, als ihr Onkel sie nach Hause brachte. Das war, nachdem dieser zuvor Jona dort abgeliefert hatte, also gegen 17:30 Uhr.

→ daraus ergibt sich, dass das Alibi für Elisabeth Fischer für die Tatzeit hinfällig ist. Ihr eigener Ehemann gab bekanntlich an, sie sei den ganzen Tag mit ihm zusammen gewesen. Um 17:30 Uhr war sie aber definitiv in Birken, wo sich zu dieser Zeit auch Jona aufhielt, der eine halbe Stunde zuvor von Bernhard Fischer vom elterlichen Hof entführt wurde.

→ dessen Ehefrau Hildegard war zu diesem Zeitpunkt noch zugegen, da sie nach eigenen Angaben um 17:30 Uhr ein Taxi rief. Außerdem ist nicht davon auszugehen, dass ihr Mann den vierjährigen Sohn mit Jona alleine ließ, um Karin nach Hause zu bringen. Hildegard Fischer *muss* daher von der ganzen Aktion etwas mitbekommen haben, wobei ihr eine Tatbeteiligung jedoch derzeit wohl nicht nachzuweisen ist.

→ da weder Bernhard Fischer noch seine Adoptivmutter als Briefeschreiber oder für den Anruf mit verstellter Stimme infrage kommen, bleiben nur noch Karin Bauer und Hildegard Fischer übrig, die beide bisher Schrift- und Stimmproben verweigert haben.«

Donner legt den Stift aus der Hand und wendet sich wieder seinen Ermittlern zu: »Habe ich etwas übersehen? Ach ja: Nach Elisabeth Fischer wird seit heute Mittag bundesweit gefahndet, da weder sie noch ihr Ehemann auffindbar sind, eine Tatbeteiligung nach dem Stand der Dinge aber nicht mehr auszuschließen ist.«

»Und was ist mit Hildegard Fischer?«, ruft Tobias Heller dazwischen. »Steht sie wenigstens unter Beobachtung?«

»Wir haben derzeit keinerlei Handhabe gegen sie, Tobias. Und die zweite Frage kannst du dir getrost selbst beantworten, oder fehlt in unserer Runde etwa jemand? Ich glaube aber nicht, dass sie sich einer möglichen Festnahme entziehen würde, immerhin hat sie sich um ihr Kind zu kümmern.«

»Sorry, Chef. Aber das kann nicht ganz stimmen!« Chrissie Ohlsen ist bei ihren Worten empört aufgesprungen, setzt sich aber unter dem strengen Blick ihres Vorgesetzten sofort wieder hin.

»Ich meine … denkt doch mal nach: Dauernd geht es hier um eine ganz spezielle Uhrzeit«, fährt sie etwas ruhiger fort. »Um *17:30 Uhr* ging der mysteriöse Anruf auf dem Anrufbeantworter der Familie Wolf ein, obwohl Jona zu diesem Zeitpunkt nicht nur noch quicklebendig war, sondern zeitgleich von Bernhard Fischer in dessen Haus in

Birken abgeladen wurde. Um *17:30 Uhr* rief seine Frau ein Taxi, das sie nach Siegburg ins Krankenhaus bringen sollte. Karin Bauer war zur selben Zeit auf dem Weg nach Hause. Wer bleibt denn da noch übrig?«

Sie schaut ihre Kollegen der Reihe nach an. »Ich glaube, dass Hildegard Fischer noch genügend Zeit hatte, den Anruf zu tätigen, bevor das Taxi kam. Es würde mich nicht wundern, wenn sich herausstellt, dass sie auch für die zweite Briefserie verantwortlich ist! Der Rest dieses schrecklichen Komplotts, dessen Opfer Jona Wolf wurde, ging dann auf das Konto von Bernhard Fischer und seine Adoptivmutter. Die Ehefrau verschaffte sich mit dem Krankenhausaufenthalt vorsorglich ein Alibi, falls man ihr wegen des Anrufs und der Briefe auf die Schliche kommt!«

»Du hast vermutlich recht«, unterstützt Denise Malowski Chrissie Ohlsens Theorie. »So passt plötzlich alles zusammen! Ich stelle mir den Ablauf am Tattag wie folgt vor: Während Bernhard Fischer mit Jona an Bord auf dem Weg nach Birken war, tätigte seine Frau vor der Fahrt ins Krankenhaus noch schnell den Anruf bei Jonas Eltern. In der Eile merkte sie nicht, dass sie bloß mit einem Anrufbeantworter sprach. Das war vermutlich der Grund dafür, dass sie fast zu Tode erschrak, als ich ihr gestern die Aufnahme vorspielte. Sie hatte garantiert nicht damit gerechnet, dass eine Aufzeichnung davon existiert!«

»Ja, und dann fuhr sie mit dem Taxi ins Krankenhaus, nachdem ihr Ehemann mit Karin fort war und ihre Schwiegermutter gekommen war, um auf

Jona und Ben achtzugeben«, führt Tobias Heller die Überlegungen seiner Partnerin fort.

»So in etwa denke ich mir das«, nickt Denise. »Jona wurde anschließend mit geringen Mengen Insulin ruhiggestellt, bis der Zeitpunkt gekommen war, ihn an den Ort zu bringen, wo er nach dem Willen der Akteure sterben sollte. Dort verpasste Bernhard Fischer ihm die tödliche Dosis und warf ihn in den Fluss, so wie es seine Frau Stunden zuvor bei ihrem Anruf behauptet beziehungsweise vorweggenommen hatte!«

»Das würde auch erklären, warum es zwar *drei* Injektionen gab, am Fundort der Leiche aber nur *eine* Spritze lag!«, überlegt Donner. »Ihr habt recht, das passt alles zusammen … Ich werde umgehend einen Beschluss erwirken, der es uns erlaubt, die längst fälligen Stimm- und Schriftproben von Hildegard Fischer durchzusetzen! Ihr zwei begebt euch gleich morgen früh dorthin und erledigt das!«, wendet er sich an Denise Malowski und Tobias Heller.

»Kein Problem, Chef. Der Wagen findet den Weg mittlerweile fast von selbst«, brummt Tobias Heller wenig begeistert darüber, schon wieder den weiten Weg nach Birken antreten zu müssen.

»Na, dann ist es ja gut«, schmunzelt Donner und schaut dann auffordernd den Leiter der Forensik an, der schon die ganze Zeit nervös auf seinem Stuhl herumrutscht, was für den normalerweise eher bedächtigen Wissenschaftler ungewöhnlich ist. »So, jetzt bist du endlich dran, Jürgen! Du hast etwas für uns?«

»Ich dachte, du fragst nie!«, gibt Vogel dann aber doch in seinem gewohnt gelassenen, beinahe schon phlegmatischen Tonfall zurück und greift zu den mitgebrachten Unterlagen.

»Wir haben den Wagen, der uns heute ausgehändigt wurde, einer ersten Untersuchung unterzogen«, beginnt er seinen Bericht. »Einiges, wie beispielsweise die DNA von Hautpartikeln und Haaren, die wir sowohl im Auto als auch im Kofferraum fanden, muss noch analysiert werden. Die Proben sind aber bereits auf dem Weg ins humangenetische Institut in Bonn.«

»Wann ist mit einem Ergebnis zu rechnen?«, will Donner wissen.

»Ich habe es dringend gemacht und hoffe daher auf morgen oder übermorgen«, weicht Vogel aus und wendet sich seinem Mitarbeiter zu. »Es gibt aber durchaus ein oder zwei Erkenntnisse, die jetzt schon vorliegen und die für euch von großem Interesse sein dürften! Zu diesem Zweck übergebe ich das Wort an meinen Fachmann für Spurenanalyse«, nickt er dem neben ihm sitzenden Mann zu.

August Weise ist den Ermittlern kein Unbekannter und eine anerkannte Koryphäe in seinem Fachgebiet. Da er erheblich schneller denkt, als er spricht und auf schriftliche Unterlagen grundsätzlich verzichtet, bleiben meist wesentliche Fakten unerwähnt, was oft zu Irritationen führt. Von den Kollegen wird er daher in Anlehnung an die ersten Buchstaben von Vor- und Nachname meist ›AuWei‹ gerufen, was ihn aber nicht zu stören scheint.

»Vornehmlich zwei Dinge wurden im Kofferraum des Wagens gefunden, die eine forensische

Untersuchung erforderlich machten«, eröffnet Weise ihnen allen aber zunächst vollkommen korrekt und nachvollziehbar. »Dies waren zum einen verschiedenfarbige Wollfasern sowie einige Stücke eines Seils aus Sisal. Einer Eingebung folgend, verglich ich die Fasern mit denen der Pudelmütze, die das Opfer trug, als es gefunden wurde. Die Stricke waren zudem von Art und Struktur vollkommen identisch mit dem Seil, mit dem Jona Wolf gefesselt war!«

»Und die Wollfasern?«, hakt Donner nach, weil Weise offenbar mit seinem Vortrag durch ist. Er unterdrückt ein Seufzen. »Waren die ebenfalls identisch?«

»Sagte ich das nicht?«, wundert sich der Experte. »Die Fasern stammen definitiv von der Pudelmütze des Opfers!«

»Ist die Eigentümerin des Fahrzeugs eigentlich Diabetikerin?«, meldet sich Jürgen Vogel noch einmal zu Wort.

»Nicht, dass es uns bekannt wäre«, entgegnet Tobias Heller stirnrunzelnd. »Warum fragst du?«

»Weil wir im Handschuhfach eine Insulinpumpe fanden. Ein älteres Modell zwar, aber noch voll funktionstüchtig, wie es scheint. Und sie muss vor kurzem noch in Betrieb gewesen sein, es befand sich nämlich noch ein Rest Insulin im Tank … Was habt ihr denn plötzlich alle?«, erkundigt er sich verwirrt, weil ihn sämtliche Ermittler mit großen Augen und offenen Mündern anstarren.

»Jetzt geht mir ein ganzer Kronleuchter auf!«, findet Tobias Heller als Erster seine Fassung wieder. »Mindestens einer der drei Einstiche in Jonas Gesäß stammt von dieser Pumpe, darauf verwette ich mein Moped! Habt ihr das Insulin schon daraufhin untersucht, ob es mit dem in der gefundenen Spritze identisch ist?«

»Ist in Arbeit. Die Pumpe habe ich vorsorglich ebenfalls mit zur DNA-Analyse gegeben. Und wenn du recht hast, müsste sich DNA des Opfers an der Nadel befinden ... Ich rufe umgehend dort an, damit die das ebenfalls testen! Übrigens fanden wir Fingerabdrücke von zwei verschiedenen Personen auf dem Gehäuse. Mangels Vergleichsmaterial konnten wir sie aber bisher nicht zuordnen.«

»Ihr wisst, was das heißt?«, lässt Donner sich vernehmen und er schaut seine Mitarbeiter der Reihe nach ernst an. »Elisabeth Fischer ist womöglich wesentlich stärker involviert, als wir bislang dachten. Zumindest die Fasern im Kofferraum ihres Autos lassen darauf schließen, dass Jona Wolf und/ oder seine Pudelmütze sich zeitweise darin aufhielt!«

Er schaut auf die Uhr. »Es ist spät geworden, ich werde für die Nacht einen Streifenwagen vor ihrer Tür postieren, für den Fall, dass sie sich doch noch blicken lässt. Außerdem brauchen wir dringend ihre Fingerabdrücke und die ihrer Schwiegertochter! Ihr macht am besten jetzt Feierabend, damit ihr morgen früh fit seid. Ich habe so ein Gefühl, dass wir dann all unsere Kräfte dringend benötigen werden.«

Jürgen Vogel räuspert sich vernehmlich. »Ich hätte da einen Vorschlag«, sagt er, nachdem er die Aufmerksamkeit der Kommissare auf sich gerichtet sieht. »Ich werde die auf der Insulinpumpe sichergestellten Fingerabdrücke in *AFIS* einspeisen, dann müsst ihr morgen nur einen mobilen Fingerabdruckscanner mitnehmen und könnt direkt online testen, ob es eine Übereinstimmung gibt.«

AFIS ist eine Datenbank für biometrische Daten beim Bundeskriminalamt. Mittels mobiler Scanner kann die Polizei unter anderem Personenüberprüfungen direkt vor Ort vornehmen, wobei der Abgleich in Echtzeit über eine gesicherte Mobilfunkverbindung stattfindet.

»Das ist ein guter Gedanke«, zeigt sich Donner begeistert. »So machen wir das. Und jetzt ab nach Hause mit euch!«, entlässt er seine Leute für heute endgültig in den wohlverdienten Feierabend.

Kapitel 11

Freitag, 2. August

09:55 Uhr

Die Überraschung war perfekt. Schon als Tobias Heller den Audi vor dem Haus Nummer 12 in Birken abstellte, war ersichtlich, dass sie Hildegard Fischer heute zwar zu Hause antreffen würden, jedoch nicht allein.

Denn außer dem Fiat stehen zwei weitere Autos dort, von denen eines ebenfalls bekannt ist: Es ist der alte VW-Käfer undefinierbarer Farbe, mit dem Gertrud Bauer durch die Gegend fährt. Das dritte Fahrzeug ist Denise und Tobias bisher noch nicht untergekommen, der Firmenaufkleber auf der Fahrertür lässt aber eine beinahe gesicherte Vermutung darüber zu, wer hier und heute ebenfalls anzutreffen sein wird.

Natürlich ist das Zusammentreffen mehrerer dringend gesuchter Personen ein wahrer Glücksfall für die Ermittler, da Denise Malowski und Tobias Heller ihr Kommen dieses Mal aus einleuchtenden Gründen nicht vorher angekündigt hatten. Zudem wurde der Streifenwagen vor der Gaststätte in Troisdorf-Spich heute Morgen abgezogen, nachdem die Kollegen von der Schutzpolizei die ganze Nacht vergeblich auf ein Erscheinen der Eheleute Fischer gewartet hatten. Und jetzt sind offenbar alle hier versammelt! Mit einem guten Gefühl, was den Erfolg ihrer Mission anbelangt, verlassen die Kommissare das Fahrzeug.

Eine knappe Minute später wird ihre Vermutung über das dritte Auto zur Gewissheit, weil es nämlich ausgerechnet Elisabeth Fischer ist, die ihnen auf ihr Klingeln die Tür öffnet und sie mit einem nicht gerade freundlichen Gesichtsausdruck mustert.

»Polizei?«, stößt sie hervor und es klingt alles andere als begeistert. »Was wollen Sie denn jetzt wieder von meiner Schwiegertochter? Hat die arme Frau nicht schon genug durchgemacht?«

Auf dem Weg ins Wohnzimmer erfahren Denise Malowski und Tobias Heller auch gleich den Anlass für die heutige Familienzusammenkunft. Und den Grund dafür, dass Heinrich und Elisabeth Fischer seit gestern wie vom Erdboden verschluckt zu sein schienen. Sie waren nämlich den ganzen Tag mit ihrer Schwiegertochter unterwegs gewesen, ein Bestattungsunternehmen für die Beerdigung des Sohnes auszusuchen und die Trauerfeierlichkeiten zu organisieren.

Und weil es etwas später geworden war und man die trauernde Witwe nicht allein lassen wollte, blieb man kurzerhand dort und übernachtete im Gästezimmer. Gertrud Bauer sei mit ihrer Tochter allerdings erst vor einer Stunde erschienen und Ben befände sich nach wie vor bei den Großeltern in Honrath, werden sie von Elisabeth Fischer beiläufig informiert. Dann verstummt die plötzlich äußerst redselig gewordene Frau von einem Augenblick auf den anderen, als sie im Wohnzimmer angekommen sind. Vier Augenpaare heften sich neugierig auf die Ankömmlinge.

* * *

Die Prozedur zur Abnahme der Fingerabdrücke mit dem mobilen Fingerabdruckscanner dauert nicht lange. Allerdings mussten die Damen erst durch Vorlage der mitgebrachten richterlichen Beschlüsse davon überzeugt werden, dazu verpflichtet zu sein. Wobei es sich jetzt als Glücksfall erweist, dass Tobias Heller den gestern für Elisabeth Fischer ausgestellten Beschluss noch in der Jackentasche hatte. Dennoch fügten sich beide Frauen nur unter lautstarkem Protest in ihr Schicksal.

Wirklich überrascht, dass sowohl bei Hildegard Fischer als auch bei ihrer Schwiegermutter sofort ein Treffer signalisiert wurde, sind die Ermittler aber nicht. Die Abdrücke auf der in dem Opel gefundenen Insulinpumpe sind demnach definitiv diesen beiden Frauen zuzuordnen, woraus sich eindeutige Konsequenzen ergeben!

»Frau Fischer«, wendet sich Tobias Heller daher zunächst an die Frau des Hauses. »Sie erhielten doch letzte Woche eine neue Insulinpumpe. Was ist eigentlich mit dem alten Gerät passiert? Haben Sie das mit ins Krankenhaus genommen?«

»Nein, die funktionierte nicht mehr richtig«, runzelt Hildegard Fischer die Stirn. »Ich habe sie weggeworfen und mir das Insulin bei Bedarf gespritzt, bis ich die Neue hatte. Warum fragen Sie?«

»Ach, nur so!«, weicht Tobias Heller aus und gibt Denise Malowski mit einem Kopfnicken zu verstehen, dass sie nun den nächsten Punkt auf ihrer To-do-Liste einläuten kann: Die Einforderung der längst überfälligen Stimm- und Schriftprobe von Hildegard Fischer.

Bevor es aber dazu kommt, klingelt Hellers Diensthandy. Nach einem Blick auf das Display formt er mit seinen Lippen lautlos die Worte ›der Chef‹ an die Adresse der Partnerin und nimmt anschließend das Gespräch stirnrunzelnd entgegen. Denise zieht überrascht die Augenbrauen hoch. Dass Donner während eines Außeneinsatzes anruft, ist absolut ungewöhnlich und kommt nur vor, wenn wichtige Erkenntnisse vorliegen, die vor Ort unbedingt zu berücksichtigen sind!

»Chef?«, meldet sich Tobias. »Wir sind noch in Birken … … Sicher haben wir die Abdrücke, Chef! Und die von ihrer Schwiegermutter ebenfalls, sie hat die Nacht hier verbracht … … Ja, stimmen beide überein, kein Irrtum möglich … … Waaaas? … … Wird erledigt, bis nachher dann!«

Tobias Heller ignoriert zunächst die fragenden Blicke seiner Partnerin und wendet sich mit ernster Miene an Elisabeth und Hildegard Fischer: »Das war unser Vorgesetzter, es haben sich soeben neue Erkenntnisse ergeben«, informiert er die Frauen in aller Kürze. »Es besteht nunmehr gegen Sie beide der begründete Tatverdacht einer Beteiligung an der Ermordung von Jona Wolf. Sie sind daher hiermit vorläufig festgenommen!«

Denise Malowski schaltet schnell und holt ihr Handy hervor, um einen Streifenwagen für den Abtransport der soeben festgenommen Frauen anzufordern. »Ruf besser gleich zwei«, schlägt

Heller vor. Er ahnt, was sie vorhat. »Wir wollen doch nicht, dass die Damen sich unterwegs absprechen!«

Er wendet sich wieder der Gruppe zu. Heinrich Fischer ist kraftlos in sich zusammengesunken und Karin Bauer fixiert einen imaginären Punkt an der Wand. Ihre Mutter dagegen funkelt die Kommissare wütend an. Elisabeth und Hildegard Fischer starren mit schreckgeweiteten Augen vor sich hin. »Den Rest erledigen wir im Kommissariat«, informiert Heller die beiden Frauen. »Ich muss Sie bitten, bis dahin nicht mehr miteinander zu sprechen!«

* * *

»Wie ich ja schon angedeutet hatte, gibt es mittlerweile unwiderlegbare Beweise für eine Mittäterschaft beider Frauen«, zieht Kommissariatsleiter Peter Donner ein Resümee aus dem vorangegangenen Bericht seiner Hauptkommissare Malowski und Heller über die morgendliche Festnahme.

»Nicht nur die Seilreste im Kofferraum des Autos, das Elisabeth Fischer am Tattag fuhr, weisen darauf hin, sondern ebenfalls die Insulinpumpe aus dem Handschuhfach, auf der unter anderem die Fingerabdrücke von Hildegard Fischer *und* ihrer Schwiegermutter nachgewiesen wurden. Und die ist durch eine glückliche Fügung ebenfalls in unserem Gewahrsam«, verleiht er seiner Freude über diesen Umstand Ausdruck.

»Jetzt müssen wir nur noch beweisen, dass es sich um dieselbe Pumpe handelt, die Hildegard Fischer weggeworfen haben will«, ergänzt Denise

Malowski vorsorglich. »Zumindest sprechen aber die DNA-Spuren an der Nadel eine mehr als deutliche Sprache«, stellt sie nach einem Blick in ihr Exemplar der von Donner kopierten und verteilten KTU-Berichte fest.

»Das muss herauszufinden sein!«, ist sich der Erste Hauptkommissar sicher. »Es wird Unterlagen geben. Und solche Geräte haben eine Seriennummer, über die man sie bis zum Eigentümer zurückverfolgen kann. Aber darauf werden wir nicht warten! Ihr habt jeder eine Ausfertigung der neuesten Erkenntnisse der Forensik erhalten. Mit den darin enthaltenen brandaktuellen Fakten sollte es möglich sein, den Damen ein Geständnis abzuringen. Die Beweise sind erdrückend!«

»Hier steht, dass die DNA-Spuren aus dem Kofferraum mit einer Sicherheit von neunzig Prozent Jona zugeordnet werden konnten, Chef«, zitiert Tobias Heller den vorläufigen Bericht des humangenetischen Instituts bezüglich der Ergebnisse diverser Schnelltests. »Ich frage mich, *wann* die dort hineingekommen sind, wenn Jona von Bernhard Fischer am Tattag in *seinem* Wagen abgeholt und auch wieder zurückgebracht wurde! Ich habe daher eine Theorie entwickelt, die allerdings unsere bisherige Annahme über den Tatverlauf über den Haufen wirft.«

Anschließend legt er der versammelten Mannschaft mit wohlgesetzten Worten das Ergebnis seiner Überlegungen dar und erntet allgemeines zustimmendes Kopfnicken aus der Runde dafür. Hellers Schlussfolgerungen sind für die Kollegen absolut schlüssig und nachvollziehbar.

»Klingt logisch«, nickt auch Donner zufrieden.
»So könnte es tatsächlich gewesen sein, richtet eure
Vernehmungstaktik danach aus! Ihr verteilt euch
jetzt auf die beiden Vernehmungsräume, wo die
Damen mit ihren Anwälten bereits auf ihr Verhör
warten, die Aufteilung überlasse ich euch. In der
Zwischenzeit werden die Wohnungen der Verdächtigen von der KTU auf den Kopf gestellt, dort findet
sich womöglich weiteres belastendes Material. Und
nun ab mit euch zum Verhör!«

* * *

Im Vernehmungsraum 1 sitzt ihnen Hildegard
Fischer gegenüber. An ihrer Seite hat sich auch
heute wieder Rechtsanwalt Dr. Carsten Berger ein-
gefunden, dessen Kanzlei offenbar mehrere Mitglieder dieser Familie vertritt.

Tobias Heller hat sich nach kurzer Abstimmung
mit Denise Malowski dazu entschlossen, diesen Teil
der Vernehmung gemeinsam mit Wolfgang Müller
durchzuziehen, während seine Partnerin sich zeitgleich mit Chrissie Ohlsen um Elisabeth Fischer im
Vernehmungsraum 2 kümmert. Aufgrund der vorliegenden Beweise und Indizien sind alle vier guter
Dinge, von beiden Damen ein Geständnis zu erhalten.

»Was wird meiner Mandantin konkret vorge-
worfen?«, erkundigt sich Rechtsanwalt Berger als
Erstes, nachdem Müller die ordnungsgemäße Funktion der Aufzeichnungsgeräte überprüft und die
für das Protokoll vorgeschriebenen einleitenden
Worte in das Mikrofon gesprochen hat.

»Ihnen wird die Beteiligung an einem Komplott zum Nachteil des minderjährigen Jona Wolf zur Last gelegt«, wendet Wolfgang Müller sich unmittelbar an die Beschuldigte, wobei er den sorgfältig formulierten Text des Tatvorwurfs von einem Blatt Papier abliest. »Jona Wolf kam am 21. Juli zwischen 20:45 Uhr und 21:15 Uhr infolge der von Ihnen mitgetragenen Aktionen gegen ihn zu Tode. Wir werden beweisen, dass Sie persönlich an der Tötung beteiligt waren, oder aber seinen Tod zumindest billigend in Kauf nahmen.«

»Die von Ihnen fast wie bei einem Eröffnungsplädoyer vorgetragenen ›Anklagepunkte‹ entbehren jeglicher Grundlage, Herr Kommissar«, lächelt Berger nachsichtig. »Während des gesamten von Ihnen genannten Zeitraumes befand sich meine Mandantin nachweislich in der Obhut eines Krankenhauses. Das kann jederzeit nachgeprüft werden!«

»Das haben wir bereits getan«, meldet sich Tobias Heller zu Wort. »Um es mit den Worten meines geschätzten Kollegen zu sagen: Wir werden beweisen, dass Ihre Mandantin mindestens zwei Helfer hatte, nämlich ihren zwischenzeitlich verstorbenen Ehemann und ihre Schwiegermutter, die zur Stunde ebenfalls von zwei meiner Kollegen vernommen wird. Sie täten gut daran, ein umfassendes Geständnis abzulegen, Frau Fischer«, wendet er sich direkt an die Beschuldigte. »Es kann sich durchaus strafmildernd für Sie auswirken, wenn Sie uns bei der Aufklärung helfen. Sollte Ihre Schwiegermutter allerdings zuerst diese Chance ergreifen ...« Den Rest des Satzes lässt er bewusst offen. Hildegard Fischer schaut ihn nachdenklich an.

* * *

Elisabeth Fischer schaut die zum Verhör erschienenen Ermittlerinnen trotzig an. Ihr sichtbar störrisches Verhalten lässt vermuten, dass die nächsten Stunden nicht einfach werden, sofern es überhaupt zu einem Geständnis kommen sollte. Als ihr Rechtsbeistand ist ein gewisser Reinhold Wagner erschienen, der Denise Malowski und Christina Ohlsen vollkommen unbekannt ist.

»Frau Fischer«, beginnt Denise Malowski unvermittelt und ohne Vorwarnung mit einem direkten Vorstoß. »Wie kommt die Insulinpumpe Ihrer Schwiegertochter in das Handschuhfach Ihres Wagens?« Die Gesichtszüge der Beschuldigten entgleisen nahezu zeitgleich und die trotzige Miene verwandelt sich augenblicklich in Panik. *Natürlich*, denkt Denise. *Sie kann ja noch gar nicht wissen, dass wir ihr Auto beschlagnahmt und durchsucht haben!*

»Wir haben bereits gestern Ihren Wagen in der Werkstatt, in die Sie ihn zur Reparatur brachten, aufgespürt und beschlagnahmt«, informiert sie die sichtbar verwirrte Frau. »Sie hätten den Firmenaufkleber entfernen sollen! Und bevor Sie fragen«, wendet sie sich an den Anwalt. »Wir hatten einen richterlichen Beschluss, der uns das Recht dazu gab!« Rechtsanwalt Wagner nickt nur stumm dazu.

»Nun?«, drängt Denise auf eine Antwort, weil Elisabeth Fischer sie nur weiterhin stumm anstarrt. »Dass es sich um ein Gerät aus dem Besitz von Hildegard Fischer handelt, ist so gut wie gesichert, weil wir neben *Ihren* Fingerabdrücken auch die Ihrer Schwiegertochter darauf fanden. Es ist aber nur eine Frage der Zeit, bis wir über die Seriennummer Gewissheit erlangt haben.«

* * *

»Kommen wir zu unserem ersten Beweis«, übernimmt Müller wieder die Befragung von Hildegard Fischer. »Die von Ihnen nach Ihrer Festnahme abgegebene Stimmprobe wurde zwischenzeitlich von Spezialisten mit der Sprachaufzeichnung des anonymen Telefonanrufs vom Tattag verglichen. Der Anruf stammt eindeutig von Ihnen, Frau Fischer! Und zwar tätigten Sie ihn um exakt 17:30 Uhr, wie wir durch einen mittlerweile vorliegenden Einzelverbindungsnachweis Ihres Festnetzanschlusses wissen. Zu diesem Zeitpunkt waren Sie noch zu Hause und warteten auf das Taxi. Und Ihr Mann war unterwegs, um Jona zu kidnappen!«

»Wir haben außer der Aussage Ihrer Nichte eine weitere Zeugin, die seinen Wagen zur fraglichen Zeit vor dem Reiterhof hat stehen sehen«, ergänzt Tobias Heller vorsorglich. »Leugnen ist daher zwecklos! Karin hat diese Aussage zwar später widerrufen, aber es wird eine Gerichtsverhandlung stattfinden. Spätestens dann wird sie ihre Aussage erneut korrigieren!«

Hildegard Fischer schaut die Kommissare finster an. »Ja, ich habe diesen verdammten Anruf gemacht«, zischt sie dann, die Augen zu schmalen Schlitzen verengt. »Und bevor sie fragen: Die Briefe habe ich auch geschrieben, diese verlogene Bande hatte es ja nicht anders verdient. Mein Mann brachte mich auf diese Idee, seine Mutter hatte vor Jahren etwas Ähnliches durchgezogen. Aber es sollte doch niemand sterben!«, fügt sie verzweifelt hinzu. Eine lange Pause entsteht, in der die Frau haltlos vor sich hin schluchzt. Ihr Rechtsanwalt reicht ihr mitfühlend ein Taschentuch.

»Die Insulinpumpe, die wir im Handschuhfach des Wagens Ihrer Schwiegereltern fanden, ist Ihre, nicht wahr?«, nimmt Tobias Heller den Faden schließlich vorsichtig wieder auf. Er ist sicher, in den nächsten Minuten ein Geständnis zu hören.

»Wir haben nicht nur *Ihre* Fingerabdrücke und die Ihrer Schwiegermutter darauf sichergestellt«, konfrontiert er sie mit den neuesten Ergebnissen von Forensik und Humangenetik. »Wir fanden ebenfalls DNA an der Nadel des Apparates. Und diese DNA stammt eindeutig von Jona! Wollen Sie nicht endlich ihr Gewissen erleichtern und uns sagen, wie es abgelaufen ist? Es war gar nicht ihr Ehemann, der Jona tötete, nicht wahr? Es war Ihre Schwiegermutter! Es gibt zumindest eindeutige Beweise dafür, dass Jona gefesselt im Kofferraum ihres Autos gelegen hat.«

* * *

»Also gut, stellen wir die Frage nach der Insulin- pumpe zunächst zurück«, beschließt Denise Malowski. »Die Antwort darauf kennen wir ohne- hin bereits. Hatte ich erwähnt, dass DNA von Jona Wolf an der Injektionsnadel nachgewiesen wurde?«, schießt sie aber gleich darauf ihren nächsten Pfeil ab. Elisabeth Fischers Gesicht hat jetzt die Farbe eines Bettlakens angenommen, sie gibt jedoch nach wie vor keinen Ton von sich.

»Das Alibi, das Ihr Ehemann Ihnen bezüglich der Zeit gab, als Jona zuerst aus seinem Elternhaus entführt und anschließend getötet wurde, ist durch die Aussage einer Nichte Ihres Sohnes widerlegt«, konfrontiert Christina Ohlsen die Frau mit einer weiteren Erkenntnis. »In Wirklichkeit waren Sie in Birken bei Ihrem Sohn, wo sich auch Jona bis kurz vor seinem Tod aufgehalten hat. Auch das können wir beweisen!«

»Karin hat Sie diesbezüglich angelogen!«, bricht Elisabeth Fischer endlich ihr Schweigen. »Und Sie hat ihre Aussage später zurückgezogen!«

»Den Widerruf hat sie ebenfalls zurückgenommen«, lächelt Denise. »Und sie hat *Sie*, Frau Fischer, am Tattag gegen 17:30 Uhr in Birken gesehen. Somit haben Sie, was Ihr Alibi betrifft, gelogen! Kommen Sie«, lockt sie die Frau. »Erleichtern Sie Ihr Gewissen und legen Sie endlich ein Geständnis ab. Es wird vor Gericht nicht zu Ihrem Nachteil sein, wenn Sie uns bei der Aufklärung behilflich sind. Wir werden Ihnen den Mord an Jona auf jeden Fall nachweisen!«

»Sie haben Jona in Ihrem Auto transportiert«, fährt Chrissie Ohlsen mit der Verlesung der Beweislage fort. »DNA-Spuren im Kofferraum belegen es eindeutig. Außerdem fanden wir darin Seilstücke, die von demselben Seil stammen, mit dem Jona gefesselt wurde. Und nicht zuletzt haben wir Wollfasern in diesem Kofferraum gefunden, die eindeutig von Jonas Pudelmütze stammen!«

»Ich sage Ihnen, wie es abgelaufen ist«, übernimmt Denise Malowski wieder. »Ihre Schwiegertochter verschaffte sich ein Alibi, indem sie am Tattag für einige Tage ins Krankenhaus ging, um sich eine neue Insulinpumpe anpassen zu lassen. Dort erschien sie nachweislich gegen 18:00 Uhr. Vorher tätigte sie den anonymen Anruf, in dem sie die Ermordung Jonas ankündigte. Ihre Stimme konnte zweifelsfrei identifiziert werden. Eine Handschriftanalyse wird zudem beweisen, dass die Drohbriefe, die die Familie Wolf jahrelang erhielten, ebenfalls von ihr geschrieben wurden. Wofür war die Insulinpumpe? Haben Sie Jona daran ›angeschlossen‹, um ihn bis zur eigentlichen Tat ruhigzustellen? Es war gar nicht ihr Sohn, der Jona tötete, nicht wahr? Die Spuren in Ihrem Auto sagen nämlich etwas völlig anderes: *Sie* waren es, die dem Jungen die tödliche Dosis Insulin verpasste!«

* * *

»Ich hatte gerade den Anruf hinter mich gebracht«, beginnt Hildegard Fischer und ihr Blick scheint in weite Ferne gerichtet. »Bernhard brachte mir wie verabredet Jona vorbei, den ich sofort an meine alte Insulinpumpe anschloss. Sie war so eingestellt, dass der Junge keinen Schaden davontragen würde, nur winzige Mengen alle halbe Stunde. Es ging vornehmlich darum, ihn ruhigzustellen, und er sollte von alldem, was mit ihm geschah, nichts mitbekommen. Dann kam mein Taxi und ich fuhr ins Krankenhaus. Mein Mann brachte Karin, die er unterwegs aufgegabelt hatte, nach Hause und meine Schwiegermutter, die den ganzen Plan ausgeheckt hatte, passte währenddessen auf Ben und Jona auf.«

»Nun ist Jona aber tot!«, konfrontiert Heller sie mit den schrecklichen Tatsachen. »Was ist schiefgelaufen?«

»Mein Mann bekam Gewissensbisse und weigerte sich, weiter mitzumachen. Er und seine Mutter stritten sich, worauf sie wutentbrannt den Part übernahm, den bewusstlosen Jungen am Flussufer abzulegen, was ursprünglich mein Mann machen sollte.«

»Aber warum starb Jona?«, will Wolfgang Müller wissen. »Wenn die Insulinmengen so gering waren, wie Sie sagten, hätte dies doch gar nicht passieren dürfen!«

»Die Insulinpumpe gab irgendwann wohl ihren Geist auf und Elisabeth verpasste Jona vor der Fahrt zurück nach Troisdorf eine viel zu große Dosis Insulin mit einer meiner Spritzen, die ich für den Notfall im Haus habe. Ich hatte aber vorgesorgt und eine große Einwegspritze, die ich mir in der Apotheke besorgt hatte, mit einer Zuckerlösung gefüllt. Die sollte Jona später unten am Fluss verabreicht werden, um ihn wieder zu Bewusstsein zu bringen.«

»In dieser Spritze war definitiv *kein* Zuckerwasser!«, schüttelt Tobias Heller den Kopf. »Sie enthielt laut chemischer Analyse Insulin, welches nachweislich aus *Ihrem* Vorrat stammte!«

»Ja«, sagt Hildegard Fischer nur und lässt traurig den Kopf hängen. »Sie muss es heimlich ausgetauscht haben, nachdem ich das Haus verlassen hatte.«

Einige Sekunden sagt niemand etwas, selbst der Anwalt schüttelt nur fassungslos den Kopf. »Sie können meine Mandantin allenfalls wegen ›Totschlag durch Unterlassung‹ drankriegen«, besinnt er sich dann aber auf seine Pflichten als Rechtsbeistand. »Und selbst das ist noch fraglich!«

»Ein Totschlag bleibt es dennoch«, beharrt Tobias Heller. »Außerdem wäre Beihilfe zu einem geplanten Mord ebenfalls eine Option, aber es wird Aufgabe des Gerichts sein, dies zu würdigen. Wir dagegen sind fürs Erste hier fertig!« Er schickt einen auffordernden Blick zu Wolfgang Müller, der daraufhin die Aufzeichnungsgeräte ausschaltet. Es ist alles gesagt.

* * *

»Ich musste es selbst machen, weil mein Herr Sohn plötzlich kalte Füße bekam, und nicht mehr mitmachen wollte!«, bricht es endlich aus Elisabeth Fischer heraus. Hass und Abscheu liegt in ihrer Stimme. »So ein erbärmlicher Feigling! Dabei hatten wir ihm gesagt, dass Jona bei der Aktion nichts geschehen würde. Er sollte ihn lediglich am späten Abend dort am Flussufer ablegen und ihm die Spritze mit der Zuckerlösung verabreichen, die ihn aus dem durch das Insulin verursachten Dämmerzustand holen würde.«

»Moment!«, unterbricht Denise Malowski die Frau. »Was für eine Zuckerlösung? In der Spritze, die bei der Leiche gefunden wurde, war keine Glucose, sondern das Gegenteil davon, nämlich Insulin. Und das stammte nachweislich aus dem Vorrat Ihrer Schwiegertochter! Es handelte sich dabei um die finale tödliche Injektion, von *Ihnen* persönlich verabreicht! Und danach warfen sie ihn entgegen dem ursprünglichen Plan in den Fluss. Was war der Grund dafür?«

»Jona sollte einfach verschwinden, auf Nimmerwiedersehen von der Strömung fortgetrieben werden«, gibt Elisabeth Fischer emotionslos zurück. »Es ging längst nicht mehr darum, seinen Eltern einen Streich zu spielen. Die Zuckerlösung, mit der Hildegard die Spritze vor ihrer Fahrt ins Krankenhaus füllte, habe ich, gleich nachdem sie fort war, heimlich durch Insulin ersetzt. So hätte Bernhard ihm später ruhigen Gewissens die Injektion verpassen können, die ihn angeblich aufwecken sollte. Aber der Feigling hat ja gekniffen!«

Denise kann ihr Entsetzen über diese zur Schau gestellte Kaltschnäuzigkeit kaum verbergen. Ein Blick zu Chrissie zeigt ihr, dass es der jungen Frau nicht anders geht. »Wahrscheinlich war Ihr Sohn der Einzige mit einem Funken Ehrgefühl im Leib. Sagen Sie mir nur noch eines«, stellt sie mit belegter Stimme eine letzte Frage. »Warum musste der arme Junge sterben? Er hatte nie jemandem etwas zuleide getan!«

»Ich bitte Sie, Frau Kommissarin«, gibt Elisabeth Fischer mit einem Stirnrunzeln zurück. »Der Junge war *behindert*!« Mit dem Zeigefinger macht sie dazu eine kreisende Bewegung an ihrer Schläfe. »Ich habe ihn nur von seinem Leiden erlöst!«

Chrissie Ohlsen ist bei diesen menschenverachtenden Worten nicht mehr zu halten. Erregt springt sie auf und beugt sich über den Tisch zu der überführten Mörderin vor. »Ach! Und das haben ausgerechnet *Sie* zu entscheiden, ja?«, zischt sie der Frau voller Zorn ins Gesicht. »Und einen *Streich* nennen Sie es, einen Menschen zu quälen? Jona war harmlos, ein freundlicher Junge, der bei allen beliebt war! Und von welchem ›Leiden‹ sprechen Sie überhaupt? Jona war glücklich, so wie er war! Sicher, er hätte vermutlich niemals den Nobelpreis verliehen bekommen, aber wissen Sie was? Dasselbe gilt für nahezu die gesamte Menschheit!«

Elisabeth Fischer ist bei jedem der harten Worte der Kommissarin zusammengezuckt und senkt jetzt den Kopf, um dem wütenden Funkeln in deren Augen zu entgehen. Denise legt ihrer Freundin und Kollegin die Hand auf die Schulter und drückt sie mit sanftem Druck zurück auf ihren Stuhl. »Dem habe ich nichts hinzuzufügen«, nickt sie an die Adresse des Rechtsanwalts, der die ganze Zeit zu den Worten seiner Mandantin geschwiegen hat. Er wirkt beschämt.

Die Kommissarinnen raffen stumm ihre Unterlagen zusammen. »Bringen Sie die Frau in ihre Zelle!«, weist Denise Malowski den anwesenden Wachmann an und verlässt mit Christina Ohlsen den Raum. Das Verhör ist beendet.

* * *

»Bei so viel bigotter Doppelmoral könnte ich glatt das Kotzen kriegen!« Chrissie Ohlsen ist jetzt, eine halbe Stunde nach ihrem nervenaufreibenden Verhör, immer noch wütend. Wolfgang Müller, der die hässliche Schlussszene noch selbst miterlebt hat, da er und Tobias Heller mit ihrer eigenen Vernehmung früher fertig waren, nimmt seine Lebensgefährtin behutsam in den Arm.

»Nimm es dir nicht so zu herzen, Liebes«, tröstet er sie. Sofort entspannt sie sich merklich. Die tiefe, sonore Stimme ihres ›Brummbären‹, wie sie ihn zärtlich nennt, wenn sie alleine sind, war schon immer in der Lage, sie auf der Stelle von einem temperamentvollen Wirbelwind in ein schnurrendes Kätzchen zu verwandeln.

»Ist doch wahr!«, grummelt Chrissie ein letztes Mal und bedient sich dann endlich ebenfalls an der Kaffeemaschine. Zur Feier des Tages, und weil ohnehin bald Feierabend ist, haben sich alle zu einer Nachlese dieses ereignisreichen Tages im Büro der Hauptkommissare versammelt. Selbst Donner ist mit von der Partie.

»Die größte Sauerei ist, dass Elisabeth Fischer eiskalt den eigenen Sohn ans Messer zu liefern bereit war, indem sie ihn ohne sein Wissen einen Mord begehen lassen wollte«, schüttelt Tobias Heller immer noch den Kopf über so viel Unverfrorenheit. »Die hat doch nicht alle Latten im Zaun!«

»Mit ihrem Geisteszustand wird sich das Gericht auseinanderzusetzen haben«, merkt Donner dazu an. »*Unsere* Arbeit ist hiermit getan und ich kann mit Recht stolz auf euch alle sein. Ihr habt trotz aller Hindernisse ein perfides Mordkomplott in Rekordzeit aufgelöst. Die Rolle von Gertrud Bauer in dieser Affäre ist zwar nach wie vor ungeklärt, aber wir werden ihr eine Beteiligung wohl nicht nachweisen können. Geht jetzt ins Wochenende, das habt ihr euch verdient. Die Berichte könnt ihr dann am Montag noch schreiben.«

»Apropos Berichte, Chef«, meldet sich Chrissie Ohlsen zu Wort. »Was macht eigentlich unser Maulwurf?«

»Der hat seine Taten gestanden und wird jetzt mit einem Strafverfahren zu rechnen haben«, informiert der Kommissariatsleiter sie. »Ihr könnt eure Texte also wieder ganz normal auf dem Server abspeichern! Und jetzt ab mit euch nach Hause, in zehn Minuten will ich keinen von euch mehr hier sehen!«

Im Chor aus fünf Kehlen schallt ihm ein fröhliches »Aye, Chef!« entgegen. Ein perfekter Abschluss für einen perfekten Tag!

Malowski und Heller kommen wieder!

Ich hoffe, der vorliegende Fall für Denise Malowski und Tobias Heller und ihres Ermittlerteams hat Ihnen gefallen und ich konnte Ihnen einige spannende und unterhaltsame Stunden damit verschaffen, denn zu diesem Zweck wurde das Buch ja geschrieben!

Wenn dies der Fall ist, habe ich eine persönliche Bitte an Sie: Ich würde mich freuen, wenn Sie den Krimi auf der Produktseite von Amazon bewerten und dort ein kurzes Feedback hinterlassen. Sie müssen sich gar nicht in epischer Breite über den Inhalt auslassen, einige wenige Sätze reichen vollkommen aus.

Falls Sie auf Leserplattformen wie *Lovelybooks*, *Goodreads* usw. aktiv sind, einen Buchblog betreiben oder Ihre Leidenschaft für Bücher auf *Facebook*, *Instagram* oder *Twitter* teilen, würde ich mich auch hier über eine Rezension freuen und bedanke mich schon jetzt herzlich für Ihre Unterstützung.

Im Anschluss an diese Seite finden Sie die bereits erwähnten Kurzbeschreibungen der Protagonisten, soweit sie aus Gründen der Vermeidung von Wiederholungen für Stammleser im Text keinen Platz fanden.

Ihr René Falk

DAS ERMITTLERTEAM

Denise Malowski, Jg. 1981, begann ihre Laufbahn als Kriminalkommissarin bei der Kripo Köln und wechselte später zur Siegburger Kriminalpolizei. Dort ist sie seit 2009 die Partnerin von Tobias Heller. In ihrer kargen Freizeit macht Denise Taekwondo und besitzt den schwarzen Gürtel für den 3. Dan. Sie ist 1,70 Meter groß, schlank und hat grasgrüne Augen, deren Farbe je nach Stimmung oder Lichteinfall in ein helles Braun zu wechseln scheint. Das lange, hellbraune Haar ist meist aus Bequemlichkeit zu einem Pferdeschwanz gebunden. Ihr ganzer Stolz ist ein himmelblaues Smart Cabrio, von ihrem Partner oft als Spielzeugauto bespöttelt. Verheiratet ist sie seit 2015 mit dem Steuerberater Sven Leuchner, die gemeinsame Tochter Leonie wurde 2016 geboren.

Tobias Heller, Jg. 1979, studierte nach dem Abitur einige Semester Kriminalpsychologie an der Universität Bonn, brach dann aber bald das Studium ab und bewarb sich bei der Kriminalpolizei. Dort bildete er zunächst ein Ermittlungsteam mit der damaligen Kriminalkommissarin Melanie Klein, die er bald darauf heiratete. Die Ehe scheiterte jedoch zunächst, im Jahr 2016 ging das Paar aber eine zweite Ehe ein. Heller ist 1,85 Meter groß und hat eine sportliche Figur. Das dunkelblonde lockige Haar trägt er schulterlang. Seine bevorzugte

Kleidung besteht aus Jeans, Turnschuhen und Lederjacke, was einen krassen Gegensatz zur immer modisch korrekt gekleideten Kollegin Malowski darstellt.

Horst Weiland, Jg. 1988, besuchte das Gymnasium in Troisdorf, wo er im Alter von zehn Jahren seinen Klassenkameraden Wolfgang Müller kennenlernte. Die Freunde sind seit ihrer Schulzeit beinahe unzertrennlich und gingen nach dem Abitur gemeinsam zur Polizei. Seit 2013 bildet Weiland mit Müller ein Ermittlungsteam beim Kriminalkommissariat 1 in Siegburg, wo sie den Hauptkommissaren Malowski und Heller unmittelbar unterstellt sind. Horst Weiland ist 1,80 Meter groß und sportlich. In der Freizeit nimmt er oft an Marathonläufen teil. Er ist seit 2012 verheiratet und hat mit der Grundschullehrerin Birgit Weiland einen gemeinsamen Sohn, der 2014 geboren wurde.

Wolfgang Müller, Jg. 1988, macht mit seinen knapp hundert Kilogramm Körpergewicht, einer Körpergröße von 1,89 Metern, breiten Schultern und einer tiefen Bassstimme auf den ersten Blick einen eher behäbigen Eindruck, weswegen seine Freundin ihn liebevoll Brummbär nennt. Mit einer hohen Intelligenz, einer raschen Auffassungsgabe und einem Abiturzeugnis mit Bestnoten punktet er aber in jeder Hinsicht. Seit 2016 ist der bis dahin als überzeugter Junggeselle bekannte Ermittler mit Kriminalkommissarin Christina Ohlsen liiert, mit der er fest zusammenlebt.

Christina Ohlsen, Jg. 1991, ist seit 2016 im Team, wo sie zunächst die Stelle einer Kommissaranwärterin bekleidete und aufgrund überragender

Leistungen schon ein Jahr später zur Kommissarin befördert wurde. Ebenso wie Tobias Heller studierte sie nach dem Schulabschluss an der Universität in Bonn, wo sie Rechtswissenschaften belegte, aber schon nach kurzer Zeit aus einer inneren Überzeugung zur Polizei ging. Die nur 1,62 Meter große, zierliche Christina wird von den Kollegen meist Chrissie gerufen. Als Haustiere hält sie sich zwei zahme Frettchen mit den Namen Quasimodo und Esmeralda. Sie ist Ju-Jutsu Meisterin mit schwarzem Gürtel für den 2. Dan und ist eine ausgezeichnete Schützin mit einer konstanten Trefferquote von 100%.

Peter Donner, Jg. 1967, ist der Leiter des Kriminalkommissariats 1. Der Erste Hauptkommissar regiert das Kommissariat mit strenger, aber gerechter Hand. Er ist bei allen Mitarbeitern beliebt und überlässt die Ermittlungsarbeit meist seinen Leuten. Verheiratet ist er seit 1994 mit Adelheid Donner. Er ist 1,77 Meter groß und von untersetzter Gestalt, was ihn kleiner erscheinen lässt. Sein schütteres Haar besteht im Wesentlichen aus einem dunkelblonden, leicht angegrauten Haarkranz. Seine Laufbahn begann er bei der uniformierten Polizei, wo er während einer Tatortsicherung dem leitenden Ermittler durch eine ausgezeichnete Beobachtungsgabe und einen analytischen Verstand auffiel. Wegen akuter Personalknappheit wurde er daraufhin kurzerhand zur Kriminalpolizei versetzt.

Amara Jones, Jg. 1990, ist die Tochter nigerianischer Einwanderer. Die gebürtige Münchnerin studierte Mathematik und Informatik, bevor sie in der Forensik der Kripo Siegburg die Stelle der IT-Spezialistin als Nachfolge Klaus Dreyers übernahm. Sie hat in beiden Studienfächern einen Master und ebenso wie ihr Vorgänger ein untrügliches Gespür für alles Technische. Ihr unüberhörbarer bayrischer Akzent steht in einem lustigen Kontrast zu ihrer tiefschwarzen Hautfarbe.

Jürgen Vogel, Jg. 1971, leitet die forensische Abteilung der Kripo Siegburg seit vielen Jahren. Der meist etwas kauzig wirkende Wissenschaftler liebt seinen Beruf und schwarze Zigarillos über alles. Mit einer Körpergröße von 1,92 Metern und einer extrem hageren Gestalt wirkt er in seinen Bewegungen oft unbeholfen, ist jedoch in seinem Fachgebiet der forensischen Spurenanalyse eine anerkannte Koryphäe und sowohl bei seinen Mitarbeitern als auch bei den polizeilichen Ermittlern sehr beliebt.